2058 - Wenn die Tauben nicht mehr fliegen

mehr fliegen

von R. M. Herfurth

Buchbeschreibung:

Im Jahr 2058 leben die Menschen unter widrigsten klimatischen Bedingungen. Der ehemalige Elitesoldat Red Caine lebt zurückgezogen in seiner Heimat Montana. Doch abrupt wird alles anders: Er erhält Kenntnis von einer rätselhaften Viruserkrankung, und seine verlorene Tochter steht wie aus dem Nichts im öffentlichen Fokus. Caine bleibt nichts anderes übrig, sich alten und neuen Dämonen zu stellen und nicht nur seine geliebte Tochter zu finden...

Über den Autor:

R. M. Herfurth wurde 1958 in Magdeburg geboren. Nach Schulabschluss und einer Lehrausbildung zum Schlosser absolvierte er ein Studium an der Ingenieurschule in Altenburg, mit Abschluss - Diplombetriebswirt (FH). Seit 2015 ist er freiberuflicher Dozent. Schon in frühster Jugend beschäftigte ihn die Literatur. Wenn andere Witze zum Besten gaben, schuf er daraus kleine Geschichten. Oft fragten sich die Zuhörer, war das jetzt aus dem wahren Leben oder eine ausgedachte Story. Beeinflusst durch einen engen Freund (Maler aus Leipzig) widmete er sich ab 2009 dem Schreiben, vorwiegend im Genre Thriller und Krimi.

2058 - Wenn die Tauben nicht mehr fliegen

von R. M. Herfurth

Impressum

Bibliografische Information der Deutschen Nationalbibliothek:
Die Deutsche Nationalbibliothek verzeichnet diese Publikation
in der Deutschen Nationalbibliografie; detaillierte
bibliografische Daten sind im Internet über http://dnb.dnb.de
abrufbar.

1. Auflage

© 2022 R. M. Herfurth

Herstellung und Verlag: BoD – Books on Demand, Norderstedt

ISBN: 978-3-7568-9699-8

Prolog

2058 waren die Weissagungen der Klimaveränderungen bittere Realität. Vor dreißig Jahren klangen diese, wie die Geschichte aus einem Science-Fiction-Roman.

Widrige Lebensumstände prägten das tägliche Leben. Gluthitze und unvorhergesehene Wetterkapriolen, eine Folge der höheren Erdtemperatur. Zusätzlich stieg der Meeresspiegel um drei Meter, ein Ergebnis schmelzender Eiskappen. Die vorausgesagte Schmelze der Polkappen im Jahr 2040, wurde ein Jahrzehnt später bittere Realität. Die Folge, ein Ungleichgewicht der klimatischen Bedingungen auf der gesamten Erde. Eisfreie Pole führten zur Zunahme der Erdrotation. Dadurch verkürzte sich die Tageszeit und in dessen Folge litten Mensch und Tier. Der beschleunigte Kreislauf beeinflusste zunehmend die Gesundheit. Stress und ständiger Durst befeuerten eine steigende Aggressivität.

Forscher läuteten die Alarmglocken. Das Artensterben wirkte sich nachteilig auf das natürliche Gleichgewicht aus. Müll verschmutzte Meere und ständige Überfischung führten zum Bersten der Ökosysteme. Die Temperatur der Ozeane, eine gefährliche Stellschraube für das Klima, kletterte ungebremst. In vielen Regionen auf der Welt, gehörten Wirbelstürme und Starkregen, zum Alltag. Die Dimensionen der Wetterkapriolen stiegen jedes Jahr auf ein Neues. Die Lebensmittelindustrie griff zu allerlei Tricks. Ersatzstoffe für schwindende Ressourcen, galt es zu finden. Uneingeschränkt boomte die industrielle Nahrungsmittelproduktion.

Schwieriger, die tägliche Versorgung mit Trinkwasser.

Aufgrund knapper Finanzen hatten die Kommunen ihr Tafelsilber an private Anbieter verscherbelt. Dadurch kam das lebensnotwendige Nass, den Menschen teuer zu stehen. Der Glanz einstiger Metropolen, vielerorts lange verblasst. Unübersehbar, der Gegensatz von Licht und Schatten. Ein in Vergessenheit geratener Begriff hatte Hochkonjunktur - *Unterschicht*.

Private Security-Dienste sprossen wie Pilze aus dem Boden. Neben solvente Auftraggeber übernahmen sie vielerorts die Polizeiarbeit. Geldmangel und gedeihende Gewalttätigkeit auf der Straße ließen die Bewerberzahlen an Ordnungshütern im Staatsdienst drastisch sinken. Die privaten Sicherheitsfirmen zahlten weit mehr und boten neben den üppigen Gehältern, eine Vielzahl zusätzlicher Sozialleistungen.

Zwei Währungsunionen verdammten das Bargeld. Elektronische Bezahlsysteme dominierten. Der Wert der Währung, die Geldeinheiten, abgekürzt mit GE, lag allein in den Händen finanzstarker Banken. Beliebter waren Edelmetalle und Kryptowährungen. Wer diese nicht besaß, dem blieb der Tauschhandel. Das setzte voraus, dass Objekte zum Tauschen vorhanden waren und der Andere gewillt war, bei diesen Deals mitzumachen.

In Montana

Mit Nachdruck hatte die Kellnerin, von den meisten Gästen Kitty genannt, Red Caine genötigt, den Artikel in einer deutschen Zeitung zu lesen. Obwohl dieser schon etliche Tage alt war, schienen die Zeilen den langjährigen Freund zu berühren. Ihn zog es jeden letzten Freitag zu seinem angestammten Platz, um bei einem saftigen Steak und schwarzen Kaffee, die Seele baumeln zu lassen. Fernab hektischer Großstädte hatte sich Caine seiner Vorfahren besonnen und vor ein paar Jahren auf eine Hütte in den Rocky Mountains zurückgezogen. Weder auf Landkarten, in Navigationssystemen oder öffentlichen Registern vermerkt, bewahrten sich die Menschen hier ein üppiges Stück Natur. Die meisten Bewohner dieser Region, waren indianischer Abstammung.

Hohe Berge, und zerklüftete Schluchten, schützten diese Gegend vor unliebsamen Fremden. Seit Jahren wohnten alle friedlich und in Eintracht miteinander. Eine Straße, die einst bessere Zeiten gesehen hatte, schlängelte sich durch den Ort. Überwiegend lebten die Bewohner in Hütten, oben in den Bergen. Die Häuser hier unten im Tal waren von der Anzahl her übersichtlich und an einer Hand abzuzählen. Neben dem Bürgermeister sorgte ein Sheriff für Recht und Ordnung. Ein Kolonialladen bot Waren für den Alltag. Ebenso gab es einen, schon in die Jahre gekommenen Arzt, der bei kleineren Wehwehchen half. Behandlungen darüber hinaus bedurften einer Fahrt in die Stadt. Das waren an die fünfzig Meilen. Mitten im Ort, eine wahre Oase gastronomischer Schlemmereien. Der einzige kulturelle Mittelpunkt dieser Gegend.

Sein Besitzer, war nicht nur ein ausgezeichneter Koch, obendrein ein humorvoller Zeitgenosse. Davon zeugte der Name des Restaurants. Dieser, mit von weither ins Auge springenden Lettern, thronte oben auf dem Gebäude: *Charley's Louis Food.*

Kitty hatte den Laden voll im Griff, vor allem die Kundschaft, die hauptsächlich ihretwegen kam. Sie war beliebt und Caine kannte sie seit Kinderzeiten. Die Jüngste war sie schon lange nicht mehr. Niemand vermochte ihr richtiges Alter bestimmen. Bevorzugt trug sie ein kariertes Hemd und Bluejeans. Beide hegten eine langjährige Freundschaft. Dadurch gelang es ihr jederzeit wieder auf ein Neues, mit ihm offen zu reden und zu streiten. Aus Gewohnheit hob Kitty die Tageszeitungen für ihren speziellen Stammgast auf. Ein Artikel, den andere Leser eher uninteressant empfanden, drängte sich ihm förmlich auf. Für Caine voller Brisanz, da der Bericht ihn ungewollt mit seinem alten Leben konfrontierte.

Langsam kroch das Aroma frisch gebrühten Kaffees in seinen Nasenflügeln empor. Die Zeitung zur Seite gelegt, gönnte er sich einen kräftigen Schluck, bis wohltuende Wärme im Magen ein kribbelndes Gefühl hinterließ. Kitty trat mit einem breiten Grinsen auf seinen Tisch zu. Dieses Grienen kannte Caine.

„Was macht mein Steak?"

„Lenk nicht ab!"

Die Kellnerin erahnte sein taktisches Manöver voraus, darum überhörte sie seinen Einwand gelassen.

„Wenn das alles ist! Fünf Minuten!"

Kitty wandte sich ab, andere Gäste riefen begierig nach ihren Bestellungen.

Der Abend verstrich und der Gastraum leerte sich zunehmend. Das Personal hatte Zeit für sich. Mit einem Glas Wasser und zwei belegten Broten setzte sie sich zu Caine. Sie saßen, minutenlang beieinander, ohne ein Wort zu wechseln. Stumm starrten sie sich an. Die Luft schien aufgeladen und nur ein klitzekleiner Funken, brächte alles zum Explodieren. In seiner leeren Tasse herumstochernd stierte der Indio die Kellnerin an. Da platzte es aus ihr heraus: „Es ist deine Tochter! Was wirst du unternehmen?"

Stille. Nur monotones Trommeln der Wassertropfen, die in das leere Edelstahlbecken herunterfielen.

„Früher hast du zumindest geantwortet", stichelte sie weiter.

„Ja! Ich habe es kapiert Miss Kitty!"

Alarmsignale heulten Knall auf Fall in ihrem Kopf auf. Wenn er sie genauso betitelte, hieß es, Ruhe zu bewahren und nicht weiter zu bohren. Anderseits bedeute es, dass Caine die Sache enorm beschäftigte. Er signalisierte ihr damit, dass sie Recht hatte und er Zeit zum Nachdenken benötigte. Eine unausgesprochene Bitte, da er nie offen zugeben würde, dass eine Angelegenheit ihn beträchtlich menschlich berührte.

„Entschuldige, nimm es bitte nicht persönlich. Es ist ziemlich spät. Gönne mir eine Mütze Schlaf und ich überlege es mir."

Eine Antwort blieb Kitty schuldig, da Caine ihr ins Wort fiel.

„Der frühe Tag bringt neue Ideen."

„Egal wie, sie ist dein Fleisch und Blut. Du wirst der Alten nicht das Feld überlassen und abermals nachgeben. Den Kopf reißt dir das Mädel nicht sofort herunter.

Kämpfe, hast ihre Mutter einst geliebt."

„Gleich um die Ecke wohnt sie nicht!"

Kitty lächelte gedrungen.

„Eierst du herum oder ist das ein Trick, vom Thema abzulenken", schrillte es in ihrem Kopf.

Caine verabschiedete sich mit den Worten: „Sage dir in den nächsten Tagen, wie ich mich entscheide."

Der brummende Motor quälte sich den steinigen Weg bergauf. Die Scheinwerfer warfen ihr kärgliches gelbes Licht in die Düsterheit. Diesen Weg war Caine zigmal gefahren, sodass der Wagen, ohne Eingreifen des Fahrers, den Weg zur Hütte in eigener Regie fand. Das Herz hämmerte in seiner Brust. Seit langem hatte er, so wie heute, dieses Gefühl der inneren Ruhelosigkeit nicht erlebt.

Schweißgebadet wachte er früh auf. Es war eine kurze Nacht. Der letzte Abend verstrich nicht spurlos, der ihn mental aufwühlte und den Schlaf raubte. Mit seiner Hand strich er durch sein schwarzes volles Haar. Die Finger blieben dezent gespreizt, das sparte den Kamm. Viele Indianer dieser Gegend trugen den Vokuhila Schnitt. Das Deckhaar, mit Pony mittellang gehalten und das Haar am Hinterkopf gebunden. Der Zopf fiel bis auf die Schultern. Ein Kerl wie ein Baum, hochgewachsen und kräftig, war er, wie der Volksmund sprach, im besten Mannesalter. Trotz indianischer Abstammung standen ihm alle Türen für Bildung und persönliches Fortkommen offen. Seine Eltern verfügten zu ihren Lebzeiten über keine größeren Reichtümer. Sie lebten überwiegend unbekümmert. Der Vater betrieb einen Kolonialwarenladen. Damit bestritten sie ihren Lebensunterhalt. Und nicht nur davon.

In einer verborgenen Mine schürfte er Gold. Ein wohlbehütetes Geheimnis seiner Familie. Diese lag auf Indianerland, sein heutiges Eigentum. Zwar ergab der Ertrag keine nennenswerten Mengen, mehr ein Zubrot.

Im frühen Erwachsenenalter landete Caine beim Militär. Wie viele Jungspunde seines Alters erlag er dem Reiz diverser Action-Filme. Später begründete er seine Entscheidung mit Abenteuerlust. Für zwölf Jahre war das Korps der Marine seine neue Familie. Schmerzlich erlebte er, was es bedeutete, einem verhassten Gegner entgegenzutreten. Viele Kameraden kamen nicht zurück. Am Ende seiner Militärzeit erkannte er, dass die Soldaten regelrecht verheizt wurden. Die weltweit schwindenden Rohstoffvorkommen führten zu Kämpfen, an die knapper werdenden Ressourcen zu gelangen. Die Interessen zahlungskräftiger Multikonzerne standen im Fokus ihrer Einsätze. Nach regulärem Ende seiner Dienstzeit heuerte Caine bei einer Elite-Security-Firma in Deutschland an. Die Auftraggeber waren vordergründig Firmen oder Banken. Jahre später erkannte er die eigentlichen Ziele. Sie sorgten für den Schutz angehäufter Reichtümer der Industriellen und Bankiers. Ohne Skrupel und jedes Mittel recht galt es, die Wünsche der Klienten effizient zu erledigen. Auf der Strecke blieben die Menschen, die ausschließlich, zu den normalen Bürgern zählten. Das Streben nach Festanstellungen, die nur begrenzt zur Verfügung standen, blieb wenigen vergönnt. Verlierer waren diejenigen, die offen gegen bestehendes Unrecht rebellierten. Für die Einsatzkräfte bedeutete es, ohne jegliche Rücksicht, diesem Aufbegehren ein Ende zu setzen. Der daraus resultierende Stress, zehrte an den Kräften vieler Security-Mitarbeiter.

Späte Erkenntnis bei Caine führte zu dem Entschluß, derartige Befehle nicht mehr so hinzunehmen. Vor den Einsätzen hinterfragte er deren Sinn und stellte, für seine Vorgesetzten, unangenehme Fragen. Im Ergebnis dessen, entwickelte sich Caine bei seinem Brötchengeber zum unliebsamen Angestellten und Sicherheitsrisiko. Die Folge, der aufsässige Indianer erfuhr schmerzlich, was es bedeutete, sich mit der Obrigkeit anzulegen, ja deren Handeln, in Frage zu stellen. Nach seiner Suspendierung plagte ihn eine längere Krankheit. Caine entschied sich, seinem Arbeitgeber adieu zu sagen. Obendrein beäugte dieser seine Freundin, aufgrund ihrer aktiven Mitarbeit in einer Studentenbewegung, kritisch. Unternehmen, die im Fokus dieser Bewegung standen, unterstellten ihr Querulantentum und Aufmüpfigkeit.

Nachdem Caine sich wieder erholt hatte, zog es ihn zurück, zu den Wurzeln seiner Kindheit, in die Berge von Montana, wo er zurückgezogen lebte. Alles was er zum Leben benötigte, fand er im Land seiner Vorfahren. Die dauerhaften Auseinandersetzungen mit seinem Chef waren nicht alleiniger Grund. Vielmehr warf ihn der Verlust seiner einstigen Liebe, aus der Bahn, was ihn zu Boden riss, sodass er kurz davor stand, dem Wahnsinn zu verfallen. Hier oben in den Bergen, am Fuße der Rocky Mountains, lebte Caine auf eigenem Land. Mit dem Erbe seiner Eltern ließ es sich aushalten. Obendrein verfügte er über eine Pension nach seinem Dienst beim Marinekorps. In der Höhe nicht üppig, ausreichend genug, um seinen Lebensunterhalt zu bestreiten. Unweit vor dem Haus weideten zwei Pferde und ein paar Kühe. Etwas Kleinvieh und für sein leibliches Wohlbefinden war gesorgt.

Fußläufig mühelos zu erreichen, sorgte er sich täglich um seine Tiere. Zerklüftete Berge und beschwerliche Wege, ein Garant, um Fremde fernzuhalten. Ruhe und Abgeschiedenheit, das war es, was Caine nach seinem Fortgang aus Deutschland suchte und fand. Die Hütte bot alles, was er benötigte. Der hölzerne Schaukelstuhl, an dem der Zahn der Zeit sich schadlos gehalten hatte, bot manch bequemen Sitzkomfort. Ein Relikt früherer Generationen, zu schade wegzuwerfen. Caine ließ sich behutsam nieder. Das antike Weichholz antwortete mit einem stöhnenden Quietschen. Zwei Beugungen seines Oberkörpers versetzten den Shaker in Schwingungen. Der fehlende Schlaf letzter Nacht zollte seinen Tribut. Schlaftrunken lehnte sich Caine zurück, schlief zufrieden ein und träumte.

Unter feuerroter Sonne tanzten die Indianer im Takt monotoner Klänge der Trommel des Schamanen. Bum, bum, bum und wieder bum, bum, bum erklang sein Tambourin. Das Instrument, ein unverzichtbares Utensil des Medizinmannes, bei Ritualen und Feierlichkeiten der Prärieindianer. Tanzend bis zur Ekstase, huldigten sie ihren Gottheiten oder traten in spiritueller Verbindung zu allerlei Geistern und den Seelen der Verstorbenen. Diese Riten dienten fernerhin Trost zu spenden, speziell zu leiderfüllten Anlässen. Ennuyant schlug der Schamane sein Tamburin, begleitet vom Gesang und Tanze seiner Stammesbrüder. Mit skurrilen Posen umkreisten die Indianer die lodernde Feuerstelle. Die Körper buntbemalt und spärlicher Federschmuck, Ausdruck ihrer Lebensart. Unbekleidete Oberkörper schillerten im Glanz der Sonne. Lederlappen, die mühevoll aneinandergenäht wurden, schmückten die Beine.

Mühselig zerlegten die Männer, zuvor erlegte Bisons. Mit den Sehnen flickten die Squaws die Beinbekleidung zusammen. Verschwendung, fehl am Platz. Alles fand eine Verwendung. Um das Feuer tanzend und sich um ihre eigene Achse drehend, stimmten die Krieger ihren Gesang an. Das Tempo legte zu und die Stimmen dröhnten aus voller Kehle. Ihr Kreistanz steigerte sich, bis alle in Ekstase verfielen. Die Oberkörper erschienen statisch und ihr Hüpfen eher planlos. Sie drehten sich, hüpften auf einem Bein, um im Schlusssprung nahe der Feuerstelle den Boden zu berühren. Der Höhepunkt ihres Rituals war erreicht. Die Köpfe zum Himmel gerichtet, mit den Händen Bogen und Tomahawk fest umklammert, sprangen sie gleichzeitig empor, begleitet von einem schrillen Aufschrei aus voller Kehle, um kurz darauf kniend am Boden zu verharren. Abrupte Stille, kein Laut war zu hören. Das Bild verblasste und vor Caine baute sich eine tiefschwarze Wand auf. Dunkelheit ohne Ende verwehrte die Sicht.

Aus der Tiefe dieser Finsternis, nebulös, schwebten zwei Augen dem Träumenden entgegen. Desto mehr er sich mühte, hielt die Düsternis die Gestalt verborgen. Er wähnte eine Stimme, einen Ruf vernommen zu haben. Ein leichter Windzug, eine Brise streichelte sein Gesicht. Aus der schwarzen Tiefe trat ihm ein Wesen entgegen, im ersten Augenblick erkannte er ein weißes Gewand, das wehend einen Körper umschlang. Egal wie er sich mühte, erkennbar blieb ausschließlich die Silhouette. Aus dem Nichts, zwei kastanienbraune Augen, die ihm wie ein Pfeil trafen. Diese stechenden Blicke bohrten sich tief in seine Seele. Urplötzlich schien Caine sich zu erinnern und alles kam ihn wohlbekannt vor.

Die flüsternde Stimme, die immer klarer zu ihm sprach, erwärmte sein Herz. Mit weit geöffneten Augen stierte er auf die in weißem Samt gekleidete Schönheit. Sein Körper bebte, wie er ihren Namen rief: „Maria!"

In seinem Traum sah er sich um Jahre zurückversetzt.

An diesen Teil seines Jobs fand Caine keinen Gefallen. Sicherungseinsätze an Demonstrationen waren ihm ein Gräuel. Er erachtete es für legitim, dass die Bürger eines Landes für ihre Rechte kämpften. Seine Hauptbetätigung nach seiner Anstellung, galt dem Personenschutz. Caines Einwand blieb ungehört und der Boss ignorierte sein Veto. Für die Zugführerposition wäre er bestens geeignet. Man setzte auf ihn, so die Rechtfertigung seines Chefs. Da standen sie sich gegenüber. Auf der einen Seite die Security-Mitarbeiter und drüben, die Demonstranten. Sie hatten die Zustände satt, in denen sie lebten, ja dahinvegetierten. Phrasen der Politiker zerredeten akute Probleme und trieben dadurch viele Bürger auf die Straße, überwiegend Studenten. Sie forderten öffentlich ein Umdenken und Handeln der Staatsführung und Wirtschaft. Der Raubbau an der Natur war nicht wegzureden. Die negativen Auswirkungen zeigten sich mehr denn je. In diesem Gedränge trafen sich zwei Augenpaare. Gewollt, Zufall oder gar Schicksal. Ihre Blicke verfingen sich, um nimmer voneinander wieder loszulassen. Ein klitzekleiner Moment, ja nur eine hundertstel Sekunde, entschied über Antipathie und Sympathie zweier Menschen. So resolut wie die junge Frau auftrat, schien sie die Anführerin zu sein. Mit ihrem Megaphon disziplinierte sie ihre Mitstreiter zur Ruhe und Besonnenheit.

Caine führte den Trupp der Sicherheitsleute, indem er direkt an vorderster Front frontal zu den Studenten stand. Nachdem die Lage sich zu einer unübersichtlichen Hauerei steigerte, griff obendrein zum Nachteil der Demonstranten die Polizei in die Fehde ein. Caine brüllte in sein Megaphon. Vergebene Mühe, seine Leuten zurückzupfeifen. Wutentbrannt riss er seinen Helm vom Kopf und schlug ihn vor seinen Mitarbeiter auf den Asphalt. Fassungslos stierten sie, zu ihren vor Wut schäumenden Zugführer. Einige erkannten ihren Fauxpas und zogen sich zurück. Die Stimme der Studentin mit ihrem Megaphon verstummte. Hilflos stand sie wie angewurzelt am Bürgersteig. Caine flitzte auf sie zu, packte sie an den Schultern, zog sie zur Seite und wies in Richtung einer naheliegenden Gasse.

„Geh, lauf dahin. Dahinten ist niemand von uns. Das hier ist voll aus dem Ruder gelaufen. Bring dich in Sicherheit!"

Kaum ausgesprochen wandte er sich um, lief dem Tohuwabohu entgegen und unternahm den Versuch zu schlichten.

In der oberen Etage des Bürohauses huldigten die Zuschauer dem Geschehen.

„Meine Herren", rief ein Manager den Anwesenden zu: „Bestens verehrter Justiziar. Lassen sie uns darum, mit einem edlen Tropfen anstoßen."

Ziel erreicht und unbeschadet zogen die ehrenwerten Herren ihrer Wege. Keine Negativschlagzeilen und weiter auf ertragreichen Pfaden wandeln. Nach einer Stunde war alles vorbei. Die Straße zuvor leergefegt, füllte sich langsam mit Passanten, die ihrer Wege zogen.

Caine lief suchend durch die kleine Gasse.

Fünfzehn Minuten später fand er sie, hinter einem Pfeiler kauernd. Zitternd und ohne Worte schaute sie zu dem Fremden. Die Situation reell einschätzend, kniete der sich vor ihr nieder. Mit einer Hand streichelte er ihr Gesicht. Völlig überrascht und diese Reaktion nicht erwartend, lauschte sie seinen Worten.

„Es tut mir leid, dass die Sache derart ausgeufert ist. Vor der Demo habe ich meine Leute eindringlich darauf hingewiesen, sich zurückzuhalten. Anscheinend haben Einzelne sich kaufen lassen."

„Ich verstehe die nicht. Es geht doch uns alle an. Ihr braucht eine heile Natur, wie jeder andere auch", schluchzte sie.

„Ja", stimmte er ihr zu.

„Komm ich bringe dich ein Stück des Weges. Dann kommst du unbeschadet deinem Ziel näher."

Caine reichte ihr die Hand und zog sie sanft nach oben. Sie liefen kreuz und quer durch die Straßen. Für Außenstehende wirkte es eher planlos. Fünf Minuten später, hakte sie sich bei ihrem Beschützer ein. Er ließ sie gewähren. Dennoch bemerkte er, wie sein Herz pochte. Zwei Stunden nach ihrer Begegnung saß Caine in der Umkleidekabine seiner Firma. Nur mit einem Handtuch bedeckt, hörte er die Prahler unter der Dusche. Stinkwut überkam ihm und augenblicklich war er drauf und dran, ihnen die Leviten zu lesen. In Gedanken verprügelte er allesamt ordentlich. Ein harter Griff an seiner Schulter hielt ihn zurück. Seinen Kopf umgewandt, grinste er in das kantige Gesicht des Franzosen.

„Lass es. Die haben ihre Seele Diabolus verkauft. Du ziehst nur den Kürzeren. Ziehe für dich die richtigen Schlüsse. Alles andere ist Schwachsinn."

Caine überlegte die Worte seines Mitstreiters. Jahre später verband beide eine tiefe Freundschaft. Die Tage vergingen wie im Flug und der Sicherheitsmann hatte den Vorfall abgetan. An einem freien Tag zog es ihn in ein typisches schwäbisches Restaurant. Das beliebte Lokal entstand nach dem Umbau einer historischen Brauerei. Hier gab es allerlei Speisen, so wie es die Deutschen von ihrer Großmutter her kannten. Ambitionierte Küche mit internationalen Genüssen, für Ausländer, insbesondere aus den USA, beliebt, da es in ihrer Heimat derartige lukullische Spezialitäten nicht gab. Ein unvergesslicher Gaumenschmaus für jeden Besucher. In seiner Zeitung vertieft, überhörte Caine die Frage der Besucherin. Tief, in seiner Lektüre versunken, schrak er, nach einem Stupser an seinem Oberarm, auf. Verblüfft starrte er in das freundlich lächelnde Gesicht mit den tiefbraunen Augen.

„Sorry, war beim Lesen", redete er sich heraus. Sein Herz schlug abrupt höher.

„Bitte setz dich", stotterte er verlegen.

„Lies doch weiter. Stört mich nicht."

„Nein das ist unhöflich."

Beide versanken in eine längere Plauderei. Anfänglich die üblichen Floskeln mit Fragen, wie: „Wo kommst du her? Was hat dich hierher verschlagen?"

Der Tag verging wie im Flug. Nachdem die Kellner alle Tische säuberten, bemerkten sie, dass es Mitternacht schlug. Der Samen der Sympathie lag wohlgebettet im Boden und aus einem zarten Trieb der Zuneigung erwuchs ein monumentaler Baum der innigen Liebe. Wochen später stand fest, dass beide ein Paar waren.

Da gestand er seiner Angebeteten, dass er am Tag der Demonstration, sein Herz an sie verloren hatte. Caine war einerseits von Maria begeistert und andererseits zollte er ihr Respekt. Dieses zierliche Wesen, die mit vollem Einsatz für ihre Sache eintrat. Ihre Energie schien schier endlos. In der Presse verleumdet, zogen ihre Kontrahenten alle Register, die Studentin allerorts zu diffamieren. Sie war ausgestattet, mit einem evidenten Rechtsbewusstsein und jederzeit bereit, für ihre Ideale einzustehen. Ein kleines zartes Wesen, mit schier unendlicher Energie. Und sie war es, die Caine zum Nachdenken bewegte. Geschickt stellte sie Fragen und gab ebenso plausible Antworten. Ihre Rechtfertigungen kaum vom Tisch zu wischen. Ethik und Moral contra Profitgier und Verschwendung der Ressourcen. Ein Leben im harmonischen Einklang mit der Natur. Mit unumgänglichen Argumenten verwies sie auf das Wichtigste, was den Alltag ausmachte. Ohne Nahrung übersteht ein Mensch etwa zwei Wochen. Doch bei Mangel an Trinkwasser ist nach drei Tagen Schluss. Die bedeutendste Ressource ist Luft zum Atmen. Fehlt sie, ist das der sichere Tod für ein jedes Lebewesen. Beide zogen zusammen und ihre künftige Lebensplanung galt einer gemeinsamen Zukunft. Tage vergingen und ein Jahr später krönte die Geburt ihrer Tochter Fiona ihr Glück. Ihre Hochzeit planten sie zeitnah. Caine blieb verborgen, dass sein Brötchengeber das verliebte Paar mit Missmut beobachte. Nicht nur dieser, verfolgte diese Verbindung argwöhnisch. Langjährige Auftraggeber drohten mit Vertragskündigungen, solange ein Mitarbeiter mit einer stadtbekannten Revoluzzerin zusammenlebte.

Im Endeffekt führte das zu Disharmonien im Job und in dessen Folge zum Verlust seines Arbeitsverhältnisses. Caine nahm es hin. Doch ein bis dahin unberechenbarer Schicksalsschlag stellte das Leben der jungen Liebe komplett auf den Kopf. Sprichwörtlich: „Wie gewonnen, so verronnen", schlug das Schicksal erbarmungslos zu.

Maria litt unter extremen Kopfschmerzen. Auf der Suche nach den Ursachen scheiterten die Ärzte auf breiter Front. Sie fanden kein geeignetes Medikament, das Linderung versprach. Die Mediziner empfahlen eine stationäre Behandlung. Im Krankenhaus wären die Behandlungsmethoden ausgereifter gegenüber denen in einer Arztpraxis. Einige Tage später die erschreckende Nachricht vom Tod seiner geliebten Maria. Ursache, ein geplatztes Aneurysma im Kopf. Die Ärzte redeten sich mit üblichen Floskeln heraus. Caine warf das komplett aus der Bahn. Von Anbeginn ihrer Beziehung stand Marias Mutter der Verbindung ablehnend gegenüber. Nach dem Tod ihrer geliebten Tochter unternahm sie alles, das Erziehungsrecht für Fiona, zu erhalten. Den ungeliebten Fremdling diffamierte sie allseits und schreckte nicht davor zurück, zur Durchsetzung ihrer Ziele Denunzianten zu kaufen. Ihm allein, hielt sie die Verantwortung für den Tod Marias vor. Das Vormundschaftsgericht entsprach der Klägerin und gab das Kind, zu seinem eigenen Wohle so das Urteil, in die Hände der deutschen Großmutter. Caine verwehrte das Gericht jegliche Möglichkeiten, der Kontaktaufnahme. Das reichte dem Gescholtenen, um in eine tiefe emotionale Betrübtheit zu sinken. Für den Gebeutelten kam es härter. Eine besorgniserregende Krankheit warf ihn komplett aus der Bahn. Seine Firma und jeden den er kannte, wandten sich von ihm ab.

Erst Jahre später, in seiner Heimat Montana, wurde ihm klar, welchen perfiden Machenschaften er zum Opfer fiel. Seinem Freund Maurice verdankte er vor den Toren der Stadt die Unterkunft in einem Wochenendhaus. Vor ihm lagen Wochen voller Schmerzen, Entbehrungen und Ungewissheit. Gliederschmerzen und Hitzewallungen lösten sich wiederkehrend ab. Sein Körper brannte förmlich aus. Die Knochen zerrten an den Gelenken, um im selben Moment aus den Kapseln zu springen. Dazu unaufhörliche beißende Kopfschmerzen. Das Atmen fiel ihm schwer und Ängste sowie Beklemmungsgefühle belasteten ihn mental. Caine stand davor, komplett durchzudrehen. Im Taumel zwischen Wachzeiten und eine Art von Koma, erinnerte er sich an ein Geschenk des Schamanen. Aus den Kräutern seiner Heimat bereitete sich der Todkranke einen Tee zu. Ein Hydrolate-Sud, um zur Beruhigung seiner Seele. Mit Aufkommen erster Symptome ließ er sein Blut analysieren. Ihm wurde eine, bis zu diesem Tag, unbekannte bakterielle Erkrankung attestiert. Das fremde Bakterium stellte die Ärzte vor ein unlösbares Problem, ein wirksames Gegenmittel zu finden. In letzter Not erinnerte sich Caine an einem Sani der Marines. Er schenkte ihm ein Medikalpack mit einem Serum. Eine Spritze mit einem Serumfläschchen. Phagen eine Art Viren, die sich auf Bakterien stürzten und diese zerstörten. Seine letzte Hoffnung. Mit gefüllter Kanüle rammte er die Nadel in den Oberschenkel und schrie dabei vor Schmerzen auf. Ein Wechsel von kalt und heiß schindeten seinen Köper. Caine riss sich die Kleider vom Körper und rannte vor den Bungalow. Es war Winter und meterhoch türmte sich der Schnee im Vorgarten. In einer Wehe warf er sich vornweg in die kühlende weiße Pracht.

Stöhnend genoss sein Köper die wohltuende Kühle. Ein angenehmes Gefühl. Sein Rücken übersäten Pusteln. Aus dem Rest der Kräuter richtete er ein Wannenbad und lag eine Stunde darin.

Weit entfernt über den Großen Teich hoch oben in den Bergen von Montana saß der Schamane in seiner Hütte und schlug sein Tambourin. Den Boden zierte ein runder Teppich. Im Schneidersitz verharrte der Alte mit steifer Pose. Singend beschwor er die finsteren Dämonen, von seinem Stammesangehörigen zu lassen. Letztendlich siegte im Kampf um sein Leben, der Assiniboine.

Wochen nach seiner Gesundung raffte sich Caine auf und brach seine Zelte in Deutschland ab. Blutenden Herzens verließ er das ihm verhasste Land, um zu Haus in Montana, von vorn neu durchzustarten. Hier oben in den Bergen, wo einst seine Urahnen im Einklang mit der Natur lebten, gelang es ihm, neue Kraft zu schöpfen.

Abrupt riss es Caine aus seinen Träumen. Mit einem Satz sprang er auf, hustete und rang nach Luft. Speichel hatte sich in seiner Luftröhre verirrt. Mit einer Hand stütze er sich an der Veranda ab. Den Oberkörper vorn über gebeugt, versuchte er normal zu atmen. Ein eigentümliches Surren ließ ihn aufhorchen und eiligst reagieren. Mit einem Satz rannte er in den Keller. Hier unten im Geheimen, schlummerte manch technische Kostbarkeit. Flink und geschickt flogen seine Finger über die Computerkonsole. Augenblicklich erkannte er den Verursacher dieses für ihn typischen Geräusches auf dem Monitor, eine Drohne. Diese künstlichen Miststücke gefielen ihm nicht, eher im Gegenteil. Bisher holte er drei dieser ferngesteuerten Flugobjekte vom Himmel.

Der Sheriff mahnte ihn, künftig derartige Aktionen, zu unterlassen. Caine zoomte mit dem Transfokator das Bild näher heran.

„Plumper Vorwand, das Land zu vermessen. Langsam kennt ihr hier oben jeden Stein", knurrte er.

Fünfzehn Minute später war alles vorbei. Caine begab sich nach oben und in seinem Kopf pochte es. In der Küche griff er eine Flasche Wasser aus der Kühlbox und lehrte sie in einem Zug. Dürstend rann das kühle Getränk von der Speiseröhre bis in den Magen. Sein überhastetes Trinken hatte zur Folge, dass seitlich aus seinen Mundwinkeln, Reste des Erfrischungsgetränkes flossen und sein Hemd benetzten. Kurz darauf verließ Caine die Hütte, erledigte aufgeschobener Arbeiten und kümmerte sich um seine Pferde.

„Das Wohlergehen der Tiere ist unsere Herzenssache", mahnte sein Vater.

Am späten Nachmittag säuberte er sein Haus. Das zog sich bis zum frühen Abend hin. Mit einer Flasche Bier in der Hand saß Caine vor dem Fernsehapparat. Seine Träumereien beschäftigten ihn. Eine Entscheidung war zu treffen. Alles passte. Ihr Name und das augenfällige Feuermal am Hals. Es stand für ihm außer Zweifel, dass es sich um seine Tochter handelte. Er haderte mit sich. Mit offenen Armen würde sie ihn nach der langen Zeit kaum empfangen. Wie tritt man seinem Kind gegenüber, das den leiblichen Vater bis dahin nicht kannte.

„Hallo, ich bin dein Dad!", ulkte er herum.

Zum Lachen war es ihm auf keinen Fall zumute. Im Gegenteil, mit jedem Gedanken daran, pochte sein Herz und das Blut schoss durch alle Adern. Das Bier war leer und die Flasche brannte in seiner Hand.

Ihm gelang es nicht, die richtigen Worte zu finden. Ein dicker Kloß schien in seinem Unterleib zu wachsen. Schlagartig wandte er sich dem Nachrichtensprecher zu. Der Sender berichtete über Neuigkeiten aus aller Welt.

„Deutschland: In Baden-Württemberg gab es Fälle einer bisher unbekannten Viruserkrankung. Die Ärzte rätseln und stehen vor einem Phänomen."

Caine schaltete den Fernseher aus. Er stand auf und grübelte. Viele Gedanken schossen kreuz und quer durch seinen Kopf.

„Ist die Zeit reif. Der Alte", damit meinte er seinen ehemaligen Chef der Security-Firma aus Deutschland.

„Er hat sich gewiss nicht hinreißen lassen", Stille.

Caine schreckte dieser Gedanke und in ihm schien sich Leere auszubreiten. Eines stand fest, durch untätiges Herumsitzen löste sich sein Problem kaum und es galt, zu handeln. Tief in ihm keimten schmerzliche Erinnerungen auf. Später im Bett liegend, fand er keine Antwort auf die Frage: „Wie packe ich das mit Fiona an!"

Eine seiner bisher größten Herausforderung stand ihm bevor. Das mulmige Rumoren in seinem Magen schien unendlich.

Kitty sah verwundert zu dem Eintretenden. Sie nickte mit ihrem Kopf zur Begrüßung und wandte sich den Gästen zu, deren Bestellungen zu servieren. Caine lief schnurstracks zum Sheriff, der ausgiebig frühstückte. Die Menschen lebten hier in Eintracht miteinander und niemand hatte Grund, zu streiten. Sie kämen fernerhin ohne Ordnungshüter aus.

„Ein spionierendes Miststück düste gestern in den Bergen!"

„Hast du es ziehen lassen und ...“

Caine fiel dem Gesetzeshüter ins Wort.

„Keine Bange, der Drohne ist nichts passiert. Langsam ist die Gegend komplett vermessen, oder was suchen die sonst?“

„Ein Institut misst Auswirkungen des Klimawandels auf die Vegetation. Die Politiker schwenken um. Ziehen ja genug Ökos mit ihren Parolen herum.“

Caine winkte ab, wandte sich um und setzte sich auf seinem Stammplatz. Charley quälte sich mit dem Kopf durch die winzige Luke am Tresen. Mit seiner rechten Hand balancierte er einen Teller.

„Hier ist das Ei!“

Spöttisches Gelächter hallte ihm entgegen.

„Das sehen wir“, frotzelten die Gäste.

Unter ihnen schien ein Witzbold zu sein. Charley wandte sich ab und zog sich in die Küche zurück, biss sich auf seine Unterlippe und erkannte mit Verdruss, eigens Auslöser der Belustigung über sich zu sein.

„Okay das war es“, mahnte die Kellnerin zur Ordnung. Kitty hatte die Besucher kurz darauf im Griff und der Scherz war flink vergessen. Ohne Bestellung servierte sie Caine einen Pott Kaffee, schwarz keinen Zucker, wie er ihn gern trank.

„Und, was gedenkt der Herr zu speisen“, flachste die Kellnerin.

Ihre Frage zielte darauf ab, seine Entscheidung aus ihm herauszukitzeln.

„Zwei Spiegeleier mit Schinken. Pass auf, dass sich Charley nicht nochmal selbst ein Ei legt.“

Kitty grinste. Caine trank den zweiten Kaffee. Sein Snack war verspeist. Die Kellnerin setzte sich zu ihm.

„Und, was gibt es Neues?“

„Kannst du dich für die kommenden Tage, um meine Sachen kümmern?“

„Wow, der Kerl hat sich durchgerungen“, platzte es aus Kitty heraus.

„Ja“, murmelte Caine.

„Und, was ist. Pferde und Hütte übernimmst du?“

Daumen und Zeigefinger rieb er provokant vor Kittys Nase. Diese typische Geste kannte jedermann.

„Was fällt an Tantiemen an?“

Die Kellnerin hatte mit dieser Reaktion gerechnet. Sie stupste mit ihrem Handballen gegen Caines Stirn.

„Bisweilen frage ich mich, was in deinem Kopf für Gedanken herumgeisterten. Sind wir Freunde!?“
Stummes Nicken. Seine Gesprächspartnerin beugte sich vor.

Mit zwei Finger ihrer rechten Hand, fasste sie ihre Ohrmuschel.

„Wie bitte! Habe nichts gehört, allerlei Krach hier!“

„Es ist okay! Besten Dank im Voraus. Der Kredit bei dir, wächst und wächst!“

„Wann startest du?“

„In ein paar Tagen. Ohne Vorbereitungen bringt es nichts. Habe kein Bedarf, einen Reinfall zu erleben.“

„Deine beiden Pferde bringst du zu mir.

Jeden Tag den weiten Weg nach oben, darauf verzichte ich liebend gern.“

Caine erhob sich. Eine herzliche Umarmung von Kitty und ein Kuss auf seine Wange gab es zum Abschied. Dabei flüsterte sie dezent in sein Ohr: „Komm gesund zurück und sprich dich mit ihr aus. Das Beste ist, du bringst sie mit.“

Wieder das flaue Gefühl in seiner Magengegend. Er ließ sich nichts anmerken, fuhr zu seiner Hütte und legte sich früh ins Bett. Sein Wohlbefinden war weit besser, wie Tage zuvor. Das hing damit zusammen, dass er trotz innerer Anspannung, ohne Probleme durchschlief.

Der einstige Armeerucksack enthielt sein Equipment, mit dem, was er für unverzichtbar hielt. Mit Bedacht packte er ausschließlich das Notwendigste ein. Unnützen Ballast vermied er, der wäre für sein Vorhaben rein hinderlich. Ein substanzielles Detail galt es nicht zu vergessen. Dabei handelte es sich um Spezialtechnik für die Legitimation.

Abzureisen, ohne beim Schamanen Rat einzuholen, stand für ihn außer Frage. Mit Sonnenaufgang ritt er in die Berge. Die Tür zur Hütte des Medizinmannes war, wie gewohnt, offen. Wie erwartet, saß der betagte Indianer auf dem Boden. Der markante runde Teppich, war sein angestammter Platz. Die Beine übereinandergeschlagen und erhobenen Hauptes, sprach er mit den Geistern. Vor ihm lagen ein paar Knochenstücke. Kleine Minifiguren, aneinandergereiht, wie ein Würfelspiel. Mit einem Stock mischte er die Dinger durcheinander. Stumm setzte sich Caine ihm gegenüber. Im Schneidersitz abwartend, harrte er der anschließenden Prozedur.

„Den Krieger zieht es in die Ferne!"

Die Stimme des Schamanen brummelte mit tiefen Tönen. Ohne Antwort des Gastes fuhr er fort: „Eine Fahrt über das große Gewässer. Mein Bruder hast du alles wohlbedacht."

„Ja", krächzte Caine mit ausgetrockneter Kehle. Seine übliche kräftige Stimme, klang geschwächt.

„Es geht um meine Tochter", fügte er an.

Augenblicklich unterbrach der Schamane sein Spiel mit den Knochenstücken, griff nach einem Teil und erhob sich. Der Besucher stellte sich ebenso aufrecht vor ihm auf. Die geöffnete Handfläche hielt der Medizinmann gegen Caines Brust. Das Knochenteil, einem Totenkopf ähnelnd, lag mit dem Antlitz nach unten.

„Höre Krieger. Fordere die finsteren Geister nicht heraus. Die Tür zum Totenreich stand für dich einst einen Spalt offen. Ich bin ein alter Mann. Mir fehlt es an Kraft die Dämonen zu bändigen."

Caine fasste die Schultern des Schamanen und schaute ihn tief in die Augen.

„Alt ist das Fleisch, doch der Geist hat die Kraft eines jungen Kriegers."

„Bedenke, blinde Wut ist deines Gegners Vorteil. Nicht provozieren lassen. Handele überlegt, mit kühnem Verstand und heißem Herzen. Was geschehen ist, bleibt unumkehrbar. Nicht, was dir jemand einreden versucht, dein Ziel ist es, was zählt."

Von einem Regal nahm er zwei Lederbeutel.

„Darin ist die Kraft der Urahnen. Aus dem Schoße unserer Erde und die Frucht der Natur. Nimm, es sind nützliche Kräuter. Und jetzt geh", mahnte seine sonore Stimme.

„Erledige das, was unerlässlich ist.

Doch bedenke, nur das zählt!"

Caine bedankte sich und begab sich vor die Hütte. Der Medizinmann stand auf der Veranda und rief ihm nach: „Gehe zu Jerome", bei der Nennung des Namens hob er den letzten Buchstaben betont hervor.

„Er wartet auf deinen Besuch."

Schon im Sattel sitzend verabschiedete sich der junge Krieger wie gewohnt, seine flache Hand in Schulterhöhe haltend. Eine Stunde später stand Caine vor der Hütte des Indianers. Jerome war kein Mann der langen Worte, eher des Handelns. So gab es wenig zu bereden. Ein Gruß und eine kurze klärende Absprache, klärte, was zu erledigen war. Zum Schluss übergab Caine den Schlüssel seiner Scheune.

„Wenn du selbst etwas brauchst, greif ruhig zu. Es ist genügend da. Meine Pferde sind unten im Ort, bei Kitty."

Kaum ausgesprochen ritt er heimwärts. Zu besprechen gab es nichts mehr.

Vor zwanzig Jahren redeten Behörden den Menschen ein, die Legitimierung, anstelle von Ausweisdokumenten, mit Chips vorzunehmen. Problemlos und schmerzfrei erhielt jeder Bürger, mit Vollendung des sechszehnten Lebensjahres, ein fünf Millimeter langes Implantat unter die Haut eingepflanzt. Bequem erledigte ein Scanner die Feststellung der Personalien. Wie hatten die Massen gejubelt, da die Menschen Dokumente in Papierform für lästig hielten. Was keiner erahnte oder verdrängte, waren die Folgen für den Einzelnen. An jedem Ort und zu jeglicher Zeit, totale Überwachung durch die Exekutive. Viele Zeitgenossen erhoben Protest gegen dieses Vorhaben, um die Aushebelung der Persönlichkeitsrechte zu verhindern. Kreative Tüftler waren, mehr denn je, gefragt. Geheimdienste und andere nachrichtendienstlich arbeitende Organisationen standen vor Problemen. Es galt ihre Agenturen mit Aliaslegitimationen auszustatten. Neben Kontrollen hieß es, im grenzüberschreitenden Verkehr ebenso wenig aufzufallen. Pseudoidentitäten waren äußerst begehrt. Caine besaß diese Technik.

Den Chip hatte er vor langer Zeit bei sich entfernt. Eine winzige Narbe blieb zurück. Er verfügte über diverse Chips mit Aliasnamen, die er mit einem Klebstoff am Arm befestigte. Seine Reisen in den vergangenen Jahren verliefen problemlos. Niemals gab es Veranlassung, die Schulter zu entblößen, da die Scans generell durch die Bekleidung erfolgten. Seinen eigenen Chip hatte er mit einem PC eingelesen. Dieser lag in seiner Hütte und gaukelte den Behörden vor, dass er sich auf seiner Ranch aufhielt.

Kontrollen umgehen, war für denjenigen gegeben, der mit spezieller Hightech, Zugang zu den Datenbanken besaß. Der ehemalige Security-Mitarbeiter hatte allerlei in petto.

Alle Vorbereitungen waren abgeschlossen. Seiner Reise stand nichts mehr im Weg.

Reise in die Vergangenheit

Kitty schonte den Pick-up nicht und fuhr mit zügigem Tempo über die steinigen Wege. Wie vereinbart, trafen sich beide vor der Stadt. Caine unternahm alles, seine Reiseabsichten geheim zu halten. Die Kellnerin war schweigsam und verlässlich. Bis zu seinem Ziel waren zwei Stunden Fahrzeit zu bewältigen. Die staubigen Straßen hinterließen weit sichtbare Staubwolken. Am Ende des Tages, an ihrem Bestimmungsort angekommen, stoppte Kitty vor dem einzigen Geschäft. Caine stieg aus dem Fonds und schritt direkt in den Laden. Seine Fahrerin hupte zur Verabschiedung. Mit quietschenden Reifen und gewagtem Wendemanöver lenkte sie das Fahrzeug in einem Zug um und sofort rauschte der Geländewagen in Richtung Heimat davon. Der Besucher war für den Ladenbesitzer kein Unbekannter. Beide verband der gemeinsame Dienst beim Marinekorps.

„Hallo Jim, hier ist ein Zettel. Pack alles zusammen. Ich bin in dreißig Minuten wieder da. Ist dein Heli einsatzbereit?"

Der Angesprochene nickte stumm. Er wirke abwesend.

„Ist was?"

Jim war kein Knabe langer Redereien.

„Wenn uns Zeit bleibt, erkläre ich es dir."

Caine erledigte seine Wege, die er, um nichts zu vergessen, vorher aufschrieb. Neben einen Abstecher in der einzigen Postfiliale, es gab weit und breit kaum ein Geschäft für öffentliche Kommunikation, stand eine Stippvisite bei einem privaten IT-Spezialisten an.

Der Angestellte in der Poststation, ein betagter Herr, das Gesicht von tiefen Furchen durchzogen, sah den Fremden kaum an. Seit Jahren gewöhnte er sich ab, Kunden nach dem Grund ihres Aufenthalts zu befragen. Kurze Begrüßung, Frage zu den was sie wünschen und hinterher ein Aufwiedersehen. Mehr nicht.

Der Computerfachmann begrüßte seinen Besucher leger.

„Hi, Reisender! Die Leitung steht.“

Dem kurzen Blick auf seine Armbanduhr, folgte eine gestenreiche Mimik und Gestik. Das Ziel, was er damit verfolgte, erschloss sich dem Besucher nicht.

„Nahezu pünktlich“, stichelte er.

„Ist die Verbindung sicher?“, erkundigte sich Caine.

Stehenden Fußes und mit beleidigendem Unterton konterte der Computermann. Er war kein Laie, sondern ein Könner.

„Bin Profi. Das ich hier in diesem verschlafenen Ort sitze, hat nichts zu bedeuten“, krächzte er.

„Komm runter und rede ordentlich. Wir sind hier nicht in der Oper!“, winkte der Gast entschuldigend ab, griff in die Tasche seiner Weste und holte ein paar Nuggets hervor.

„Gold wiegt mehr. Plastikgeld ist out!“

Sein Gegenüber grinste und packte mit seiner rechten Hand die Goldstückchen. Nachdem er seine Tantiemen sicher verstaute, zog er sich in einen Nebenraum zurück und überließ seinem Kunden den Computer. Caine setzte sich, schob etliche Unterlagen und Essensreste zur Seite, die kreuz und quer auf dem Schreibtisch herumlagen. Innerlich griente er, da sich das Klischee bewahrheitete. IT-Fachleute sind unsauber und Chaoten.

Das bezog sich insbesondere auf die Reinlichkeit. Auf dem Bildschirm grinste das Konterfei eines trainierten Kerls. Vor fünf Jahren hatte er den alten Kameraden vom Korps wiedergetroffen. Mit dem Transportunternehmen, namens Trepanglinie, verdiente er sein Lebensunterhalt. „Hallo Marine, bist du bereit?"

„Ja klar. Wie stellst du dir deine Bezahlung vor?" „Da sehe ich bei dir kein Problem, aufgrund der alten Zeiten. Komm her und wir einigen uns. Wann bist du hier?"

„Ich fliege, wenn alles klappt, in Kürze los. Denke, werde heute Abend da sein."

„Okay, Kamerad. Wir treffen uns um zehn Uhr und morgen in der Frühe brechen wir auf."

Nach wenigen Worten war das Gespräch beendet. Alles, was es zu sagen gab, war erledigt. Caine trabte am Ende seines kurzen Videochats zufrieden zum Geschäft zurück. Es galt den alten Jim davon zu überzeugen, ihn kurzfristig, heute unbedingt mit dem Hubschrauber fortzubringen.

„Wohin, Oregon! Portland!", donnerte der verblüfft.

Jim atmete erregt. Sein Körper kam in Schwingungen. Der einstige Militärflieger hatte an Körpergewicht tüchtig zugelegt.

„Das sind rund siebenhundert Meilen!"

„Ja, etwa dreieinhalb Stunden", frotzelte Caine.

„Mit einem Spitzenflieger!"

Jim strich sich gedankenversunken über seine Stirn. Grinsend fixierte er seinen Passagier, rieb mit typischer Geste Daumen und Zeigefinger aneinander.

„Und die Bezahlung?

Bitte keine Schwafelei, wie der alten Zeiten zuliebe, oder ähnlich!", stammelte Jim.

„Essen und Trinken muss ein Jeder! Geschenkt gibt es nichts!"

„Du hast die Wahl zwischen Geld und Gold", wobei Caine klar war, dass sich sein alter Kamerad für das Letztgenannte entscheiden würde. Postwendend fingerte er den Lederbeutel aus seiner Jacke, da wo das begehrte Edelmetall schlummerte. Mit dem Zeigefinger deutete Jim auf die Nuggets.

Der Jeep sah einst bessere Zeiten, mit dem sein alter Freund, ihn eine Stunde später in die Berge chauffierte. Jim hatte hier oben eine Höhle gefunden, um seinen Helikopter vor fremden Augen, zu verbergen. Im Stillen fand es Caine belustigend, darauf zu wetten, welches Teil besser in Schuss wäre, Jeep oder Hubschrauber. Er hätte verloren. Das Fluggerät hatte jede Menge Jahre auf dem Buckel. Der anfängliche Eindruck verflog. Mit der ersten Zündung arbeitete der Motor und die Rotoren drehten. Ausgedehnte Unterhaltungen lagen dem Piloten fern. Damit war für Caine klar, dass der Flug mehr schweigend verlief. Er irrte, denn Jim redete wie ein Wasserfall und schwärmte über die gemeinsamen Erlebnisse zu Zeiten der Angehörigkeit bei den Marines. Er ließ seinen Frust frei heraus. Was ihn Kummer bereitete, wiederholte Besuche des Geheimdienstes NSA. Sie drängten ihn zur Zusammenarbeit. Seine Kontakte nach Europa schienen für den Dienst im Fokus ihrer Interessen zu stehen.

„Die planen da drüben was. In Deutschland brodelt es. Das weckt die Aufmerksamkeit dieser Herrschaften."

Caine ermutigte Jim hart zu bleiben, was diesen wiederum beruhigte.

Seinen Ärger mit jemanden teilen und frei von der Seele zu reden, zeigte erhoffte Wirkung. Die gefühlte Flugzeit blieb eher kurz. Die Sonne verschwand hinter dem Horizont, nachdem der Hubschrauber auf dem Boden, weit vor den Toren von Portland, aufsetzte. Die Rotorblätter drehten sich im Leerlauf. Jim sah zu seinem alten Mitstreiter.

„Wie kommst du über den Großen Teich?"

„Mit der Trepangline."

Jim legte sein Kopf nach hinten und grinste.

„Mit den Seals!", platzte es aus ihm heraus.

„Marines stehen jederzeit und allerorts füreinander ein."

„Ich reise ja nicht mit", lachte Jim.

Caine stieg aus und nahm seine Sachen. Jim folgte ihm und beide umarmten sich herzlich zum Abschied. „Lass dich nicht unterkriegen und komme heil wieder, alter Freund."

„Danke Jim, du ebenso und!"

Caine zeigte mit dem rechten Zeigefinger nach oben. Für den Rückflug gab er seinem Freund den Rat: „Bleib geschmeidig."

Für eine längere Verabschiedung blieb keine Zeit. Der Helikoptermotor ratterte los. Minuten später hob er zum Rückflug ab.

Zwei handfeste Burschen warteten am vereinbarten Treffpunkt. Äußerlich erkennbar, dass beide jahrelang hart trainierten. Stämmige Figur und kantige Gesichter, markante Besonderheit für geübte Zweikämpfer. Aus Sicht des eigenen Wohlbefindens her, empfahl es sich, jeglichen Streit mit ihnen gänzlich zu vermeiden. Wer dabei den Kürzeren zog, lag klar auf der Hand.

Caine grinste. Zur Begrüßung umarmten sich die alten Kämpfer herzlich.

„Kaum verändert unser Indio!", scherzte ein Seal.

Mit ausgestreckten Armen hielt er seinen Passagier auf Distanz und musterte ihn vom Kopf bis zu den Füßen. Sein breites Grinsen schien unendlich.

„Ja ehrlich Caine, siehst fit aus."

Ein freundschaftlicher Klaps auf den Oberkörper folgte. Kurz darauf entfernten sich die drei ehemaligen Marines von ihrem Treffpunkt. Mit einem unweit geparkten Jeeps fuhren sie in ihre Unterkunft. Caines Zimmer war bescheiden eingerichtet. Ein Bett und eine Kommode. Auf einem klapprigen Regal, ein praktischer Ersatz für einen Nachtschrank, stand ein älterer Leuchter. Er wirkte, wie aus Urgroßmutters Zeiten, eben ein antikes Relikt. Nach mehrmaligem Drücken des Kippschalters war klar, dieses Requisit fristete sein Dasein alleinig für Dekorationszwecke. Eine schmale Tür, rechts neben dem Bett, führte zur Nasszelle. Bad wäre fürwahr maßlos übertrieben. Lange lag Caine auf den Rücken wach. Was erwartete ihn da drüben? Eine unbeantwortete Frage, die ihm Kopfzerbrechen bereitete. Wie sage ich es ihr bloß? Was ihm ebenso beschäftigte, Jims Äußerungen zu den Aktivitäten des NSA in Europa, speziell in Deutschland. Wenn die Geheimdienste aktiv sind, kreuzen sich beider Wege.

Das Mobiltelefon holte zur festgelegten Weckzeit, den Gast mit schrillem Geläut, jäh aus seinem Schlaf. Mit brummendem Schädel betrat Caine die Dusche. Nach ausgiebigem Duschbad frühstückte er. Es war genug Zeit und ihn drängte nichts. Pünktlich traf er auf die illustre Reisegruppe am vereinbarten Treffpunkt.

Paul, dem die Rolle des Reiseleiters zukam, gab die Regeln für jeden Einzelnen bekannt. Verboten waren Gespräche untereinander, die Bekanntgabe des Namens, Grund und Ziel der Reise. Strikt untersagt war das Ansprechen des Personals. Nicht erlaubt war die Nutzung von Smartphones oder ähnlicher Geräte. Eine Vielzahl von Informationen und Verhaltensregeln gab es dazu. Das betraf die Reisegeschwindigkeit, ihre Route und die Wassertiefe. Ferner sprach Paul über Details, wie die Verpflegung und das Ende der Überfahrt. Wichtige Tipps, um negative Begleiterscheinungen der Reise, genauer gesagt, bei der Tauchfahrt, abzuschwächen, gab er zum Schluss. Das betraf insbesondere die Teilnehmer, die erstmals auf dieser Art reisten und deren körperliche Konstellation eher untrainiert war. Er verwies dabei auf kurzzeitiges Unwohlsein, Übelkeit und dezenten Druck im Kopf. Diese Symptome traten überwiegend nach dem Tauchgang auf. Für diejenigen, die regelmäßig ihren Körper trainierten und fit blieben, hielt sich das Ausmaß der Beschwerden in Grenzen.

Die Teilnehmer fieberten spannungsvoll dem Beginn der Überfahrt entgegen.

Nachdem alle Passagiere vollzählig am vorbestimmten Treffpunkt eintrafen, die Abwicklung der Formalitäten beendet waren, bestiegen sie eine Barkasse, um damit zum Liegeplatz des Unterseebootes überzusetzen. Die Seegurke ankerte außerhalb des Hafens, unmittelbar vor der offenen See. Caine war klar, warum seine ehemaligen Kameraden ihrem Unternehmen diesen eigenwilligen Namen Trepanglinie verpassten. Jeder Gast erhielt eine Kabine, spärlich eingerichtet, zugewiesen. Alleinig ein Tisch, Stuhl und eine Liege gehörten zur Ausstattung.

Caine hatte bei dieser Art zu reisen, keinen feudalen Komfort erwartet. Paul trat ein.

„Alles in Ordnung?"

Der Passagier nickte zustimmend.

„Wie lange dauert die Überfahrt?"

Paul schaute gedankenlos auf seine Armbanduhr, bevor er die gewünschte Antwort gab.

„Wenn nichts dazwischenkommt, maximal acht Tage. Wir tauchen insgesamt vier Mal auf. So hat jeder Gelegenheit, frische Luft zu schnappen."

„Sonst steigen am Ziel nur Bleichgesichter aus", frotzelte Caine. Bevor Paul die Kabine verließ, wandte er sich um.

„Wenn du einen Wunsch hast, komm ausschließlich zu mir. Von den Jungs macht jeder seinen Job, dass alles reibungslos abläuft."

Das Unterwasserboot setzte sich in Bewegung. Der Tauchvorgang rief einen trivialen Druck in den Ohren hervor. Für diejenigen, die bisher nie in einem U-Boot reisten, eine unbehagliche Art der Überfahrt. Caine hielt sich ausschließlich in seiner Kabine auf und vertrieb sich die Zeit mit allerlei sportlichen Übungen, seinen Körper fit zu halten. Nach zwei Tagen tauchten sie auf. Die Luft war mild und der Himmel klar. Mit tiefen Zügen inhalierte Caine die frische Meeresluft. Gedanklich war er an seinem fernen Reiseziel in Deutschland angekommen. Eine Reihe bisher unbeantworteter Fragen spukten durch seinen Kopf. Jäh riss ihn eine schroffe Stimme aus seinen Überlegungen. Es hieß, zurück in ihre zugewiesenen Kabinen. Ein Tag folgte dem Nächsten und sie steuerten dem Ende zu.

Caines alter Freund beschäftigte ihn mit diversen Aufgaben, sodass die Überfahrt wie im Flug verging. An einem Donnerstag, es war der 09.05.2058, erreichten sie Dover. Es war früher Abend. Ähnlich wie bei ihrer Abfahrt ankerten sie weit draußen vor dem Hafen. Nach dem Auftauchen schafften sich vier Besatzungsmitglieder mit einem unhandlichen Ballen. Sie entfernten drei Schnürbänder und zogen an einer kurzen gelben Leine. Gleich darauf blies sich das Gebilde zu einem riesigen Boot auf, das genügend Plätze für alle Reisenden bot. Zuletzt montierte das Team einen Außenbordmotor am Heckteil. Mit dem Schlauchboot schipperten sie zum Hafen. Nachdem die Passagiere wieder festen Boden unter ihren Füßen hatten, liefen sie sofort auseinander.

„Und? Wohin treibt es dich", fragte Paul.

„Weiter nach Deutschland."

„Was, zu den Krauts!?", wunderte sich der ehemalige Seal.

„Familienangelegenheiten", antworte Caine kurz.

„Fliegst du?"

„Nein, reise per Zug. Von Dover Priory rüber bis Calais. Von dort fahre ich über Brüssel zu meinem Endziel."

„Da bist du eine Ewigkeit unterwegs!"

Caine kraulte seine Stirn und schnitt eine Grimasse.

„Elf Stunden."

Beide umarmten sich mit kräftigem Griff.

„Bestes Gelingen bei deinen Familienangelegenheiten, alter Freund", grinste Paul zum Abschied.

Reisende setzten sich hektisch in Bewegung, nachdem ihr Zug angekündigt wurde.

Der Pulk lief voller Erwartung auf den Bahnsteig, um einen der begehrten Sitzplätze zu erheischen.

Die Passkontrollen überstand Caine problemlos. Seine Pseudoidentität blieb unentdeckt. Durch das penetrante Quietschen der Bremsen schnitten die Wartenden auf dem Bahnsteig allerlei Grimassen oder hielten mit den Zeigefingern ihre Ohren zu. Diejenigen, die ankamen, stürmten aus den Waggons und die ihrer Abreise entgegenfieberten, hasteten eilig nach innen. Pünktlich, um zehn Uhr abends, fuhr der Zug los. Caine saß mit zwei älteren Damen in einem Abteil. Sie schienen aus Belgien zu kommen, denn sie redeten Französisch. Für ihn die Schlussfolgerung, dass er derweil um eine Plauderei herumkäme. Er lächelte und sprach für sich: „Hoffentlich sprechen die kein Englisch."

Um dem vorzubeugen, lehnte er sich zurück, schloss seine Augen und stellte sich schlafend. Für jeden unüberhörbar führten auf dem Gang verschiedene Reisende Wortgefechte miteinander. Andre rannten planlos am Zugabteil vorbei. Caine grübelte. Gab es Anzeichen, dass seine Identität aufgeflogen war? Sofort erinnerte er sich an ein Seminar. Ein Spezialist, tätig für das Bundeskriminalamt, leitete einst etliche verdeckte Operationen. Caines einstiger Brötchengeber legte Wert auf praxisnahe Ausbildungen. Neben Security-Einsätze gab es eine Vielzahl weiterer Aufgaben. Dazu gehörte die Einholung diskreter Erkundigungen. Zu diesem Zweck erhielten sie durch diesen ehemaligen Beamten eine spezielle Unterweisung. In Gedanken hörte Caine seine eindringlichen Worte: „Vergesst nie, derartige Einsätze sind genauestens vorzubereiten. Um den wahren Grund zu verschleiern, verwendet man sogenannte Legenden.

Das sind plausibel klingende Scheinvorwände, die nicht gleich überprüfbar sind und bei anderen das Gefühl vermitteln, alles hat seine Richtigkeit. Vertraut darauf", sprach er mit mahnender Geste.

„Zweifelt ihr oder seid schwankend, führt das zu eurer Enttarnung und Rückzug ist empfohlen!"

Caine lehnte sich zurück und blieb entspannt. Später, bei üblichen Kontrollen, erfuhren die Reisenden, dass Fahnder einen Taschendieb ermittelten und festnahmen. Lohnte es sich für ihn, die Ratschläge des ehemaligen BKA-Angehörigen zu befolgen.

Elf Stunden Fahrzeit zogen sich hin. Um die gefühlte Dauer seiner Reise abzukürzen, schaffte Ablenkung Abhilfe, sprach Caine für sich. Ihm fiel nichts Passendes ein. Es war früher Morgen und die Sonnenaktivität nahm zu. Der Zug passierte Hannover. Mit rasantem Tempo fuhren sie an den Bahnsteigen vorbei. Durch die hohe Geschwindigkeit war es schwer, die Städtenamen zu deuten, die buchstäblich an den Fahrgästen vorbeiflogen. Ein Angestellter der Bordgastronomie klopfte und schob gleich die Tür auf.

„Kaffee, Speisen und allerlei Leckereien!"

Caine meldete sich: „Einen Kaffee schwarz und zwei belegte Brötchen", bestellte er im akzentfreien Deutsch. Die beiden Damen, die in Dover mit zustiegen, verließen den Zug in Brüssel. Seine gegenwärtige Reisebegleitung bestand aus drei Teenager, um die zwanzig Jahre alt. Aus ihren Gesprächen war zu entnehmen, dass es sich um Studenten handelte. Um nicht aufzufallen, zahlte Caine mit Kreditkarte, so wie allgemein üblich. Damit vermied er, Interesse an seiner Person zu erwecken.

Jahre waren vergangen. Caine betrat deutschen Boden, dass Land seiner alten Wirkungsstätte.

Einst verhasst gegangen und trotz gegebener Schwüre, wieder zurückgekehrt.

Was wird ihn erwarten?

Zurück in Deutschland

Die Fahrzeit endete in Kürze. Der Zug ruckte und die Bremsen quietschten. Hamburg, seine erste Station in Deutschland. Der Uhrenturm am Hauptbahnhof zeigte den Reisenden, welche Stunde es geschlagen hatte. Auf dem Weg zum Ausgang suchte Caine den Shuttle-Service der Bahn. Günstig und unkompliziert, ohne Wartezeit, so der Werbeslogan, brachte Gäste zum Abfahrtsbahnhof oder ihren Zielort. Eine reizvolle Dame hinter dem Schalter kümmerte sich geschäftig um Caines Anliegen.

„Was ist Ihr Reiseziel?"

„Ich reise nach Berlin. Werde voraussichtlich nicht hierher zurückkehren. Haben sie dort eine Filiale, die mir das Auto wieder abnimmt?"

Mit weit geöffneten Augen lächelte die Mitarbeiterin der Leihfirma den Fremden an. Augenblicklich flogen eine Vielzahl schattenhafter Gedanken durch seinen Kopf, die Caine sofort verwarf. Er war nicht hier, um Ladys anzubaggern, nein, Ziel seiner Reise galt einzig seiner Tochter. Nach zwanzig Minuten waren alle Formalitäten erledigt. Vor dem Bahnhofsgebäude folgte eine kurze Einweisung und die Mitarbeiterin übergab im Anschluss das Fahrzeug. Ein nettes Adieu und Caine fuhr seinem Reiseziel entgegen. Schlichte Elektroautos, für zwei Fahrgäste ausgelegt, standen in Reih und Glied auf einer Parkfläche. Für seinen wuchtigen Körper hieß es, mit beengtem Sitzkomfort zurechtkommen.

Mit surrendem Motor setzte sich das Miniauto in Bewegung. In Berlin gab es vier Standorte, die Caine das Gefährt wieder abnahmen.

Für Fahrzeuge mit Verbrennungsmotoren galt in den Innenstädten absolutes Fahrverbot. Vor dem Touristen lag eine Strecke von knapp dreihundert Kilometer. Unter Beachtung, was aus dem Pkw herauszuholen war, eine Fahrt von drei Stunden bis zum Zielort.

Am Stadtrand, unmittelbar an der Autobahn, hatte Caine in einem mittelgroßen Hotel ein Doppelzimmer reserviert. Auf seinen Wunsch mit Frühstück, mehr nicht. Dadurch vermied er, sich von solchen Banalitäten, wie regelmäßige Essenszeiten, einschränken zu lassen. Das war typisch deutsch, zu festen Zeiten über den Tag verteilt, zu essen. Die Unterkunft wählte er mit Bedacht, da sich vielfältige Möglichkeiten ergaben, individuell und bei Bedarf diskret abzureisen. Es war nie vorauszuahnen, unter welchen Bedingungen eine schnelle Abreise ratsam wäre. Trotz problematischer Versorgungslage schätzten Gäste die Gastfreundschaft. Dazu üppig gedeckte Tische, zu den Mahlzeiten, alles ordentlich und gepflegt. Für Inhaber beliebter Zahlungsmittel standen Tür und Tor offen und brauchten auf nichts verzichten. Nachdem der Leihwagen abgegeben war, suchte Caine nach einer weiteren Möglichkeit mobil zu bleiben. Da fiel ihm ein Geschäft ins Auge, das Motorräder verlieh. Sobald kein Bedarf mehr vorlag, gab es deutschlandweit Filialen, das Krad zurückzugeben. Der dienstbeflissene Mitarbeiter umwarb seinen Kunden mit allerlei Schmeicheleien.

„Die Technik ist folgende, wir haben im gesamten Rahmen leistungsstarke Akkus verbaut, die stets neu aufgeladen werden. Photovoltaikmodule sind an diversen Stellen angebracht und laden das Batteriepaket auf. Zuletzt kommt der Clou.“

Der Verkäufer legte eine Pause ein, um die Spannung in die Höhe zu treiben.

„Sie sehen ja, dass Motorrad hat zwei Tretkurbeln, ähnlich wie beim Fahrrad. Wenn Sie los düsen, drei bis fünf kräftige Tritte in die Pedale. Dadurch spannt sich hinten eine Feder, die, nachdem Sie diesen Schalter links am Lenkrad betätigen, ein Schwungrad in Gang versetzt und sie fahren ab wie die Post."

Caine grinste und hörte sich sprechen: „Bin nicht blöd, Junge."

Sein Gegenüber stutze, inwiefern der Kunde alles begriffen hatte.

„Passt, erledigen wir den Papierkram!"

Überrollt von der prompten Kundenentscheidung und zu zeigen, dass er ein kompetenter Verkäufer war, fügte er kleinlaut an: „Durch das Schwungrad und zusätzlich beim Bremsenvorgang, erhält der Akku Ladestrom. Grob über den Daumen gepeilt, schaffen Sie dadurch locker dreihundert Kilometer."

In einer Remise gleich neben dem Hotel, fand sich eine praktikable Unterstellmöglichkeit. Seine Unterlagen durchblätternd, vergewisserte sich Caine, wann und wo die Studentenkundgebung stattfand. Drei Ehrengäste waren angekündigt, darunter seine Tochter. Mit geübten Handgriffen verstaute er wichtige Utensilien und damit war er reisefertig. Bis zum Beginn der Veranstaltung dauerte es, sodass genug Zeit für einen Stadtbummel blieb. Caine fuhr kreuz und quer durch Berlin, wofür er öffentliche Verkehrsmittel benutzte. Hauptverkehrsmittel waren Straßenbahnen und Busse. Diese waren elektrisch betrieben und autonom selbstfahrend. Abends bestellten Fahrgäste die Gondeln über spezielle Terminals.

Für die Schienengondeln fanden die Berliner ihre eigene Bezeichnung: „Cityengel.“

Regelmäßige Fahrzeiten gab es nicht. Je nach Bedarf war wahlweise der Abruf für vier bis zu zwölf Personen möglich. Über ein Display im Innenraum ließ sich das gewünschte Ziel einstellen. Selbstgesteuert setzte sich das Vehikel in Bewegung. Bei Ankunft am Bestimmungsort fuhr die Gondel eigenständig zum neuen Ruf Ort oder ins Depot. In den Nachtstunden verlief auf dieser Art, die Zustellung der Waren und Güter, an die Geschäfte in der City. Der Stadtbummel zeigte Caine allerlei Altbekanntes. Dennoch war es erstaunlich, wie das Stadtbild sich in den letzten zwanzig Jahren verändert hatte. Eine wandelbare Metropole. Licht und Schatten lagen nah beieinander. Einkaufsmeilen mit bunten Fassaden hellerleuchteter Reklame, die Kunden zur Einkehr anlockte. Hier pulsierte das Leben und Menschen gaben sich manch illustren Vergnügen hin, vor allem in den Abendstunden. Die Kehrseite der Medaille förderten die Randgebiete zu Tage. Warnschilder mahnten, vor dem Betreten dieser Regionen. Hier hausten die Verlierer der Gegenwart. Ein bis dahin altes Wort, verdrängt aus dem Sprachgebrauch, fand zurück: *Unterschicht.* Wer hier wohnte, lebte am unteren Level des gesellschaftlichen Lebens. Riesengroße Armut bescherte vielen Bewohnern das schwere Los, dahinzuvegetieren. Eine Folge, die Kriminalitätsrate in dieser Region lag statistisch gesehen, weit oben. In diesen Armenvierteln gehörte es zum Selbstschutz, sein Domizil zu verbarrikadieren. Dementsprechend die Unterkünfte, heruntergekommen und karg. Bettelei und Prostitution prägten das Straßenbild. Um Almosen bettelnd, kauerten in Lumpen gehüllte Gestalten auf den Gehwegen.

Dort, wo ihre Schnorrerei ihnen den gewünschten Erfolg versprach. Offenherzig gekleidete Weibsstücke präsentierten ihre Weiblichkeit und luden potenzielle Freier, für ein geringes Entgelt, zu einem Techtelmechtel auf Zeit ein.

„Haben die Berliner ihre Mauer wieder", sprach Caine zu sich. Dieses neuartige Bollwerk trennte keine Staaten, sondern diente einem Ziel, der Abschottung von Licht und Schatten, die Unterschicht im Zaum zu halten. Zentrumsnah stieg er aus und suchte ein Bistro auf. Derweil er aß, schwebten seine Gedanken Jahre zurück. In seiner Fantasie stand sie vor ihm, die Studentin mit ihrer nie versiegenden Power, Marie Gruber. Ein zierliches Mädel, voller Tatendrang. Ihre blonden Haare und die blauen Augen, die prävalent glasig aussahen, hatten Caine in ihren Bann gezogen. Beide verbrachten eine innige Zeit miteinander. Nach Bekanntwerden ihrer Schwangerschaft war ihr klar, dass sie dieses Kind behält. Eine Abtreibung stand außer Frage. Caine wehrte sich anfänglich gegen diesen Gedanken. Vater zu sein und Verantwortung übernehmen, für so ein kleines Wesen. Ihr Leben erhielt einen komplett anderen Verlauf und er hatte kaum Gelegenheit sein Kind mit dem klangvollen Namen Fiona, was die Weiße und oder die Reine bedeutete, kennenzulernen. Die Schuld lag bei Marias Mutter. Von Anbeginn war sie gegen diese Liebe und zeigte das offen. Nach dem Tod ihrer geliebten Tochter verfolgte sie ein abscheuliches Ziel. Sie giftete Caine an und ihre Beziehungen, sorgten dafür, dass ihm niemand das Sorgerecht zuerkannte. Ihre Feindseligkeiten ließen nicht nach. Im Gegenteil, sie trat gehässiger gegenüber dem Vater ihrer Enkelin auf.

Entmutigt verließ er Deutschland. Gedanklich stand er vor seiner Tochter. Sofort war er wieder da, der dicke Klos in seinem Magen.

„Wie packe ich es am besten an?"

Das dumpfe Schlagen eines Kirchengeläuts beendete seine Träumerei.

Der Veranstaltungsort, eine Industriebrache, lag fußläufig nicht weit von seinem jetzigen Standort. Da, wo vor Jahren Maschinen ratterten und ein emsiges Treiben den Tagesablauf prägten, heute Einöde. Für Caine stand fest, dass die Studenten aus früheren Demonstrationen Erfahrungen gesammelt hatten. Das Gelände war schwer einzusehen und es gab allerhand Gänge und Keller, ideale Fluchtwege. Mit geübtem Blick weit vor Beginn, sondierte er die Umgebung. Für ihm war klar, dass die Behörden die Zusammenkunft nicht dem Selbstlauf überließen und alles genauesten beäugten. Nach seinen Erfahrungen verrichteten Spitzel diverser Institutionen, unter den Teilnehmern, ihre Arbeit. Großräumig erkundete er das Areal. In seinem Nacken kribbelte es sonderbar. Ein Gefühl aus alten Zeiten. Seine innere Stimme sagte ihm, dass nicht eingeladene Besucher auf der Lauer lagen, alles strengstens beobachteten und dokumentierten. Bei einem Erkundungsweg begegneten ihn vereinzelt dubiose Zeitgenossen. Suspekte Gestalten lungerten in dämmrige Ecken und warteten auf potenzielle Opfer. Der Vielzahl an geringeren Delikten, kam die Polizei kaum nach. Stapelweise häuften sich die Anzeigen in den Revieren. Das nahm überhand, wodurch die Ordnungshüter total überlastet waren. Verstrichen die Bearbeitungsfristen, stand der Weg für die Vernichtung frei.

Caine spazierte durch die Straßen.

Der Minirucksack, den er vorrangig über eine Schulter trug und mit einer Hand festhielt, verbarg manch nützliches Utensil.

„Äh, haste nen Euro", bettelte eine heisere Stimme aus der Dunkelheit.

„Ick hab ne Woche niks zu Beißen jehabt."

Caine trat dem Bittsteller einen Schritt entgegen. Schauder kroch über seinen Rücken. Das spärliche Licht leuchtete in ein entstelltes Gesicht. Ein Augenblick genügte, um zu zeigen, dass von dem Bettler keine Gefahr ausginge.

„Na Kumpel, siehst scheiße aus!"

Gekränkt senkte der Obdachlose seine Augenlider. Caine griff in seine Tasche und reichte seinem Gegenüber eine Chipkarte mit einem Restguthaben von zehn GE, dennoch ausreichend. In gleicher Höhe entsprach dieser Betrag der einstigen Währung, dem Euro. In seiner Not hatte der arme Tropf jegliche Relation zur Gegenwart verloren. Mit Abschaffung des Bargeldes nach der letzten Währungsunion gab es Geldeinheiten, abgekürzt mit GE. Den Service, der früheren Geldautomaten, übernahmen Cash-Terminals, die in beliebiger Höhe, Zahlkarten mit Guthaben versahen, soweit es der Kontostand zuließ. Bei Verlust der Karte war der Schaden weit geringer. Das gesamte Sparvermögen blieb ungefährdet. Nur der Kartenbestand wurde eingebüßt. Taschendiebe und andere Ganoven gab es überall.

„Dahinten ist ein Shop mit Toilette. Gönne dir einen Kaffee, iss was und wasch dich."

Caine setzte seinen Weg fort und hörte die Stimme der armen Seele ihm nachrufen: „Hey Kumpel danke. Sind gutherzige Menschen bisher nicht ausgestorben!"

Reihen von Werkhallen und dreigeschossige Gebäude mit Klinkerfassade, im Volksmund Backstein genannt, prägend für ein solches Industrieareal. Unvorstellbar, dass in früheren Zeiten bis zu zehntausend Arbeiter an diesem Ort in Lohn und Brot standen. Das ehemalige Werk schien ohne Bewachung. Ein Werktor, aus dicken Metallstangen zusammengeschweißt, blieb göffnet. Mit dem Hintergedanken, sein Ziel nicht direkt anzusteuern, betrat Caine das Areal. Einzelne Jugendliche, schauten sich mit Bedacht um und Minuten später, steuerten sie auf das selbige Gebäude zu. Ein sonderbares Kribbeln in seinem Nacken lies den früheren Security-Spezialisten aufhorchen. Dieses Gefühl kannte er aus seiner aktiven Zeit genaustens. Alarmglocken schrillten auf, die ihn zur Aufmerksamkeit mahnten. Es lag klar auf der Hand, dass Polizisten und Angehörige von Sicherheitsfirmen im Verborgenden lauerten. Mit geübtem Blick betrachtete er das gesamte Areal, schaute nach möglichen Fluchtwegen und etwaigen Verstecken der Sicherheitsbehörden. Über diverse Schleichwege kam Caine zu seinem Ticket für diese Demo. Die Studenten organisierten sich bestens, achteten pedantisch darauf, dass sich keine Büttel der Behörden einschlichen. Eine altbewährte Maßnahme, bei Veranstaltungen, gezielt Störer einzuschleusen. Deren Aufgabe war, mit vorgetäuschten unrühmlichen Aktionen dafür zu sorgen, Auftraggebern Gründe zur vorzeitigen Auflösung von Demonstrationen zuzuspielen. In letzter Zeit forcierten die Studiosi ihre Aktivitäten, zum Unbill der Politik und Unternehmen. Sie zielten auf diejenigen, die mit Gleichgültigkeit, den widrigen Umweltproblemen entgegentraten und Klimaveränderungen leugneten.

Nachdem die schwere Stahltür ins Schloss fiel, bauten sich drei Studenten vor dem Besucher auf. Anstandslos zeigte Caine sein Ticket. Mit einem Scanner überprüften sie die Eintrittskarte. Einer schaute ihn mit weiten Augen an. Äußerlich erkennbar, brannte eine Frage auf seiner Zunge.

„Ist das Ticket nicht in Ordnung", kam ihm Caine zuvor.

„Wie ein Student siehst nicht aus!"

„Das stimmt. Meine Vorfahren lebten einst im Einklang mit der Natur. Ist das nicht euer Ziel?"

„Ja, klar", stotterte der Studiosus.

„Na ja, da passt alles, oder."

Caine spazierte zum Veranstaltungssaal, einer alten Werkhalle. Die einstigen Mitarbeiter, hatten ihre frühere Arbeitsstätte feinsäuberlich hinterlassen. Das schloss der Gast aus den besenreinen Zustand. Die Industriebrache wirkte gepflegt. Je weiter er lief, stieg der Geräuschpegel. Dicht gedrängt standen die Besucher in der Werkhalle aneinander. Sie krakelten und johlten. Im Chor riefen sie den Namen des angekündigten Ehrengasts. Auf einem notdürftig zusammengezimmerten Podest schafften sich zwei Kerle, die mit Sprüchen und Parolen die Stimmung aufpeitschten. Diffamierte Namen von Unternehmen und Politikern, hallten aus den Lautsprechern. Lautstarke Unmutsbekundungen folgten. Nach fünfzehn Minuten kündeten zwei weitere Studenten den heiß erwarteten Hauptgast an. Erwartungsvoll stierten alle Anwesenden auf das Rednerpult. Caine ebenso, der seine Tochter seit Jahren erstmalig in natura sah. Eine mittelgroße Heranwachsende, blonde Haare, die bis zur Schulter fielen, bekleidet mit Jeans und einem karierten Hemd.

Caine erinnerte das sofort an Kitty. Tosender Beifall setzte ein, nachdem der Ehrengast die Bühne betrat. Die Stimmung kochte. Nach oben gehaltene Transparente animierten zu Sprechgesängen. Die Anwesenden mahnten Politiker zur Gerechtigkeit und die Bosse der Unternehmen zu mehr Solidarität mit den Ärmsten der Welt und der Sicherung des Klimaschutzes sowie der Ökologie. Die gegenwärtige prekäre Lage versprach keine Besserung, eher im Gegenteil. Es dauerte zwanzig Minuten und Unruhe kam auf. Eine hochgewachsene männliche Person betrat durch eine Seitentür den Saal und brüllte durch ein Megaphon: „Die Bullen kommen. Verlasst das Gelände. Zu eurer eigenen Sicherheit, auf verschiedenen Wegen und keine großen Gruppen bilden!"

Kraftvoll quetschte sich Caine durch die chaotische Menschenmenge. Zwei Studenten drängten seine Tochter durch eine Hintertür nach draußen. Es bedurfte massiver Anstrengungen, ihnen zu folgen. Bevor er die Werkhalle verließ, hörte er die Durchsagen des Sicherheitsdienstes. Sie forderten jeden auf, stehen zu bleiben und sich einer Kontrolle zu unterziehen. Auf seinen Weg ins Freie ertrug Caine reichliche Rempeleien und denen folgten eine Reihe von Entschuldigungen, bis er an der frischen Luft ankam. Umgeben von vier Gebäuden stand er auf einem Freiplatz. Aus einem Backsteingebäude zehn Meter vor ihm lugte ein Student durch eine Stahltür, die er einen Spalt geöffnet hielt. Der Eingang lag fünf Treppenstufen tiefer. Mit beängstigendem Ton rief er nach Fiona: „Komm, beeile dich", und gestikulierte dabei wirr mit seinen Armen. Zwei weitere Studenten zerrten behände an ihrem Körper.

Die Studentenführerin verharrte wie angewurzelt und starrte zu dem Fremden. Ihre Blicke trafen sich und Caine fragte sich, was seiner Tochter in diesem Moment durch den Kopf ginge. Weitere Gedanken verwarf er, da zwei vermummte Gestalten auf sie zuliefen. Mit einem Satz rannte er los. Augenblicklich stand er neben Fiona. In greifbarer Nähe. Die Arme ausbreiten und sie zärtlich darin einschließen. Sofort verloren sich all seinen Gedanken aufgrund der nahenden Bedrohung. Der Aufprall mit dem ersten Angreifer verlief für den Security-Mitarbeiter hart, dass dieser wie ein nasser Sack rückwärts auf den Boden krachte. Im gleichen Moment winkelte Caine das linke Bein an und trat mit Wucht den zweiten Unbekannten seitlich ans Knie. Es knackte und brüllend, voller Schmerzen, knallte der Getroffene auf den Asphalt.

„Geh", rief er seiner Tochter zu, „da kommen mehr."

Nahezu flehend, wiederholte er seine Aufforderung. Aus einer anderen Richtung kommend, sah er das Unheil sich nähern. Mit einem Satz verschwand Fiona hinter der Stahltür. Bevor die in das schwere Schloss knallte, rief sie ihm zu: „Du findest mich in Ulm!"

Zweimal hörte er den Namen der Stadt. Eilends hieß es, sofort wieder bei der Sache zu sein. Ihn umringten fünf Vermummte. Mit aller Macht leistet er Gegenwehr. Es half nichts, deren Anzahl stieg sekündlich. Analog einer Ameisenkolonie, die zu hunderten aus ihrem Bau krochen, füllte sich der Vorplatz. Schwarz gekleidete Gestalten in Überzahl, fielen, wie ein Wolfsrudel, über den Einzelkämpfer her. Ein dumpfer Aufprall da und ein Aufschrei auf der anderen Seite. Der divergente Kampf schien schier endlos.

Ein elektrisches Zischen aus einem stabähnlichen Utensil, begleitet von einem seltsamen Knattern, streckte Caine zu Boden. Um das Gerangel zu beenden, benutzte ein Sicherheitsmann sein Distanz-Elektroimpulsgerät. Seiner Besinnung beraubt, fiel der Getroffene auf den harten Asphalt. Anfängliches rhythmisches Zucken seines Körpers verflog nach Sekunden. Uniformierte Gestalten schleppten den Halbschlafenden vom Platz.

Ein schlichter weißgekalkter Kellerraum, der muffig roch. An der Decke flackerte eine verdreckte Lampe. Langsam erwachte Caine aus seiner Bewusstlosigkeit. Mit breit ausgestreckten Armen lehnte er an einer Wand. In Schulterhöhe waren zwei Metallösen darin verankert, an welchen er mit Kabelbinder festgebunden war. Sein linkes Auge blinzelte halbblind. Eine dicke Beule drückte auf das Augenlid. Hinzu bescherte ihm geronnenes Blut der aufgeplatzten Unterlippe, einen süßlichen Geschmack im Rachen.

„Ick globe unser Mester ist wach“, flachste in typischer Berliner Mundart ein Vermummter.

Caine riss alle seine Sinne zusammen. Das waren keine Räume der Sicherheitsfirma. Entweder war er in einem Kellerraum der alten Firma oder sie verschleppten ihn unbekannten Ortes. An einem Stehtisch sah ein zweiter Sicherheitsmann auf die dürftigen Utensilien, die sie bei ihrem Gefangenen fanden.

„Komme sofort“, antwortete er beiläufig.

„Und lass ihn in Ruhe“, brüllte er gleich darauf, den anderen zu.

Caine fiel es schwer, die Umstände real einzuschätzen. Er grübelte, ohne erkennbare äußere Regung.

Die letzte Bemerkung ließ den Schluss zu, dass der Kerl vor ihm, fixe Handgreiflichkeiten praktizierte. Was haben die beiden Sicherheitsleute mit ihm vor? Um Zeit zu gewinnen, simulierte er. Sein Gegenüber spielte mit seinem Schlagstock. Mit der Rechten schlug er provokant in seine linke Hand. Seine dicken Handschuhe bremsten den Schlag und sorgten für einen dumpfen Ton. Aus heiterem Himmel stieß er mit seinem Spielzeug gegen Cains Brust und schob das Utensil aus Hartgummi aufwärts. Am Kinn des Gefangenen angelangt drückte er den Kopf nach oben, zog den Stock ruckartig zurück und beobachtet wie der Schädel abwärts taumelte. Gleich darauf wandte er sich seinem Mitstreiter zu.

„Ick globe der verarscht uns."

„Lass ihn in Frieden", schimpfte sein Kumpan, der, so schien es Caine, das Sagen hatte. Er verharrte in seiner misslichen Lage abwartend. Seine Gegenspieler hatten ganze Arbeit geleistet und durch seine Fesseln bestand keine Chance, sich zu wehren. Bevor er dazu kam, über seine verzwickte Lage nachzudenken, brach das typische Knattern einer Distanz-Elektroimpulswaffe die Stille im Keller. Der Sicherheitsmann wandte sich um, sah seinen Teamleiter am Boden liegend herumzappeln. Die Lage einzuschätzen, blieb im versagt. Zeitgleich durchbohrten zwei Pfeilelektroden seine Uniform und fünfzigtausend Volt schossen augenblicklich durch seinen Körper. Fünf Sekunden später lag er im Koma. Ein hochgewachsener Kapuzenmann trat auf den Gefesselten zu. Beide Hände griffen den Rand der spitzen Kopfbedeckung und schoben sie nach hinten. Caine schaute in ein kantiges Gesicht. Grauer Kurzhaarschnitt und ein Dreitagebart zierten den Kopf des Helfers in der Not.

Sein Antlitz überdeckt von einer Vielzahl von Narben, ein Indiz von einem bewegten Leben. Der Hüne maß mühelos zwei Meter. Mit der rechten Hand zog er einen Seitenschneider aus der Tasche und durchtrennte die Kabelbinder. Diese Plastikdinger, waren bequem für den schnellen Gebrauch handzuhaben. Beliebtes Requisit der Security-Dienste.

„Lass uns abhauen, ehe Hilfe kommt", brummelte der Hüne.

„Danken kannst du mir später."

Zügig schritt Caines Retter voran. Eiligst folgte der Gerettete seinem Helfer in der Not. Im Vorbeigehen steckte er die Utensilien in seine Taschen, die ihm zuvor die Sicherheitsleute abnahmen. Vor dem Keller, um die Außentür herum, lagen weitere drei Security-Mitarbeiter, friedliche schlummernd, am Boden. Ins Tal der Träume geschickt, nachdem sie vor wenigen Minuten der Taser schachmatt setzte.

„Dort steht mein Wagen."

Caine schaute in die angezeigte Richtung. Ein Grinsen fuhr über sein Gesicht. Die Bezeichnung Auto traf kaum den Kern der Sache und schien weit her gegriffen. Das Fahrzeug erlebte seit seiner Fertigstellung umfangreiche Umbauten, die für den jetzigen Inhaber praktikabel erschienen. Ein Fortbewegungsmittel auf vier Rädern. Lautlos rollte das Gefährt den alten Werkstraßen entlang.

„Danke Maurice, dass du mir aus der Patsche geholfen hast."

„Damit sind wir quitt. Erinnerst du dich, vor fünfzehn Jahren, nachdem du mich aus dem brennenden Haus gerettet hast. Seitdem stand ich bei dir in der Schuld. Heute ist mein Versprechen eingelöst", grinste Maurice.

In früheren Jahren diente er bei der Fremdenlegion und Caine gehörte zum Marinekorps. Zeitgleich endete ihre Dienstzeit beim Militär und sie heuerten bei einer privaten Security-Firma in Deutschland an. Gemeinsam überstanden sie jede Menge brenzliger Einsätze und mit den Jahren entstand eine tiefe Freundschaft.

„Ich war verblüfft. Lange Zeit Funkstille und Knall auf Fall, vor ein paar Wochen, kam deine Nachricht. Hat sich die Überfahrt gelohnt?"

„Nein, leider nicht. Seit wann hast du mich im Visier?"

Maurice lächelte und lenkte das Auto durch enge Gassen. Die ehemalige Fabrik lag Minuten hinter ihnen. Sie steuerten auf einem gewaltigen Gebäudekomplex zu.

„Seitdem du das Gelände betreten hast, hatte ich dich im Blick. Nichts verlernt", scherzte der Franzose.

„Vorab die Lage inspizieren und auf das eigentliche Ziel nicht direkt zusteuern. Kompliment mein Freund, gelernt ist gelernt. Hat dir kaum genutzt."

„Ja, die Jungs von der Security, lagen lange vorher auf der Lauer."

„Weil die sich hier häuslich eingerichtet haben. Dieses Areal nutzen die schrägsten Vögel. Bei Veranstaltungen der Technoszene ist es kunterbunt. Drogen, Alkohol und extreme Ausuferungen. Da kommen diese oder jene unter die Räder. Wenn die Gamer ihre Spielchen durchziehen, ist es kaum besser. In ihrer virtuellen Welt geistern die Zombies, Irren gleich, durch die Gegend. Von denen sitzen viele in der Klapse, da die Spiele ihre Psyche ruiniert. Wie im Trance haben die in ihrer Pseudowelt komplett das Gefühl für die Realität verloren."

Sie rollten einer Straßenunterführung zu. Darüber ein Gebäude, dass an die dreißig Etagen maß.

Gleich darauf fuhren sie am anderen Ende des Blocks heraus und vor ihnen lag ein weites Gelände. Maurice wies mit seiner Hand nach rechts.

„Da, das ehemalige Bürogebäude ist mein Domizil, oben in der fünften Etage."

Im Schritttempo steuerten sie einer Tiefgarage zu. In dem Betonmonstrum leuchteten Fluter, nachdem sie die Bewegungsmelder passierten. Bevor Maurice seine Tür öffnete, forderte er seinen Freund auf, im Inneren zu bleiben. Mit steifer Pose stand er an der Fahrertür und pfiff. Zwei monsterhafte Hunde düsten schwanzwedelnd auf ihr Herrchen zu. Die Schulterhöhe übertraf einen Meter und ihre Köpfe erinnerten mehr an den eines Bären, Gattung Grizzly. Mit einem Schulterblick aus der Heckscheibe erkannte Caine das Rolltor. Einmal kurz die Fernbedienung betätigt und sofort öffnete sich das Tor, begleitet von einem metallischen Quietschen.

„Der Weg ist frei, um getrost hochzufahren."

„Gibt es weitere Überraschungen", scherzte Caine.

Dass der Fahrstuhl etliche Jahre auf dem Buckel hatte, davon zeugte ein dumpfes Dröhnen und Klappern. Oben angekommen, zeigte Maurice auf eine Tür.

„Da ist das Bad. Mach dich frisch. Du siehst kacke aus. Wenn du fertig bist, findest du mich am Ende des Flurs."

Caine lugte seinem Freund nach, wie er hinter einer braunen Holztür verschwand. Das Bad verfügte über eine ältere Ausstattung, zumindest reinlich. Das linke lädierte Auge zierte ein dunkelblaues Hämatom. Die aufgeplatzte Unterlippe mit geronnen Blut verkrustet, grinste er in sein Spiegelbild.

„Blödmann, besser aufpassen", schellte er mit sich. Nach zehn Minuten sah er weit präsentabler aus.

Kaum hörbar schlich er über den Flur, seinem Ziel entgegen. Nachdem er eintrat, staunte Caine. Das hatte er nicht erwartet. Ein museales Unikat dieses Zimmer. Die Einrichtung, wie zu Biedermeierzeiten, typisch deutsch. Decken und Wände zierten Holzverkleidungen im Mahagoni Look. Der Fußboden belegt mit Holzdielen. Ein mondäner Holztisch mit vier Stühlen thronte in der Mitte des altertümlichen Zimmers. In einer Fensterecke saß Maurice. Ein Sitzensemble bestehend aus einem Polstersesselpaar mit wulstigen Lederpolstern und massiven Holzgestell sowie hohen Lehnen. Daneben ein Rauchtisch. Die quadratische Tischplatte zierten vier Marmorfliesen. Darauf standen zwei Whiskygläser und eine halb geleerte Flasche.

„Setz dich mein Freund", winkte Maurice Caine zu und deutete auf den leeren Sessel.

Unaufgefordert füllte er beide Gläser. Das Getränk bedeckte geradeso den Boden. Er erhob den Schwenker und prostete dem Gast zu.

„Ein erlesener französischer Weinbrand. Aufgehoben für beste Freunde. Trinke mit Bedacht."

Caine genoss es. Reichlich würzige Aromen, geprägt von vielen Eichen- und Pfeffernoten, verliehen dem Spitzengetränk seine vielgerühmte Komplexität.

Die über dreißigjährige Reifung in Eichenfässern, adelte den Cognac, zu einen der Besten seiner Art. Im Abgang zeigte sich die Klasse des aufbewahrten Getränks. Erkennbar die Mischung von Eiche, Feigen, Schokolade und Pfeffer. Nur Kennern war es vergönnt, bei diesen Klassiker die Geschmacksvielfalt herauszuschmecken.

Ein Gaumengenuss edelster Sorte.

„Deine Familienangelegenheiten hast du geklärt", wandte sich Maurice seinem Freund zu. Er fragte spitz und sein Unterton, klang deutlich heraus.

„Nein, das ging tüchtig in die Hose."

„Bist du frustriert?"

„Ja, hatte vor mich mit meiner Tochter auszusprechen. Alte Wunden kitten."

Seine Antwort hatte irgendetwas von Melancholie.

„So naiv hätte ich dich nicht eingeschätzt. Nebenbei bemerkt, deine Tochter ähnelt ihrer Mutter. Äußerlich und ebenso in ihrer Gesinnung. Du hast die Sache zu blauäugig angefangen, wie du dir das vorgestellt hast!"

„Vorteilhaft für mich, dass meine Mail bei dir gelandet ist. Sonst hinge ich da unten im Keller fest."

„Die Studentenbewegung ist ordentlich angeeckt und steht deshalb im Fokus der Öffentlichkeit. Das war klar, dass kaum Zeit für private Angelegenheiten bleibt. Alle diese Veranstaltungen stehen unter Beobachtung. Deine Tochter ist Leitfigur dieser Bewegung und von vornherein lag es auf der Hand, dass ein Zugriff stattfindet. Von den Medien ist sie zur Ikone hochstilisiert worden. Die Teenager legen sich mit den einflussreichsten Geldsäcken an."

Gedankenversunken rieb sich Caine seine Stirn und grübelte über Maurice Worte nach.

„Da bin ich oberflächig an die Sache herangegangen."

„Was beabsichtigst du?", erkundigte sich der Franzose.

„Sie hat mir zugerufen, dass ich sie in Ulm finde."

Beide Hände klatschten auf seine Oberschenkel.

„Morgen fahre ich zurück, zu alter Wirkungsstätte in Richtung Baden-Württemberg."

„Für dich ein erfolgreiches Gelingen", prostete Maurice seinem Freund zu und schenkte nach.

„Was hast du in den letzten Jahren angestellt?"

„Bin zurück in die USA und habe beim Marinekorps neu angeheuert. Von vorn herein stand fest, dass ich nicht an aktiven Einsätzen teilnehme. War ausschließlich Ausbilder. Somit vermied ich Außeneinsätze und blieb fest an einem Ort stationiert. Mit dem Militär ist es für endgültig Schluss. Bin Pensionär, mit einer mickrigen Rente, mehr nicht."

Caine legte eine Pause ein und lachte spöttisch, was seinen Freund anspitzte ihm nachzuäffen.

„Seitdem lebe ich auf einer Farm meiner Eltern."

„Was hat dich inspiriert hier her zurückzukommen?"

„Medienberichte über die Studentenbewegung und Fiona, die wie einst ihre Mutter, an vorderer Front steht. Nicht zuletzt, Medienberichte zu einer Epidemie in Baden-Württemberg."

Maurice trank einen Schluck und schüttelte mit seinem Kopf.

„Du bist unverbesserlich", scherzte der Gastgeber.

„Die ganze Welt retten, bekommst du nicht hin."

„Ja, ich denke dabei an unseren früheren Boss."

„Ulysses Mawala", platzte es aus Maurice heraus.

„Der Zornige, da liegt die Wahrheit im Namen. Der durchgeknallte Möchtegern hockt in einem Gewächshaus, oben auf einer ehemaligen Burg in Baden-Württemberg."

Caine zog eine Grimasse und seine Augenbrauen fragend hoch. Diesen Gesichtsausdruck kannte Maurice bestens.

„Um eine Lanze für die Umweltprotagonisten zu brechen. Hier eine kleine Story zum Nachdenken.

Ist so, wie ich es schildere, wirklich passiert. Vor über dreißig Jahren luden die fünf reichsten USA-Bürger, das sind deine Landsleute mein Freund", äffte der Franzose, wobei seine Stimmlage zwischen hohen und tiefen Tönen schwankte. Zustimmend nickend, wartete Caine ab, was folgt.

„Die Fünf luden", fuhr Maurice entspannter fort, „einen der bekanntesten Science-Fiction Regisseure der USA ein. Dieser vermutete, es dreht sich um ein neues Filmprojekt. Es kam komplett anders. Die illustre Runde erklärte ihm, dass sie wissen, dass der Klimawandel mit seinen Folgen unaufhaltsam kommt, wie in den Medien und von Fachleuten prophezeit. Sie gaben ein Gutachten in Auftrag. Darin wurde aufgezeigt, welche Regionen der Welt von den übelsten Auswirkungen betroffen sind. Die Studie zeigte weiter die Gebiete auf, die lebenswert und bewohnbar bleiben. Diese Oasen kauften die fünf Multis. Dem Filmemacher stand die Aufgabe zu, eine gängige Lösung zu finden, unliebsame Besucher oder den Mob der Straße, auf Distanz zu halten. Der Regisseur gab den Vorschlag, private Sicherheitsleute anzustellen, diese und ihre Familien sozial abzusichern. Er erntete Gelächter und die Multis sagten, dass es nicht das ist, was sie von ihm erwarten. Ihre Überlegungen zielten auf den Einsatz von Cyber-Soldaten, wie in seinen Filmprojekten. Tja, das war es und da leben sie ja mittlerweile. Unserem alten Boss blieb es versagt, in diese noblen Kreise aufzusteigen. Das wurmt ihn bis heute. Seit Jahren lebt er abgeschottet auf seiner eigenen Insel. Hoch oben auf dem Berg, vor den Toren von Ulm. Seine gesundheitliche Konstellation, vor allem sein Geist, haben einen mörderischen Knacks bekommen.

Überall dunkle Gestalten, die ihm angeblich nach dem Leben trachten, absolut schizophren."

Caine stand auf und lief einige Schritte um den Tisch. Mit beiden Händen stützte er seine Hüften und sah zum Fenster, wandte sich um und setzte sich wieder.

„Das ist es, was mir Sorgen bereitet. Zu unseren Zeiten hatte er ebensolche Anwandlungen. Wer fleißig ist, hat Anspruch auf eine Gegenleistung. So seine Devise."

Genüsslich leerte er sein Glas, drehte es auf den Kopf und stellte es ab.

„Genug", frotzelte Maurice.

„Was ist mit seiner Firma?"

Eine Thematik die Caine enorm beschäftigte.

„Die besteht weiterhin. Hast ja die Dienstkleidung gesehen. Hat sich nichts geändert. Die Leitung ist ihm vor Jahren aus den Händen geglitten. Neue Macher und Chefs. Seine alten Freunde sitzen noch an exponierter Position. Damit ist sein Auskommen gesichert. In seinem verrückten Kopf spukt das Märchen weiter, dass er der Boss ist. Sein Name hält einzig für die Firma her."

„Und, Maurice, was hast du in letzter Zeit getrieben?"

„Hm, mein Ausstieg war fünf Jahre nach dir. Seitdem arbeite ich freiberuflich."

„Freischaffend", schoss es verblüfft aus Caine.

„Ja, ich bin in der IT-Branche tätig."

„Was habe ich mir drunter vorzustellen?"

„Pseudoidentitäten, PC-Sicherheit und Hardware."

„Reicht das, davon zu leben?"

„Bestens, eigene Immobilie und eine Reihe mehr. Hier schau."

Maurice legte eine Handvoll Fotos auf den Tisch. Sie zeigten ein bäuerliches Anwesen mit üppigen Bewuchs.

Drei Gebäude, ähnlich einstiger Dreiseitengehöfte. Auf einem Bild posierte eine Frau. Wie Caine feststellte, eine umwerfende Asiatin.

„Das ist Hien, meine Partnerin. Hien ist vietnamesisch und bedeutet sanftmütig."

„Glückwunsch. Wo ist sie?"

„In Vietnam, hundert Kilometer von Hanoi entfernt. Das Anwesen haben wir gekauft. Eine Woche früher und du hättest sie persönlich kennengelernt."

„Ach, kommt sie nicht wieder zurück", unterbrach Caine seinen langjährigen Freund.

„Nein, hier ist alles verkauft. Dort", Maurice zeigte seinem Kameraden ein weiteres Foto mit drei Gebäuden.

„Unser Altersruhesitz. Es liegt in Gottes Händen, wie viele Tage uns auf Erden beschert sind. In zwei Wochen fahre ich ab, in ein neues Leben."

„Erstaunlich, du Franzose und Europäer, künftig in Asien. Wie verträgt sich das?"

„Komm mit", forderte Maurice Caine auf.

Beide standen nahe an einem Fenster.

„Schau zum Himmel. Was siehst du?"

Mit Blick nach draußen sprach sein Freund: „Links, oben in den Wolken, ein helles Schimmern am Himmel. Auf der gegenüberliegenden Seite, Dunkelheit."

„Das ist es", antwortete der Franzose emphatisch.

„Da ist das Licht und daneben ewiger Schatten. Oder anders gesagt, wo die Sonne scheint, leben diejenigen die sich in dieser Gesellschaft behaupten und dem gegenüber vegetieren die Verlierer. In den verarmten Stadtvierteln. Die Polizei und die Security-Dienste passen auf, dass aus den Ghettos, was sind die sonst, niemand rauskommt. Damit die bewohnbaren Oasen tipptopp bleiben.

Ähnlich denen der fünf Amis, Du erinnerst dich?"

Caine starrte stumm zu Maurice. Früher hatte er eine analoge soziale Ader, das hieß, er stand auf der Seite der Schwachen. Eine Antwort hatte er nicht sofort parat. Sein Freund las es in seinem Gesicht.

„Von innen hast du die Terrains nicht gesehen, oder?"

Gesten sagen oft mehr wie Worte. Caines stummes Nicken und die aufeinandergepressten Lippen sprachen für sich.

„Wenn du einen Kosmonauten fragst, wie er unsere Erde aus dem All sieht, antwortet er schwärmerisch, dass ein kräftiges Blau Millionen Kilometer in den Weltraum strahlt, dass ohne Gleichen."

Maurice pausierte und hob mahnend den Zeigefinger. „Heute hat unsere Mutter Erde, fahle Flecken. Viele und sie wachsen immerfort. Mein Land, Deutschland, Europa insgesamt, verkümmern. Was wird bleiben, ein grauer unfruchtbarer Stein."

Caine stimmte seinem Freund zu. Auf der ganzen Welt war die Klimaveränderung deutlich zu erkennen und das seit Jahren.

„In den Zwanzigern gab es eine Chance, die Umwelt zu retten. Die Zerstörung der Natur hat ihren Anfang weit früher. Schon mit der Erfindung der Dampfmaschine und später durch die fortschreitende Industrialisierung. Der stete Drang nach mehr, verdrängt von der Gier."

Stille. Caine wandte sich um und setzte sich auf seinen Platz.

„Gibt es bei dir Alkoholfreies zum Trinken?"

Maurice wäre ein lausiger Gastgeber, ohne Bewirtung seiner Gäste. Und das, frei nach Belieben. Er verfügte über üppige Vorräte.

„Sprudel, Fruchtsaft oder einen Tee."

„Ich bevorzuge ein Wasser."

Genüsslich sog Caine das erfrischende Nass in sich hinein. Maurice war von je her ein Realist.

„Mein lieber Freund, fahre nach Ulm, schnapp dir deine Tochter und ab zurück in die Staaten. Wie du mir berichtet hast, lässt es sich da leben. Eine bessere Alternative findest du hier kaum. Bei den Krauts sind die Eulen verflogen. Wie sagt man, jedes Volk erhält die Regierung, die es verdient. Und die Deutschen haben sie. Phrasenschön, die passende Titulierung für ihre Politiker. Möchtegernpolitiker, reden und nichts sagen. Fern von jeglichen praktikablen Lösungen. Nur blauer Dunst, der alsbald verfliegt. Dagegen die Wirtschaftsbosse und die Bankiers, die jederzeit auf ein Neues, Menschen einlullen. Schaue überall hin, das grausige Ergebnis ist allerorts gegenwärtig. Einerseits der Kampf ums täglich Brot. Auf der anderen Seite, die ständige Angst vor Augen, bloß nicht zur Schattenseite abzudriften. Das wünschst sich niemand. Was bleibt denn da von einem übrig! Verlorene Seelen. Es wäre nicht zu arg, gäbe es da nicht die massige Zahl von Kindern, ohne lebenswerte Zukunft."

„Du bleibst ein alter Revoluzzer, Maurice."

Der grinste.

„Du übernachtest heute hier. Es ist zu gefährlich, im Dunkeln durch die Straßen zu ziehen. Morgen früh bekommst du ein ordentliches Frühstück, nichts aus der Retorte", fügte Maurice scherzhaft an.

Caine fand kaum Schlaf. Der Verlauf des Tages beschäftigte ihn und die Ereignisse saßen fest in seinem Kopf. Fruchtlos die Zeit vertan, auf der Suche nach ein paar Minuten mit Fiona.

Sehnlichst wünschte er sich, ihr nahe zu sein. Die schmerzliche Begegnung mit seiner früheren Firma. Wie gern hätte er ihnen zugerufen: „Hey Jungs haltet ein, ich bin einer von Euch!"

Dazu sein Freund, der ihm mit klaren Worten die Gegenwart beschrieb. Im Grunde hatte Maurice recht. Und wieder waren es die Jugendlichen und Studenten, die das Heft des Handelns ergriffen und stimmgewaltig den Alten einen Spiegel vor ihr Gesicht hielten. Das führte, geschichtlich betrachtet, immer zu Dissonanzen. Niemand war bereit, es kommentarlos hinzunehmen, dass die Jungspunde zu Recht aufzeigten, dass der gegenwärtige Weg, ein Irrweg war. Morgen fährt er in sein Hotel, checkt aus und zeitnah reist er ab, direkt nach Ulm.

Früh schlurfte Caine, frisch geduscht, aus dem Bad. Auf dem Flur grüßte sein Gastgeber mit einem kurzem: „Hallo".

Gleich darauf verschwand er hinter einer Tür. Diese lag gegenüber dem Raum, vom Abend zuvor. Sein Gestikulieren nahm Caine wahr. Nachdem er eintrat, bot sich ein komplett anderes Bild. Gutbürgerlicher Stil im Gegensatz zur Moderne. Die Küche, technisch neuwertig ausgestattet, eine vorwiegend praktikable Einrichtung. Der eingedeckte Tisch, bot reichliche Köstlichkeiten. Kaffee, Orangensaft und verschiedene Obstsorten sowie eine üppige Auswahl an Gemüse wie, Tomaten, Gurken und Rettichen.

„Ei, gekocht oder zieht ihr Amis Rühreier vor?"

„Passt, sechs Minuten gekocht."

Der Tisch war abgeräumt. Die beiden Freunde tranken einen Saft, um letzte Essensrechte herunterzuspülen.

„Ich fahre dich. Davor gibt es ein Geschenk."

Voller Erwartung lugte Caine auf die Metalldose, die vor ihm lag. Nachdem der Deckel geöffnet war, stierte er, anfänglich fragend, auf drei Ministifte.

Ungläubig schauend, zuckte er mit seinen Schultern.

„Was ist das?"

„Das mein Freund, ist das Neuste der Technik. Absolut nichts wert ohne dieses Gerät hier!"

Der Franzose legte ein weiteres Kästchen daneben. Das Gehäuse aus Kunststoff, schwarze Farbe und von den Abmessungen her, entsprach das Teil einer normalen Zigarettenschachtel.

„Für was ist das nützlich?"

„Das mein Lieber, sind Chips neuster Generation."

„Die besitze ich on Maß", ulkte Caine mit schelmischer Mimik.

„Abwarten", trieb Maurice die Neugierde seines Freundes auf die Spitze.

„Diese Chips sind unendlich Mal überschreibbar. Und dieses unscheinbare Dingsda ist mein Spitzenprodukt. Außer mir hat das keiner. Ausgenommen du, ab heute. Datakrypter habe ich es getauft. Mit dem Gerät schöpfst du Pseudoidentitäten und programmierst oder löschst die Chips. Jederzeit, frei nach Belieben."

Eine Reaktion abwartend, legte Maurice eine kurze Pause ein.

„Du bleibst ein Pfiffikus", grinste Caine beeindruckt.

„Kommst du an die Datensätze", fragte der Franzose.

Gegenwärtig war es an seinem Gast aufzutrumpfen.

„Die Server sind alt und kaum zu aktualisieren. Mit meinem Abgang blieben die Codes bei mir. Verfüge über den freien Zugang und lebe damit trefflich profitabel.

Und du?"

„Es gibt viele Varianten für Doppelidentitäten. Das Problem dabei ist, wenn die den Standort überprüfen und du stehst mit dem Aliasnamen in der Fremde, müsstest zu Hause sein, fliegst du auf. Die Ortung zeigt die Position, vom Originalchip in diesem Moment. Nächste Möglichkeit, du verwendest die von einem Verstorbenen. Die Krux liegt beim Alter. Wenn ein Zwanzigjähriger in eine Kontrolle mit der Aliasidentität eines Siebzigjährigen gerät, echt blöd. Pseudoidentitäten von Gleichaltrigen, ist die Lösung. Was ist, wenn du nichts Passendes findest? Dann bleibt dir, das Personenregister zu manipulieren. Beispielsweise die Änderung des Geburtsdatums. Das alles und weit mehr, ist mit meinem Geschenk machbar."

Caine pfiff vor Staunen. Sein Freund ergänzte: „Diese kleinen unscheinbaren Dinger sind Container. Ohne Mühe aufschrauben und den Originalchip hineintun. Dieser ist darin absolut abgeschirmt. Das Beste, tragbar an der Halskette, wie ein normaler Anhänger."

Caines Aufenthalt bei dem Fremdenlegionär fand sein Ende. Mit festem Griff umarmten sich die Freunde und verharrten für Minuten.

„Ich wünsche dir bestes Gelingen in Vietnam."

Maurice grinste: „Das passt, wie es ist. Finde deine Tochter und auf nach Montana."

Abschließend gab er seinem Freund einen kostbaren Tipp.

„Abends gibt es in den Städten Kontrollflüge mit Drohnen. Die Dinger sind nicht zu unterschätzen. Gibst du denen eins auf die Mütze, so versprühen sie ein neutrales Gas. Das ist geruchs- und farblos.

Bei Personen im Umkreis von fünf Metern haftet es auf der Kleidung und am Körper. Versehen mit einer künstlichen DNA, sind die Verursacher jederzeit zu identifizieren. Das Gelumpe klebt hartnäckig und du bekommst es kaum von der Haut abgewaschen. Darum", mahnte er seinen Freund, hüte dich und stelle keinen Blödsinn an."

Nach Verlassen der Tiefgarage betätigte Maurice seine Fernbedienung und grinste.

„Meine zwei Freunde spazieren wieder durch die Gänge. Für diejenigen eine schmerzliche Erfahrung, die der Meinung sind, bei mir einzusteigen."

Der Franzose kannte etliche Schleichwege. So gab es kaum Zeitverzug, auf den Weg zu Caines Hotel. Ohne ein Wort stieg er aus. Zu sagen gab es nichts mehr. Stur stiefelte er Richtung Eingang.

„Beim letzten Abschied schau nie zurück", ein Rat seines Vaters aus früheren Tagen.

„Da Sie gestern nicht kamen, hatten wir uns gesorgt. Wie es ausschaut ist alles in Ordnung", entgegnete ihn der Hotelier.

„Habe einen alten Freund besucht. Ist spät geworden. Jetzt fahre ich zum nächsten Treffen."

„Wo reisen Sie hin, wenn die Frage erlaubt ist?", erkundigte sich der Portier mit süffisantem Unterton.

„Mein Ziel ist der Bayerischen Wald", redete sich Caine heraus. Was hat ihm zu interessieren, welches seine Vorhaben sind. Obendrein spionierte er für die Polizei oder einen der hiesigen Geheimdienste.

Damit endete sein Berlinaufenthalt. Sein Ziel lag in weiter Ferne.

Genaugenommen sechshundert Kilometer bis Ulm. Bei der Wahl seines Reisemittels entschied er sich am Ende für das Motorrad. Ausschlaggebend dafür war, dass dieses Gefährt über kein Navigationsgerät verfügte und nicht zu orten war. Der Vorteil, eine Standortermittlung, war ohne Chip dadurch nicht möglich. Von Anbeginn an hielt sich Caine an die Verkehrsregeln. Es galt nicht aufzufallen. Zu viele Kontrollen lenkten womöglich die Aufmerksamkeit auf ihn. Eine Unmenge an Fragen und schlimmstenfalls stille Beobachtung, wäre die Folge. Mit dem Motorrad kam er zügig voran. Berlin lag seit fünfzehn Minuten hinter ihn. Er fuhr weiter auf der Autobahn, bei wenig Verkehr. Links und rechts der Piste unschöne Einöde. Betrübliche Gedanken trieben ihren Schabernack mit seinem Gemüt. Bisher gelang ihm kaum Nennenswertes und das wurmte ihn. Der Motor surrte monoton und das Krad schruppte Kilometer für Kilometer. Trübsal verharrte in seinem Kopf und er fand nichts, was ihn aufmunterte. Nicht weit entfernt vor ihm, fiel Caine ein Pick-up am Straßenrand auf. Der Fahrer mühte sich. Von seiner Körpersprache her schien sein Handeln weniger von Erfolg gekrönt. Unmittelbar hinten dem Fahrzeug hielt das Motorrad. Der Fahrzeugführer, keine dreißig Jahre alt schätzte Caine, sah stumm zu dem Fremden, der seinen Integralhelm über das Lenkrad stülpte.

„Benötigst du Hilfe?"

„Ja, ja", stotterte der Angesprochene.

„War zu unaufmerksam. Bin zwar nicht komplett in den Graben geschlittert, bekomme den Wagen nicht zurückgesetzt."

Nach einem Gang, um das Fahrzeug sah Caine den Schlamassel. Das rechte Rad hing frei in der Luft. Der linke Reifen in den seichten Boden eingegraben.

„Ist das kein Allrad?"

Schulterzuckend antworte der Junior: „Funktioniert nicht."

Der Blick auf die Ladefläche ließ Hoffnung keimen. Eine Menge an Baumaterial wie, Kanthölzer, Spaten und Schaufeln sowie Teile eines Baugerüstes, brachten Caine auf eine Idee.

„Komm her", rief er den Jungen zu.

„Schau her. Du trägst den Boden bis Reifenunterkante ab. Vom Rad bis kurz vor der Fahrbahn. Schaufele die übrige Erde zur Seite, um das Loch hinterher aufzufüllen. Ich baue einen Hebel, damit uns die Karre nicht nach unten abdriftet."

Beide begangen mit ihrer kräftezehrenden Arbeit. Der trockene Boden war hart wie Zement. Zwanzig Minuten später nach mühevoller Rackerei, zeigte sich ihrer Mühe Lohn. Caine begutachtete das Ergebnis.

„Okay, du setzt dich in den Wagen und startest den Motor. Rückwärtsgang rein und gefühlvoll die Kupplung kommen lassen. Nicht lenken und Gas nur butterweich geben."

Auf der anderen Seite drückte Caine mit seiner Schulter ein dickes Kantholz hoch. Seine Konstruktion funktioniert bestens. Bei zu hohem Druck hätte er den Pick-up umgekippt. Der Motor röhrte. Wie eingewiesen, spielte der Fahrer mit der Kupplung und betätigte das Gaspedal gezügelt. Stück für Stück, setzte das Fahrzeug rückwärts auf die Fahrbahn. Die Öffnung füllten sie mit dem vorherigen Aushub.

Die verwendeten Utensilien lagen ruck zuck auf der Ladefläche. Bedenklich schaute der junge Bursche zum Himmel.

„Danke für deine Hilfe. Ohne dich hätte ich es nie geschafft."

„Passt, wie heißt du?"

„Pavel"

„Okay mich nennen alle Caine."

„Das Beste ist, du packst dein Motorrad auf die Ladefläche und fährst mit mir. Die Medien warnen vor Unwetter und wenn ich den Himmel anschaue, kommst du nicht weit. Sandsturm bei Windstärke elf, haut dich um."

Caine wirke ratlos.

„Besser ist es", fügte Pavel an.

„Eile wäre angebracht. Zwanzig Minuten Fahrzeit bis ins Camp vergehen locker."

Beide saßen im Fonds und gleich darauf dröhnte der Motor. Zügig fuhren sie los. Pavel spielte am Autoradio, bis ein Nachrichtensender neuste Meldungen verkündete. Der Sprecher warnte, vor Unwetterkapriolen und mahnte die Zuhörer, einen geschützten Raum aufzusuchen. Im Fahrzeug heulte der zunehmende Wind durch die Ritzen. Kraftvoll drückte er gegen den Pick-up. Nach knapp fünf Kilometer passierten sie an ein hallenartiges Monstrum. Schrilles metallisches Quietschen dröhnte unüberhörbar. Caine stierte fragend zu dem gigantischen Bauwerk.

„Was ist das da für ein Gebäude?"

„Das ist ein Absorber", antwortete Pavel beiläufig.

Caine schnitt eine Grimasse.

„Absorber, bisher nie davon gehört."

„Deutsche Ingenieurskunst", schwärmte der Fahrer.

„Diese Anlage erfüllt welchen Zweck?"

Für den Besucher aus Montana ein Novum.

„Die Arbeitsweise basiert auf Rückatmungstechniken. Es gab früher Tauchgeräte, mit ähnlichem Prinzip. Meist beim Militär. Du kennst sicher Taucher mit den zwei Flaschen auf den Rücken. Die Absorber Technik war geringer vom Gewicht her und lag locker am Torso an. Im Inneren gab es eine Mini-Sauerstoffflasche und einen Filter. Beim Ausatmen entfernte der Absorberfilter das Kohlendioxid aus der Atemluft. Wer tief ausatmete, hatte dadurch mehr neue Reserven zur Verfügung. In den Hallen arbeiten komplexer Regenerationsgeräte. Sie saugen Luft an, regenerieren sie und geben im Gegenzug Frischluft ab. Damit übernehmen sie einen Teil des Jobs, den einst Bäume erledigten."

„Wieso dieser ohrenbetäubende Lärm?", griente Caine seinen Nebenmann an.

„Das sind intelligente Anlagen. Bei Sturmwarnung ist die Technik programmiert, jede Öffnung zu verschließen, um eine Versandung auszuschließen. Schmutz und Sand trägt der Orkan in Mikrogröße an Massen mit sich. Dafür ist da drinnen alles äußerst filigran und hält dieser Verunreinigung kaum stand. Durch diese selbststeuernde Variante, werden kostspieligen Reparaturen vorgebeugt."

Mit einem geschickten Manöver lenkte der Fahrer den Pick-up von der Autobahn auf einen unbefestigten Weg. Vor ihnen eine kilometerlange Spundwand. Der Fahrzeuglenker erahnte die Frage seines Sozius voraus und gab postwendend die Antwort.

„Das schützt unsere Kolonie vor den Starkwinden."

Um erneut ihm zuvorzukommen, fügte er an: „Siehst du in ein paar Minuten."

Stummes Nicken, die keine weiteren Erklärungen bedurften. Mit Getose fegte der Sturm über das Land hinweg. Der Himmel verdunkelte sich. Eine Folge der Mitbringsel des Orkans, die er im Schlepptau umher bugsierte. Das Fahrzeug steuerte einer Baumgruppe entgegen. Sekündlich verschlechterte sich die Sicht. Die Scheinwerfer leuchteten mit Mühen den Weg aus. Caine staunte, mittlerweile fuhren sie durch einen Wald, den er kaum erwartet hätte. Der Fahrer hupte in Intervallen. Aus dem Nichts erschien eine Art Befestigungsanlage. Dieses monumentale Bauwerk erinnerte an einstige Forts der USA-Armee zu Zeiten der Indianerkämpfe. An der Seite öffnete sich ein Tor. Da, mit Power durchzurasen, bedurfte Geschick oder schlechthin Glück. Pavel verfügte über beides. Unter einem Schleppdach bremste der Pick-up scharf. Der Fahrer sprang heraus, griff nach einer Plane und hüllte damit das Fahrzeug ein. Ohne Aufforderung packte Caine mit an. Pavel, merklich außer Atem, rief: „Die Schnur festzurren!"

Zwei Männer näherten sich den beiden.

„Kommt flink in die Blockhütte. Gleich bricht hier die Hölle los!"

Mit aller Kraft schlossen sie die schwere Holztür.

Der Sturm stemmte sich mit voller Wucht dagegen. Es pfiff, knackte und ein dröhnendes Bersten war zu hören. Gegenstände ohne niet- und nagelfeste Befestigung trieb der Orkan davon.

„Hallo Vater", fing Pavel an.

„Das ist Caine. Wir sind uns auf der Autobahn begegnet. Mir unterlief ein Missgeschick und ohne seine Hilfe wäre ich nicht hier."

„Ich bin Joshua", begrüßte der Ältere den Gast.

„Bin Sprecher unserer Vereinigung."

Ein kräftiger Händedruck erwiderte die Begrüßung.

„Du bist nicht von hier?"

„Nein, ich stamme aus Montana. Bin zu Besuch hier."

Joshua wies Caine einen Sitzplatz zu. Die Hütte diente zum Schutz vor Unwetter. Sofort erkennbar aufgrund der spärlichen Ausstattung. Ein massiver Holztisch, zwölf Stühle aus gleichem Material, in dürftiger Ausführung, angedacht für den momentanen Gebrauch.

„Du bist indianischer Abstammung. Welchem Stamm gehörst du an?"

„Den Assiniboine."

„Prärie-Indianer, Jäger und Sammler", fügte Joshua an.

„Kennst dich aus", fragte Caine im Gegenzug nach.

„Ja, ich beschäftige mich seit Jahren mit der Natur. Speziell mit den Naturvölkern und ihre Art, im Einklang mit ihrer Umwelt zu leben. Von denen zu lernen, heißt, uns besser zurechtzufinden. Im Endeffekt gründeten wir aus diesen Beweggründen, unsere Genossenschaft. Wir sind an die hundert Mitstreiter. Hier in diesem Areal wohnen und arbeiten dreißig davon."

Derweil der Sturm draußen tobte, erfuhr Caine die Geschichte der Agrargenossenschaft. Aus einer Bierlaune heraus gegründet, fanden sich vor zwanzig Jahren eine Handvoll Gleichgesinnte, eine Firma auf Gegenseitigkeit zu gründen. Bürokratie und etliche andere Hürden galt es zu überwinden. Zwei Kalenderjahre dauerte der Kampf mit den Behörden, um zum Glück die Genossenschaft aus der Taufe zu heben. Ihre Unternehmung verfügte über drei Teilbereiche. Der Größere, eine Pflanzenproduktion, an einem Standorte und eine Abteilung für Tierhaltung.

Daneben gab es eine eigene Forschungsstätte, die dem Klima zum Trotze, sich mit Pflanzenarten beschäftigte, die härtesten Klimabedingungen widerstanden und eine üppige Ernte brachten. Alle Mitglieder wählten ihren Sprecher, denjenigen, der mit der Leitung und Vertretung betraut war. Eine Legislaturperiode dauerte achtzehn Monate. Dieses Amt hatte Pavels Vater inne. Die Familie, das waren seine Eltern und ein jüngerer Bruder, lebten hier. Dieser Standort verfügte über fünf Meter hohe Palisaden mit Wehrgängen sowie zehn Wachtürmen. Das alles diente zum Schutz der Tiere einer Rinderzucht. Neben vier Kuhställen gab es acht Blockhütten, drei Unterstellungen und sechs Garagen. Was sie zum Leben benötigten, war vorhanden. Hier ließ es sich aushalten. Es klopfte an der Tür. Ein Bursche, fünfzehn Jahre alt, grinste die Wartenden an.

„Habt ihr verpennt. Der Sturm ist vorbei!"

Vor der Blockhütte wandte sich Joshua seinem Filius zu.

„Wir haben einen Gast. Das ist Caine.

Er hat deinen Bruder aus der Not geholfen. Begrüße ihn, wie du es gelernt hast."

„Hallo, ich bin Noel. Die anderen kennst du ja."

Kaum ausgesprochen drehte er sich um und rannte in Richtung des Pick-ups. Joshua schüttelte lächelnd mit seinem Kopf.

„Kindlich und unbefangen."

„Sei heilfroh, dass er lebhaft ist. Es gibt Schlimmeres", sprach Caine dem Familienvater zu.

Unter einer Überdachung, die einem Carport ähnelte, luden Sitzgarnituren zum Verweilen ein. Zwei Mitstreiter schleppten einen Thermobehälter heran.

Joshuas Ehefrau verteilte Trinkbecher.

„Komm, setz dich. Unser Körper verliert Flüssigkeit. Wir achten genaustens darauf, dass jeder regelmäßig trinkt."

Mit einer Hand wies er zu dem grünen Behältnis, an dem unten ein Hahn über die Tischkante hinausragte.

„Gekühlter Fruchtsaft mit nützlichen Mineralien."

Er füllte einen Becher randvoll und schaute zu seinem Gast.

„Okay, oder hast du Unverträglichkeiten."

Caine grinste, griff nach dem Getränk und bedankte sich. Erst nachdem jeder der Anwesenden bedient war, ließ er sich das kühle Nass munden.

„Unsere Vorfahren haben, durch radikale Änderung ihres Lebensstils verpasst, dass zu verhindern. Das ist es, was unter heutigen Zeiten unser Leben erschwert. Und heute müssen wir es tun."

Joshua trank und sah das zustimmende Nicken seines Gastes. Vom Sturm war nichts mehr zu erkennen. Auf dem Gelände setzte ein reges Treiben ein. Alle kannten ihre Aufgaben und mühten sich, die Ordnung wieder herzustellen. Ein schriller Ton schreckte Caine aus seinen Gedanken. Auf der Stelle stürmten Männer zu einem nahegelegenen Schuppen. Mit langen Stöcken rannten sie zu den Wehrgängen. Oben auf der Palisade blies ein Bursche der Kooperative laut in sein Horn und schrie: „Sie kommen! Es sind fünf!"

„Was ist los?", erkundigte sich Caine.

„Komm mit", sprach Joshua, „ich zeige es dir. Mutter Natur wehrt sich, da wir das Gleichgewicht stören. Die Evolution hat Untiere geschaffen, das auszubügeln.

Gleich erlebst du es live. Die Ausgeburt der Hölle gibt sich die Ehre, bei uns aufzuwarten."

„Und eure Lanzen. Was hat es damit auf sich?"

„Das sind Elektroschocker. Die halten die Bestien ab. Komm!"

Auf den oberen Wehrgängen und darunter, nahmen die Männer ihre Plätze ein. Kleine Öffnungen dienten dazu, die Angreifer abzuwehren. Aus den Gebüschen, etwa einen Meter von der Palisade entfernt, ertönte ein Rascheln und Knurren. Trockenes Geäst brach knackend. Joshua zeigte mit einer Hand in diese Richtung.

„Die Gasse zu den Büschen ist neu. So haben wir bessere Sicht. Noch vor ein paar Monaten war hier alles überwuchert. Gleich geht es los."

Die Tiere schienen ihren Angriff exakt abzustimmen. Urplötzlich sprangen zwei Wölfe mit einem Satz gegen die Holzwand. Caine schreckte im ersten Moment zurück. Was er zu sehen bekam, schockte ihn anfangs. Dagegen waren die Hunde in Berlin Schmusekatzen. Schulterhöhe über einen Meter. Nach seinem ersten Eindruck ähnelten die Viecher Werwölfen aus alten Horrorfilmen. Von Natur ausgestattet, mit todbringenden Krallen an den Pfoten sah Caine, wie die Untiere Meter für Meter der Holzpalisade emporkletterten. Gleich darauf schrie jemand nach unten: „Erste Reihe jetzt!"

Geschickt stießen zwei Verteidiger gemeinsam dem Tier in beide Flanken und betätigten den Auslöser. Sofort drang der geballte Stromstoß in den Leib. Mit lautem Gejaule prallte der Getroffene auf den harten Waldboden. Unbeeindruckt setzte der zweite Wolf seinen Weg fort und ein Dritter sprang mit Wucht gegen das störende Bollwerk, ohne Erfolg.

Die Leute der Genossenschaft beherrschten ihren Job und verhinderten Schlimmeres. Caine lief oben auf der Palisade entlang. Ein Busch, der nah an die Befestigung heranreichte, erregte seine Aufmerksamkeit. Bei der Rodung vernachlässigt. Das Gewächs weniger, war es, was ihn aufhorchen ließ. Sein Interesse galt mehr den Geräuschen, die er vernahm. Unter dem Schleppdach, wo sie gemeinsam sich mit frischen Getränken beköstigten, stand Pavel. Nichts ahnend, was geradewegs auf ihn zukommen wird. Caine beugte sich über die Balustrade mit Blick nach innen und sofort schoss ihm das Wort *Gefahr* durch seinen Kopf. Der Boden wölbte sich leicht auf. Abrupt wandte er sich um und lief flugs zur nahen Treppe.

„Was ist los?", rief Joshua.

„Er gräbt sich durch!", brüllte Caine und mit Schwung sprang er auf das Geländer, nach Art der Seeleute, um eiligst abwärts zu gelangen. Durch die Rutschpartie kam er unten flott an. Den Erdhügel immer im Auge, erkannte er, dass das Untier seinem Ziel nahe war. Der lockere Boden brach auf und der Wolf kletterte aus dem eben gegrabenen Tunnel. Den Schädel abgesenkt schüttelte er die lose Erde vom Körper. Der wulstige Nacken ragte über den Hals hinaus. Dieser Kraftprotz war nicht grundlos das Leittier. Weit und breit gab es nichts Vergleichbares, mit dieser Statur und Kraft. Ohne längere Überlegungen rannte das Biest auf sein nahes Ziel zu. Pavel zum Fressen auserkoren, der wie angewurzelt, kreidebleich auf den Angreifer stierte, fegte die Bestie auf den Jungen zu. Von oben auf die Gefahr schauend schrie Joshua sich die Seele aus dem Leib. Sein Sohn reagierte nicht.

Drei Helfer, die Situation real einschätzend, liefen sofort auf den Tunnel zu. Mit einer Art Flammenwerfer beschossen sie den frisch gegrabenen Gang. Ein Jaulen und Schmatzen verbrannter Haut drangen aus der Öffnung. Erstaunenswert, wie arbeitsteilig die Meute ihren Angriff strategisch schlau ausführte. Derweil hatte Caine ein paar Meter Weges vor sich, um den Plan der Bestie zu vereiteln. Geistesgegenwärtig griff er an sein Holster und fingerte sein Messer heraus. Eher eine Untertreibung, Machete traf mehr auf das Monstrum zu. Der Wolf setzte eben zum Sprung an. Sein Körpergewicht nach hinten verlagert hatte zur Folge, dass sein Tempo abnahm. Seine Muskeln, voll einsatzbereit, schleuderten die Hinterläufe den Körper, einer Rakete gleich, durch die Luft. Pavel verschloss seine Augen. Er gab keinen Ton von sich. Der heiße Atem des Untiers brannte auf seinem Gesicht. Augenblicklich riss das Biest sein Maul weit auf, um in diesem Moment seine Beute zu reißen. Joshua, kreidebleich brach zusammen. Ein lauter, fremdartig klingender Schrei, hallte durch das Gelände. Caine zog aus dem Abbremsen des Wolfes den notwendigen Vorteil. Er wandte seine gesamte Kraft auf, um in letzter Not, einem Pfeil gleich, durch die Luft zu fliegen. Vorn weg blitzte die scharfe Klinge seiner Waffe. Ein dumpfer Schlag und mit Wucht prallte er gegen den Körper des Tieres. Das Messer drang geschmeidig in den Hals und traf die Halsschlagader. Das Biest lag am Boden und Caine saß oben auf. Sein rechter Arm von einer dicken Plane umschlungen, drückte mit ganzer Kraft den Schädel nach unten. Vor dem Angriff warnte ein älterer Mann ihn davor, sich nicht beißen zu lassen. Die Tiere trugen in ihren Mäulern Unmengen von Erregern.

Nach einem Biss käme jegliche Hilfe zu spät. Bliebe sein Leben verschont, bedeutete es auf jeden Fall, den Verlust dieser Gliedmaße. Caine zog das Messer aus dem Hals. Mit lautem Schrei rammte er die Klinge kraftvoll in den Schädel. Die Stärke des Tieres steckte weiterhin im Korpus. Blut und Gehirnmasse spritzten umher. Aus seiner Schockphase befreit, näherte sich Joshua. Sein Körper bebte unaufhörlich. Pavels Mutter verließ die schützende Hütte und stürmte weinend zu ihrem Sohn. Die Muskeln des Wolfes erschlafften und nach wenigen Sekunden stand fest, dass diese Kreatur tot ist. Caine erhob sich und mit seinem Ellenbogen wischte er über sein Gesicht. Joshua fand keine Worte. Seine Frau hingegen drückte mit beiden Armen den Retter ihres Kindes. Immer wieder bedankte sie sich. Tränen kullerten über ihre Wangen und durchnässten das Hemd des Beschützers. Die Situation beruhigte sich. Pavel begriff nicht, was soeben ablief. Ein Mitarbeiter trat mit einer Plane auf die Gruppe zu. Sein Blick sagte alles. Caine griff wortlos zu, und sie bugsierten den toten Körper darin fort. Mit einem kräftigen Stoß am oberen Wehrgang warfen sie das einstige Leittier über die Brüstung nach unten. Ein dumpfer Schlag auf den trockenen Waldboden und das war es. Gierig kam der Rest des Rudels aus dem Dickicht und fiel über den toten Leib her. Ein Schmatzen und Knurren, um das beste Stück.

„In der Natur verkommt nichts", spottete Caines Begleiter.

„Wie wahr. Dem folgt der Kampf, um die Führung."

„Wie bei uns Menschen. Nicht anders. Einer geht, der nächste kommt."

Beide grinsten. Ein Vergleich, der nicht hinkte. Lange saßen sie beieinander und redeten sich den Stress von ihren Seelen. Pavel schlief. Seine Mutter wachte über ihn. Die Aufregungen werden dem Burschen die kommenden Tage beschäftigen. Joshua rang nach richtigen Worten.

„Es ist in Ordnung", kam ihn Caine zuvor.

„Ihr habt mich aufgenommen. Gabt mir ein Dach über den Kopf und Nahrung. Einer hilft den anderen. Ist das nicht eure Devise."

„Ja, ist es", entgegnete Joshua.

Mit Blick auf seine Uhr schlug er vor, sich hinzulegen. Eine Mütze Schlaf täte Wunder für das Gemüt.

Die Morgenfrische lag angenehm auf der Haut. Caine lief zum Schleppdach, unter dem zehn Genossenschaftler beim Frühstück saßen.

„Komm, setz dich zu uns!", rief Joshua.

Die Tafel, reich gedeckt, bot eine vielfältige Auswahl an Speisen und Getränken.

„Alles aus unserer Produktion", schwärmte Noel.

Pavel stocherte in seinem Essen herum. Ihm schien es nicht zu schmecken. Nicht zu verdenken, nach dem gestrigen Erlebnis.

„Und, wie geht es bei dir weiter?", versuchte Joshua seine Neugier zu befriedigen.

„Fahre jetzt nach Stuttgart. Vor Ort scheidet es sich, wie ich Kontakt zu meiner Tochter bekomme. In Berlin ist es tüchtig schief gelaufen. Die Studentendemo wurde vorzeitig aufgelöst."

Pavel hob seinen Kopf: „Wie heißt deine Tochter?"

„Da ihre Mutter früh verstarb und dadurch die Zeit fehlte zu heiraten, trägt sie ihren Namen, Gruber."

„Fiona!", rief er erstaunt.

„Fiona Gruber ist deine Tochter."

Caine grinste: „Kennst du sie?"

Pavels Augen leuchteten: „Ich studiere auch. Jeder Student in Deutschland kennt Fiona. Sie führt unsere Bewegung an."

„Aha, tja und ich kenne sie nur aus Zeitungsberichten. Muss da einiges ausbügeln, was ich zu viele Jahre vor mir hergeschoben habe."

„Richtig so", warf Joshua ein: Was zu erledigen ist, wird nicht auf die lange Bank geschoben. Du weißt nicht, ob du es morgen hinbekommst."

Caine lächelte und schüttelte mit seinem Kopf.

„Das ist es, was mir früher Maria immer sagte.

Mach es jetzt und schiebe es nicht auf morgen."

„Kluge Frau", grinste Joshua und holte aus seiner Aktentasche eine Pappschachtel hervor. Die schob er zu Caine.

„Was ist das?"

„Ein Geschenk von uns. Es ist eine Schutzmaske. Das Beste, was gegenwärtig am Markt zu bekommen ist. Wenn wieder ein Sturm aufkommt, setze das Ding auf. Innen sind vier Wechselfilter."

Caine bedankte sich und betrachtete die Schachtel von allen Seiten. Die Beschreibungen las er mit Interesse.

„Die Stürme wirbeln Dreck und Sand auf", erklärte ihm Joshua.

„Die kleinen Teilchen gelangen in die Atemluft und verharren in der Lunge. Ohne Maske lebensbedrohlich. Langfristig führt das zu üblen Atemwegserkrankungen. Schlimmstenfalls zu Lungenzirrhose. Früher oft eine vorkommende Erkrankung bei Bergleuten, insbesondere die Untertage schafften.

Heute weit verbreitet bei Menschen, die mangels Geldes, sich die Masken kaum leisten können."

Die Reihen lichteten sich. Die Arbeit rief. Caine setzte sich vor Pavel und lächelte ihn an.

„Alles okay?"

Stummes nicken.

„Hör zu Junge. Das geht vorbei. Hätte, sein oder können sind nicht eingetreten. Sei dir dem bewusst. Es ist nichts passiert und für kommende Vorfälle bis du gewappnet. Beschäftige dich und grübele weniger darüber nach."

„Ja danke, ich werde es beherzigen.

Pavel rang sich ein Lächeln ab.

„Ich bring dich zur Autobahn. Die anderen arbeiten bereits."

„Am Tage kommen die Viecher nicht?"

Pavel schüttelte mit dem Kopf verneinend.

„Meist abends. In einem breiten Radius um das Areal herum, sind Warnsensoren installiert, die jede Bewegung erfassen."

„Was studierst du?"

Pavels Kopf senkte sich. Äußerlich erkennbar, schien ihm das Thema unangenehm. Auf Nachfrage antwortete er kleinlaut: „Kulturwissenschaften. Zum Unbill meines Vaters. Der hätte es liebend gern gesehen, dass ich etwas Technisches oder Agrarwissenschaft studiere."

„Sage, das was du lernst, ist es das was du willst!"

„Ja."

Caine rieb gedankenversunken sich sein Kinn.

„Dann zieh es erfolgreich durch."

Mit Fingerzeig fügte er an: „Nach schwerer Arbeit suchen Menschen einen Ausgleich.

Was gibt es Besseres, wie Kultur."

Nachdenklich antwortete Pavel: „So habe ich es noch nicht betrachtet."

„Tue es", sprach Caine, schlug beide Hände auf sein Knie und erhob sich.

„Würde mich auf den Weg machen."

Zwanzig Minuten später, standen sie wenige Meter vor der Autobahnauffahrt. Pavel parkte den Pick-up auf dem Feldweg. Währen ihrer kurzen Verabschiedung, erahnte Caine, dass dem Burschen eine Frage auf der Zunge brannte.

„Hast du noch etwas?"

„Wenn du deine Tochter triffst", stotterte er verlegen, „bestelle ihr herzliche Grüße von mir, falls sie sich an mich erinnert."

„Bestimmt", antwortete Caine und hielt seinen rechten Daumen nach oben.

„Werde ich tun. Und danke noch einmal für alles."

Gleich darauf rollte das Elektrokrad los, um wiederum am nächsten Parkplatz zu rasten. Geschützt vor fremden Augen und dank Maurices Geschenke, programmierte er seine neue Identität für die Weiterfahrt. Der Datakrypter funktionierte bestens und so setzte er seine Reise mit dem Namen Marvin Wegener fort. Dass er unverhofft auf eine Polizeikontrolle träfe, bei der langen Fahrt nicht ungewöhnlich. Sechshundert Kilometer lagen vor ihm. Die erste größere Pause folgte drei Stunden später. In einem Internetcafé recherchierte er nach der früheren Sekretärin seiner alten Firma. Ihr Name, Henriette Unterfang. Sie wird um die siebzig Jahre alt sein, soweit sie lebte. Er erinnerte sich, dass sie in der Gegend um Stuttgart ein Häuschen besaß.

Nach dreißig Minuten wurde er fündig. Mühlacker lag etwa fünfzig Kilometer vor der Landeshauptstadt von Baden-Württemberg.

Am frühen Nachmittag fuhr er durch die Hauptstraße seines Zielorts. Es dauerte weitere zwanzig Minuten, bis er das Haus fand. Sein Herz pochte. War es die richtige Adresse und wie würde sie ihn empfangen. Er klingelte kurz. Gleich darauf vernahm er ein Schlürfen. Eine Stimme rief: „Moment bitte!"

Die Tür öffnete sich und eine ältere Dame, graues Haar und eine dicke Hornbrille auf der Nase, lugte durch den Türspalt. Mit starrem Blick fixierte sie den Besucher, von den Schuhen bis zum Kopf. Abrupt riss sie die Tür auf und umarmte den Mann, den sie durchaus erkannte.

„Mensch Caine, wie kommt du hier her!"

„Oh, oh du erdrückst mich."

„Komm rein."

Sie führte ihren Gast ins Wohnzimmer. Der Tisch war für eine Person eingedeckt. Daraus schloss Caine, dass sie allein lebte. Es roch nach frisch gebackenen Kuchen.

Ihren Namen auszusprechen, fiel ihm schon damals schwer. Mit seinem eigenen Slang, nannte er sie Harriett. Nachdem die Gastgeberin ein zweites Gedeck auf den Tisch stellte, dazu das Kuchenblech mit duftendem Streuselkuchen holte, redeten sie über alte Zeiten. Den Kaffee getrunken und auf dem Backblech dümpelten die letzten Krumen herum.

„So, was hat dich hierher getrieben?"

„Damals als ich fortging habe ich mir geschworen, nie wieder herzukommen. Im Alter wird man sentimentaler."

„Im Alter" unterbrach ihm Harriett lachend.

„Bist doch in den besten Jahren."

„Na ja", winkte Caine ab und berichtete weiter über seine Beweggründe: „Es geht um meine Tochter. Aus Zeitungen habe ich erfahren, dass sie wie ihre Mutter sehr aktiv ist."

„Du liest deutsche Zeitungen?", hakte die Dame des Hauses nach.

„Hast ja doch nicht gänzlich mit deiner alten Wirkungsstätte gebrochen."

Caine erzählte Harriett seine Geschichte, die sie selbst bisher nicht kannte.

„Es ist richtig, dass du den Kontakt zu ihr suchst", ermutigte sie ihn. Sie bemerkte, dass ihrem Gast etwas auf der Zunge brannte. Ebenso, dass ihm die Worte fehlten und er somit nicht mit der Sprache herauskam.

Dafür kannte sie ihn genug.

„Frage einfach so wie dir der Mund gewachsen ist", forderte sie ihren Besucher auf.

„Du hast doch guten Kontakt zu unserem alten Boss gehabt. Was weißt du denn noch einiges über ihn?"

„Ulysses Mawala war schon immer etwas speziell. Vor ein paar Jahren hat er eine alte Burg gekauft, nahe Blaubeuren. Es ist die Ruine Hohengerhausen, bekannt unter dem Namen Rusenschloß. Seit Sanierung thront er oben auf dem Berg hoch droben, zwanzig Kilometer vor Ulm. Das Gewächshaus, so reden die Leute über sein Himmelreich."

„Im Glashaus", unterbrach Caine Henriette.

„Ist er unter die Botaniker gegangen?"

„Ach wo", winkte sie schmunzelnd ab.

„Du hattest mir einmal von dem Freizeitcenter *Tropical Island* erzählt, falls du dich erinnerst.

In Abwandlung dessen hat er sich oben auf dem Berg, seine eigene Entität gebaut. Keine Wetterkapriolen die stören und das Klima, frei nach Lust und Liebe wählen."

Caine fand vor Staunen kaum Worte.

„Er soll im Kopf nicht ganz richtig sein", fragte er.

Für ihn ein entscheidender Beweis. Dennoch hielt er mit seiner Vermutung hinter dem Berg, um die alte Dame nicht zu verunsichern.

„Wenn du direkt fragst kann ich dir antworten, ja unser Boss ist debil und schizophren.

Überall vermutet er finstere Gesellen, die nach seinem Leben trachten. In seiner Firma hat er nichts zu sagen. Es ist nur noch der Name. Die einzelnen Filialen arbeiten jetzt schon eigenständig. Wenn er einst stirbt, zerfällt sein Imperium in zig kleinere selbstständige Firmen."

Der frühe Abend hielt Einzug. Die Fahrzeit bis Ulm betrug eine Stunde.

„Ach Harriett, würde gern weiter plaudern. Will nicht zu spät ankommen."

„Es ist gut. Schön das du an mich gedacht hast."

Sie begleitete ihren Gast bis zur Haustür.

Eine lange Umarmung an der Pforte zum Abschied.

Caine stand mit einem Bein vor der Tür, da fiel Henriette Unterfang etwas Wichtiges ein.

„Warte, ich habe da was für dich!"

Kaum ausgesprochen rannte sie los, lief die Treppe hoch. Lautes Gepolter und Kramen dröhnten herunter. Fluchend kam sie wieder nach unten. Zuvor die Erlösung: „Ah, da ist das Ding!"

Außer Puste reichte sie Caine eine weiße Plastikkarte.

„Was ist das?"

„Hör zu Junge, ich kenne dich zu gut.

Wie du gefragt hast kommst du nicht ohnehin darum, den Alten zu besuchen. Das hier mein Junge ist eine Zugangskarte zu allen Türen in Ulysses Reich. Er hat sie mir damals gegeben, da wir in Kontakt standen und ich ihm im Haushalt half. Keine Bange", kam sie Caines Frage zuvor. „Das Ding funktioniert noch heute und die Karte wird dir jede Pforte öffnen, wenn du sie brauchst. Wenn nicht, stecke sie für alle Fälle ein, ich brauch das Ding nicht mehr."

Die Verabschiedung war herzlich und dauerte weitere zehn Minuten.

Nachdem Henriette die Tür schloss, brauste Caine, in der Hoffnung nach Ulm, die langersehnte Aussprache mit Fiona zu führen.

Das Erwachen alter Dämonen

Die wenigen Kontakte in Deutschland über die Caine verfügte, reichten seinem Ziel, näher zu kommen. Für seine Identität schenkte ihm Maurice nutzbringende Technik. Ein ehemaliger Mitstreiter der Marines, sorgte für eine Unterkunft in Ulm. Ein kleines Haus am Stadtrand in einer Eigenheimkolonie. Hier wohnte jeder für sich und die Nachbarschaft wurde kaum beäugt. Ideal für Caines Vorhaben. Und ein wichtiger Aspekt, spielte eine wesentliche Rolle. Er entzog sich somit möglichen Überprüfungen in Hotels. Kurz vor seinem Domizil erwischte es ihn. Eine Drohne verstellte ihm den Weg. Mit blechernem Klang, forderte die unnatürliche Stimme, seine Identifikation. Ein zusätzliches Utensil, dass ihm Maurice schenkte, war eine Gesichtslarve. Mit dem Datakrypter eine kostbare Ergänzung, Aliasnamen plausibel aufzutischen. Nur drei Exemplare existierten davon. Der Franzose selbst, Hien seine Frau und Caine, besaßen ein Einzelstück. Der Clou, ein leitfähiges Vlies simulierte den fliegenden Augen, dass passende Konterfei zu den Pseudoidentitäten. Vorausschauend trug er unter dem Integralhelm diese Maske. Mit Einschalten der Technik empfand Caine eine sanfte Vibration auf seiner Gesichtshaut.

„Ihre Identifizierung", kam die Aufforderung.

„Marvin Wegener, komme wegen Überstunden zu dieser Zeit von Arbeit."

Abschließend nannte er seine Adresse. Die Drohne scannte Caines Chip. Jetzt bemerkte er, dass ein weiteres Objekt, um ihn herumschwirrte.

„Überprüfung positiv. Wünsche gute Heimfahrt."

Die Strahler wurden ausgeschalten und die fliegenden Augen, surrten los. Verblüfft schaute er den verhassten Dingern hinterher.

„Die Deutschen sind in allem gründlich, sichern alles doppelt ab", sprach er zu sich selbst.

Seine Unterkunft lag abseitig. In einem Schuppen, neben dem Wohnhaus, fand sein Gefährt eine passende Bleibe. Die Reisetaschen ausgepackt durchstöberte er die Zimmer. Der Kühlschrank in der Küche randvoll gefüllt. In der Tür stand Bier, von der Sorte die Caine gern trank. Mit einem Magneten klebte eine Notiz draußen an der Tür.

„Wohlbekomms", las er.

Darunter eine Telefonnummer, mit Vermerk: „Für den Notfall."

Der Fernsehapparat dudelte vor sich hin. Caine nippte an der Flasche Bier und sein Magen, meldete sich, mit dem altbekanntem Druckgefühl.

„Jetzt bin ich hier und es gibt kein Weg zurück!", hörte er seine innere Stimme.

Der nächste Morgen bescherte etwas Abkühlung. Die Sonne schien verhalten und im Freien war es zum Aushalten. Mit seinem elektrischen Motorrad fuhr Caine zur Uni. Die in Berlin verabredete Fahrzeugübernahme mit Leasing-Vertrag, schloss neben der Option das Gefährt zu übernehmen, die jederzeitige Rückgabe in allen Filialen Deutschlands ein. Damit entfiel die Preisgabe seiner Personalien in den Niederlassungen und obendrein war er flexibel. Wie in Berlin und anderen Großstädten, galt in Ulm Fahrverbot für Fahrzeuge mit Verbrennungsmotoren. Das nur in den Innenstädten.

Die korpulente Dame mit dem aufgedunsenen Gesicht im Büro für Studentenangelegenheiten der Uni Ulm, versprühte Eiseskälte. Distanziert und Augenkontakt vermeidend, schien sie gegenüber Ausländer unnahbar. Egal wie sich Caine mühte, die eiserne Lady war nicht bereit, ihm Information zu Fiona zu geben. Wieder auf dem Flur sprach ihn ein älterer Herr an.

„Hat das kalte Herz sie abblitzen lassen?"

Ein stummes Nicken sagte alles.

„Benötigen Sie Hilfe. Sind Sie auf der Suche nach etwas oder wem?"

„Ja, die Studentin Fiona Gruber."

Kaum ausgesprochen trat der Mann auf Caine zu und legte seinen Zeigefinger quer über die Lippen. Flüsternd entgegnete er: „Psst, die Wände haben Augen und Ohren. Treffen wir uns in der Stadt. Kennen Sie das Restaurant *Gerber Haus*, da besprechen wir alles. In einer Stunde, wäre das okay!"

Caine stimmte zu. Den Treffpunkt würde er schon finden. Zum verabredeten Zeitpunkt saßen sie in einem Separee im genannten Lokal. Das wirkte urig und traditionell.

„Darf ich mich vorstellen", ergriff der ältere Herr das Wort. Ich bin Doktor Hartwig Bressow. Früher mit Professur. Der Lehrstuhl wurde mir disziplinarisch entzogen, da ich es mit den Studenten hielt. Zum Unbill der Uni-Leitung beteiligte ich mich obendrein an den Demos. Das sahen einzelne Herren, die etwas zu sagen haben, nicht so gern. Und, geblieben ist meine Dozentur am Institut für Mikrobiologie und Biotechnologie. Die Studentin, nach der Sie suchen, kenne ich genau. Sie gehört zu den Besten ihres Jahrganges."

„Mein Name ist Red Caine. Ich komme aus Montana in den USA. Habe früher hier in Ulm und in anderen Großstädten von Deutschland gearbeitet. Tja, warum suche ich Fiona. Es wird sie erstaunen, sie ist meine Tochter."

Das schlug wie eine Bombe ein. Die Überraschung sprang dem Akademiker förmlich aus seinem Gesicht.

„Ihre Tochter, Donnerwetter, das ist absolut neu! Es hieß ihre Eltern sind früh gestorben."

„Ihre Mutter schon. Die Grandma von Fiona setzte, alle Hebel in Bewegung mich zu diffamieren und auszukontern. Am Ende bekam sie das Sorgerecht und ich obendrein Besuchsverbot."

Caine berichtete Hartwig Bressow, was sich damals zugetragen hatte. Ihre Plauderei zog sich hin und sie bemerkten kaum, wie die Zeit verging. Mit Blick aus dem Fenster zuckte der Doktor zusammen.

„Schon dunkel. Lassen Sie unser Gespräch an einem anderen Ort fortführen. Ich habe hier eine Adresse, da reden wir ungestört. Gegenwärtig ist mir nicht bekannt, wo sich Fiona aufhält. Nach der Aktion in Berlin war sie nicht wieder in Ulm. Übermorgen erfahren Sie mehr."

Den Notizzettel verstaute Caine in seiner Hosentasche. Er bestand darauf, zu zahlen, und nachdem das erledigt war, fuhr er in sein Quartier.

Am späten Nachmittag trafen sie sich am vereinbarten Ort. Caine hatte zuvor das Umfeld inspiziert, so wie einst gelernt. Ein idealer Ort für diskrete Treffen. Die Bücherei im Erdgeschoß des Mehrfamilienhauses verfügte über regen Publikumsverkehr und zwei Zugängen.

Die leicht untersetzte Bibliothekarin grüßte freundlich und führte beide Besucher in einen separaten Leseraum zur hinteren Hofseite gelegen. Kurz darauf erschien sie mit einem Tablett, gefüllt mit allerlei Getränken und Snacks.

„Das ist meine Schwester Hiltraut und das ist Caine, der Vater von Fiona."

Die Verblüffung der älteren Dame war unübersehbar.

„Sie ist sehr vertrauenswürdig", fügte Hartwig Bressow an.

„Wenn ich mir die Sache genau betrachte, scheint ihr so etwas, wie eine eingeschworene Gemeinschaft zu sein", sprach Caine seine Vermutung aus.

„Wir können mit offenen Karten spielen", teilte Doktor Bressow die Annahme seines Gesprächspartners.

„Ich gebe Ihnen ein paar Hintergrundinformationen. Ja, wir kennen uns nicht nur von der Uni. Seit Jahren unterstütze ich progressive Studenten. Und Fiona", an dieser Stelle stockte der Akademiker kurz und wurde schwärmerisch.

„Ja Ihre Tochter, sie ist ein Ausnahmetalent. Sie hat nicht nur klare Vorstellungen, verfügt dazu über einen ausgeprägten Gerechtigkeitssinn und reißt Menschen mit. Seit Anbeginn fördere ich sie. Im vierten Semester hat sie eine Sensation vollbracht. Ist ihr Forscherdrang erwacht, lässt sie nicht locker. Eine alte Forschersache beschäftigte sie. Plastik ist schwer aufzuspalten. Dennoch in seinem Aufbau in vieler Hinsicht natürlichen Polyester ähnlich, wie Cutin, einer der Hauptkomponenten der Pflanzenzellen. Um den Unmengen an Plastik in den Meeren Herr zu werden, schafften sich Forscher jahrzehntelang erfolglos. Sie hat es geschafft.

Mit ihrer Erfindung ist es möglich, Plastikabfälle zu zersetzen. Wahnsinn und absolute Spitzenleistung. Sie hat das Unmögliche hinbekommen."

Caine, innerlich gerührt von den Erzählungen, hakte nach: „Sind Sie selbst bei den Demos?"

„Nein, nicht mehr. Erwischt man mich dabei, fliege ich gänzlich von der Uni. Wissen Sie, ich unterstütze die Studenten im Hintergrund mit allerlei Ratschlägen. Sie akzeptieren das und ich bin froh, dass die jungen Leute nicht alles hinnehmen. In meiner Familie hat sich jeder der Forschung für ein besseres Umweltverständnis verschrieben. Mein ältester Sohn ist Geologe und in Kanada tätig. Seine Schwester arbeitet auf dem Gebiet der Agrarwissenschaften. Sie hatte zur Thematik schnell nachwachsender Gehölze promoviert. Heute ist sie in der Pflanzenforschung und Genetik tätig. Ihr Arbeitgeber sitzt in Sachsen-Anhalt. Ein international anerkanntes Institut in Gatersleben. So oder ähnlich heißt der Ort."

Im weiteren Gespräch unterhielten sie sich über ihre Anschauungen, ihre Lebensmaxime und was sie bisher erlebten. Dabei wurde ihnen klar, dass ihre Denkweisen weit übereinstimmten.

„Wenn ich auf meine Tochter treffe, was erwartet mich."

Der Akademiker grinste.

„Darf ich es salopp sagen, Ihnen geht die Muffe!"

Gelächter, da Hartwig Bressow den Kern der Sache genaustens traf.

„Bleiben sie so, wie sie sind. Nichts Gekünsteltes. Zeigen sie ihrer Tochter ihre Gefühle und legen die Gründe für Ihre bisherige Zurückhaltung klar auf den Tisch. Das kommt bei Fiona an.

Vorverurteilungen und Ungerechtigkeiten liegen ihr nicht."

Caine bedankte sich für die kostbaren Tipps.

„Werde es beherzigen. Wäre schön zu wissen, wann sie wieder in Ulm ist."

„Nehmen Sie Kontakt mit Frau Doktor Brianna McGreger in der Uniklinik auf. Ihre Tochter und sie, sind eng befreundet."

Krankenhäuser versprühen grässliche antiseptische Gerüche, die Besucher verschreckten. Caine gehörte zu dieser Spezies. Emotional von dem anregenden Gespräch vom Vortag berührt, erkundigte er sich frohgelaunt nach der Ärztin, die ihn Hartwig Bressow nannte. Die Mitte Vierzigerin trat dem Fremden kühl entgegen. Klar war, dass ihr Freund nicht jedem, Kontaktdaten aushändigte.

„Gönnen wir uns einen Snack in der Cafeteria. Dabei plaudert es sich besser."

Caine stocherte mit gesenktem Blick in seinem Kaffee herum. Erkennbar brannte ihm etwas auf der Zunge.

„Was ist es. Um mich stumm anzustarren sind Sie allein nicht hergekommen!"

„Doktor Bressow meinte, Sie können mir etwas über Fiona Gruber erzählen. Wo sie sich aufhält oder wann sie nach Ulm zurückkommt."

„Warum sollte ich", antwortet sie distanziert.

Mit dieser Antwort hatte Caine gerechnet. Er griff unter sein Hemd und fingerte einen Brustbeutel hervor. Ein in Folie eingeschweißtes Bild legte er der Ärztin vor ihrer Tasse. Sie nahm es in die Hand und mit Blick darauf, zeigte sich deutlich ihre Überraschung.

„Es ist älter, dennoch gut erkennbar. Die junge Frau ist Maria Gruber, Fionas Mutter.

Der Mann daneben ist ihr Vater."

„Das, das sind Sie", stotterte sie frappiert.

„Davon hat Fiona nie erzählt", fügte sie, in Erwartung einer Erklärung, fragend an.

Caine berichtete mit wenigen Worten, was er Hartwig Bressow ein paar Tage zuvor mitteilte. Das Wichtigste war gesagt. Sie verabredeten für den kommenden Tag ein gemeinsames Treffen, mit dem Akademiker. Nach den mahnenden Worten der Ärztin: „Hier haben Wände, Augen und Ohren" und den Verweis: „Fremde werden eigens beäugt", verabschiedeten sie sich.

In seiner Unterkunft lungerte Caine auf dem Sofa. Zum Schutz vor der brennenden Sonne ließ er die Außenrollos herunter und die Fenster einen Spalt geöffnet. Im Fernseher dudelte Musik. Er war schon ein paar Tage in Ulm und hatte zwar neue Freunde gefunden, kam seinem eigentlichen Ziel kaum keinen Schritt näher. Immer mehr er darüber nachdachte, kamen ihm die Worte von Henriette Unterfang im Sinn. In erster Linie die Berichte zu beider alten Boss, Ulysses Mawala. Für Caine stand fest, dass er an den kommenden Abenden, dessen Domizil in Augenschein nimmt. Ehe er sein Vorhaben genauer zu planen vermochte, schlief er ein. Ein lauter Knall schreckte den Schläfer auf. Ein Blick aus dem Fenster zeigte einen hell erleuchteten Himmel. Ein Bersten und Krachen folgten.

„Sommergewitter a' la Bonne heure", flüsterte Caine, mehr zu sich selbst. Die Abkühlung bescherte Mensch und Tier, eine Linderung, zu der bisherigen mörderischen Bruthitze.

Vor fremden Augen und Ohren geschützt saßen sie zu dritt im Leseraum der Bibliothek. Saal wäre überzogen, da die Größe nur zwanzig Quadratmeter betrug.

„Hat unsere Freundin Geheimnisse", scherzte Brianna McGreger.

„Sie hatte ja keinerlei Kenntnis davon. Damals war sie ein Baby", berichtigte Hartwig Bressow.

Caine labte sich an einem kleinen Snack, den wiederum die Schwester des Doktors servierte. Etwas abseits, vertieften sich die beiden anderen in einem angeregten Gespräch. Ab und zu stierten sie zu ihrem Gast hinüber. Der grinste innerlich und bot einen Spaß. „Redet doch lauter, verstehe es von den Lippen zu lesen."

Sie verstummten auf der Stelle und wirkten verdutzt.

„Habt ihr ein Problem mit mir. Ich habe euch meine Geschichte erzählt. Hemmungen braucht ihr nicht zu haben."

„Ja Sie haben recht", entgegnete Hartwig Bressow, mit dem Hintergedanken, Missverständnisse aus der Welt zu schaffen. Tief ausatmend fragte der Gast in die Runde: „Können wir mit dem Gesieze aufhören. Ihr seid doch auch per du. Sagt einfach Caine."

Sie rückten näher heran und streckten symbolisch beide ihre Hände entgegen.

Zuerst war die Ärztin an der Reihe.

„Ja, entschuldige, ich bin Brianna."

„Und ich Hartwig", ergänzte der Akademiker.

Im weiteren Gespräch erfuhr Caine das seine Tochter im Haus der Ärztin zwei Zimmer bewohnte. Um den möglichen Aufenthaltsort herauszufinden vereinbarten sie, am folgenden Tag nachzuschauen. Nur kurze Zeit später, trennten sie sich.

Ein villenähnlicher Prachtbau offenbarte sich Caine. „Nobel, da sieht man gleich wer solvent ist", sprach er zu sich selbst. Im Erdgeschoß unterhielt Brianna eine Praxis für Allgemeinmedizin. Unerkannt gelangten sie über einen Seiteneingang in das Treppenhaus und von dort, ungesehen in die obere Etage. Rechts ein Namenschild, deutete daraufhin, dass hinter dieser Tür das Domizil von Fiona lag. Sauber und aufgeräumt. Im Wohnzimmer, an der Balkontür stand ein kleiner Schreibtisch. Darauf der Laptop. Hartwig klappte den Bildschirm auf. Ein neues Fenster verlangte nach einem Passwort.

„Mist, Kennwort geschützt", frustete Doktor Bressow.

„Gib in Großbuchstaben *MABUGU* ein."

„Was soll das?"

„Eine beliebte Wortspielerei von Maria. Wenn wir Glück haben, hat ihre Grandma von ihrer Mutter erzählt."

Hartwig Bressow tippte die Buchstabenreihe ein. Ein kurzer Piepton bestätigte den Zugang.

„Donnerwetter!", staunte der Dozent.

Die Tür öffnete sich und Briana McGreger trat ein.

„Habt ihr was?", fragte sie gespannt.

„Stell dir vor, Caine kannte das Passwort!"

In den Unterlagen fanden sie keinerlei Hinweise, der auf den Aufenthaltsort von Fiona hindeutete. Ein tiefer Seufzer von Hartwig Bressow folgte.

„Was ist?", fragten die anderen erwartungsvoll.

„Der Ordner ist leer", sinnierte der Angesprochene.

„Was für ein Ordner", hakte Caine ungeduldig nach und trat vor den Bildschirm.

„*Brabak*", las er laut vor.

„Was heißt das?"

Mit aschfahlem Gesicht stierte Hartwig auf den PC.

Langsam und leise gab er die Antwort: „Wenn es das ist, was ich vermute, etwas Unheilvolles."

Brianna zuckte ungläubig mit ihren Schultern.

„Wie klären wir das", stupste sie den Akademiker an, da dieser sprachlos schien.

„Caine, morgen Abend um sechs Uhr, treffen wir uns an der Uni. Von ausgewählten Studenten habe ich die Zugangsdaten für das Intranet. Damit besteht die Chance nachschauen, nach was Fiona recherchiert hat. Alles weitere Morgen in der Uni."

Nachdem Sie sich verabschiedeten, legte Caine einen Umweg ein. Sein Ziel Blaubeuren. Die Dunkelheit bot ihm Schutz, unerkannt das Areal seines ehemaligen Chefs zu inspizieren. Mit geübtem Blick beäugte er das Umfeld. Die kleinen Lichter fielen ihn sofort ins Auge. Durch das Nachtsichtgerät gelang es ihm, die Vorsichtsmaßnahmen zu entlarven. Um später nichts zu übersehen, trug er die Sicherheitsmaßnahmen in sein Notizbuch ein und fertigte Skizzen an. Sofort verstaute er seine Sachen und setzte seine Rückfahrt zur Unterkunft fort. Der Umweg hatte sich gelohnt. Ungeduldig erwartete er den morgigen Tag.

Sie schlichen durch Nebengänge, düstere Kellergänge und gelangten unerkannt in die Uni-Bibliothek. Mit einer Hand wies Hartwig zu einer Tür.

„Da drinnen sind wir sicher. Keine Fenster und die Wände sind abgeschirmt."

Fachmännisch fuhr der Dozent den Computer hoch, gab die gewünschten Kennwörter ein und frohlockte laut: „Geschafft." Flink flogen seine Finger über die Tastatur.

Fünfzehn Minuten später wurden sie fündig. Mit spitzem Mund pfiff Doktor Bressow leise.

„Ich habe es und es ist das, wie vermutet."

„Und was", Caine brannte darauf, die Neuigkeiten zu erfahren.

„Fiona hat sämtliche Speicher durchforstet. Was sie erfuhr, scheint brisant, da sie nichts aufgeschrieben hat."

„Was bedeutet nun das *Brabra* Dingens."

Hartwig kicherte, da seine Ungeduld, Caine regelrecht auf dem Gesicht geschrieben stand.

„Es heiß *Brabak,* ist eine Abkürzung und setzt sich aus zwei Wörtern zusammen. Den Namen Doktor Brackstedt und dem Forschungsziel für Bakterien. Der genannte Kollege war einst an unserer Uni. Seine Forschungen äußerst zweifelhaft. Um es kurz zu sagen, eines Tages kam heraus, dass er mit Menschen experimentierte, da er mit Tierversuchen allein nicht weiter kam. Ein riesiger Skandal. Es gab Aussprachen und hinter verschlossenen Türen einigten sich die Uni-Leitung und der Doktor. Darüber herrscht bis heute absolutes Stillschweigen. Es drang nichts an die Öffentlichkeit. Die alte Leitung ist längst im Ruhestand und die heutigen Führungskräfte, werden sich hüten, etwas preiszugeben."

Bei Caine schrillten die Alarmglocken.

„Hast du Kenntnis, inwiefern Doktor Brackstedt mit Leuten aus der Wirtschaft kooperiert hat. Mit spendablen Unternehmern, beispielsweise mit Ulysses Mawala?"

„Zuwendungen sowie Spenden sind unabdingbar für die Forschung. Bereitwillige Geber sind gern gesehen. Den Namen Ulysses, nee den habe ich nicht gehört."

„Was machen wir mit den Informationen?"

Nachdenklich rieb Hartwig Bressow sein Kinn.

„Ich lösche den Verlauf der Recherche. Damit ist Fiona aus dem Blickfeld.

So schützen wir sie, falls andere Leute, ebenso auf die blöde Idee kommen, nachzuschauen. Wir fahren in die verbotene Zone zu unserem Computerfreak Taste. Der hilft uns bei weiteren Recherchen."

„Verbotene Zone?", Caine wirkte ungläubig.

„Später mein Freund. Verschwinden wir."

Sie trafen sich wieder in der Bibliothek. Die Neuigkeiten stimmten keinen euphorisch. Die Frage blieb, inwieweit Fiona mit ihren Recherchen, schlafende Hunde geweckt hat.

„Wenn ich die letzten Tage betrachte, drängt sich der Eindruck auf, dass ihr eine Art geheimer Bund seid."

„Wie kommst du darauf", fragte Brianna spitz.

„Gestern die Bemerkung von der verbotenen Zone und solche Namen wie Taste. Alles Indizien."

„Okay, ich erkläre es dir", mischte sich Hartwig ein.

„Du warst in Berlin?"

Caine bejahte. Er hatte ja darüber berichtet.

„Hast du die abgetrennten Wohnbezirke gesehen?"

„Peripher und durch Erzählungen eines Freundes."

„Ja, früher gab es eine Mauer und heute wieder. Das ist in der Hauptstadt weniger problematisch. Da liegt ja vieles weitläufig auseinander. Diese Ghettos, und was sonst sind diese geschlossenen Slums, bezeichnen wir, verbotene Zone. Fern der Glitzerwelt, leben da Menschen am unteren Level. Ergebnis einer verkorksten Wirtschaft- und Finanzpolitik. Beklemmend, die Armut und soziale Ungerechtigkeit. Seit einem viertel Jahrhundert bittere Realität. Wir versuchen, mit bescheidenen Mitteln den Ärmsten der Armen etwas Linderung zu bringen. Da helfen, wo Not am Mann ist.

Taste ist ein Computerprofi, sie ist der Doc und ich der Pauker. Damit wir leben und akzeptieren, wie es ist."

Caine ließ seinen Blick in die Runde kreisen. Innerlich zollte er beiden Respekt.

„Solange ich mich in Deutschland aufhalte, könnt ihr auf meine Unterstützung bauen", versicherte er mit Nachdruck.

„Abgemacht, morgen Treff bei Taste. Lass uns zusammen hinfahren", schlug Doktor Bressow, Caine vor.

Ein Busenfreund des Akademikers, der keine Fragen stellte, setzte die beiden ungleichen Männer fünfzehn Kilometer hinter Ulm auf freier Flur ab. Quer Feld ein, eilten sie ihrem Ziel entgegen. Vor einem alten Schuppen hielt Caine inne. Aus seinem Rucksack holte er eine Armbinde mit Klettverschluss.

„Auf welcher Seite ist dein Chip", hauchte er Hartwig an. Der, erheblich außer Atem, zeigte zu seiner linken Schulter. Ohne nachzufragen, schnallte ihm Caine das Utensil um den Arm.

„Flink, da rein. Hock dich hin und verhalte dich still, egal was hier passiert!"

Der Akademiker verschwand in die Bretterbude und kauerte sich am Boden nieder. Durch einen Spalt, lugte er auf das Geschehen, draußen vor der Baracke. Er erkannte zwar nicht alles, sah deutlich, wie Caine eine Art Maske über sein Gesicht stülpte. Gleich darauf wurde ihm klar, warum ihn sein Begleiter in dieses Loch verfrachtete. Zwei Drohnen näherten sich. Mit ihren Strahlern leuchteten sie die nahe Umgebung aus. Wie aus heiterem Himmel erlosch das grelle Licht. Der Puls an der Halsschlagader des Akademikers vibrierte.

Sein Kreislauf lief auf Hochtouren. Beide Hände formte er zu einer Muschel, in der er rhythmisch ein- und ausatmete. Damit versuchte er, seine Atemfrequenz herunterzufahren. Die zwei Drohnen waren spurlos verschwunden. Caine rief seinen Namen. Wieder an der frischen Luft lehnte sich Hartwig mit einer Hand an die Tür der maroden Hütte und atmete schwer. Seine Aufregung war ihm deutlich anzusehen.

„Für solche Späße bin ich einfach zu alt."

Caine sagte nichts. Er hielt inne und ließ seinem Begleiter Zeit, sich aufzurappeln.

„Was hast du da alles in deinem Rucksack und warum diese Binde!"

„Darin ist unsere Lebensversicherung. Der Backpack besteht aus einem Spezialmaterial. Da kommt kein Scanner durch. Die Binde ist aus gleichem Material. So warst du für die Drohnen tabu. Dein Chip war somit nicht zu lesen."

„Und die Kontrolle, so abrupt beendet!"

„Nach meinem Abschied aus der Sicherheitsbranche nahm ich dies und jenes mit. Etliche Sachen ändern sich über Jahre hinweg nicht. Darauf spekulierte ich und es klappte. Dazu das richtige Kennwort mit dem Hinweis, dass hier eine Observation im Gange ist und die Drohnen schwirren ab."

„Einfach so", staunte Doktor Bressow.

„Ja, so ist es", bestätigte er grinsend.

Nachdem Hartwig sich erholte, stiefelten sie weiter. Ohne Verzögerung näherten sie sich ihrem Ziel. Niemand kreuzte ihre Wege. Caines Neugierde war geweckt.

„Wo ist nun die verbotene Zone", erkundigte er sich.

„Wir sind mitten drin", flüsterte sein Begleiter.

„Hier kann doch jeder rein und raus. Wieso verbotene Zone?"

Der Akademiker schmunzelte.

„Publikumsverkehr ist hier nicht gern gesehen."

„Aha, darum die Drohnen", resümierte Caine.

„Nur stichprobenweise", fügte Hartwig Bressow an.

Die ersten Gebäude schimmerten im Dunkel der Nacht. Musik drang an ihre Ohren. Aus einem anderen Fenster klagendes Kindergeschrei und gleich daneben, schrie ein Mann wirr.

„Siehst du, das ist die verbotene Zone. Spannungsfeld und soziales Chaos. Die nächste Ecke rechts. Dann sind wir da."

„Ich sehe gar nichts, totale Finsternis", scherzte Caine.

„Tja, hier wird gespart. Es gibt weder leuchtende Schaufenster oder Laternen, die den Weg ausleuchten. Eben Armenviertel."

Mit festen Griff an den Oberarm, signalisierte Hartwig Bressow seinem Begleiter, zu stoppen. Dabei presste er den linken Zeigefinger auf seine Lippen. Diese eindeutige Geste bedurfte keiner weiteren Erklärungen.

„Wir sind da", tuschelte er, „folge mir."

Caine war von der Wohnung kaum überrascht. Taste entsprach dem üblichen Klischee von IT-Spezialisten, der Reinlichkeit betreffend. Er stand seiner Branche in nichts nach. In einem Nebenraum flimmerten drei Bildschirme. Eine kurze Vorstellung und flugs legten sie los. Aus seinem Rucksack entnahm Caine zwei Geräte.

„Was ist das", erkundigte sich Taste, „habe genug Technik da."

„Das ist eine spezielle Lebensversicherung. Hast du Netzkabel hier?"

„Man, ich habe WELAN. Das Schnellste was es gibt!"

Hartwig Bressow mischte sich ein: „Gib ihm was er braucht. Er weiß was er tut. Ist vom Fach."

„Oha, ein Kollege", frotzelte der IT-Spezialist.

„Fahr deinen PC runter, mit dem wir jetzt arbeiten. Ist das erledigt, schließt du den schwarzen Kasten an, mit Netzkabel", fauchte Caine.

„Easy Alter", versuchte er seine Überheblichkeit zu mildern. Der Bildschirm verlangte nach einem Passwort.

„Darf ich kurz."

Kaum ausgesprochen setzte sich Caine an den PC und ließ seine Finger über die Tastatur fliegen.

„So, kurz zur Erläuterung. Der größere schwarze Kasten ist unsere Versicherung. Er funktioniert ähnlich, wie ein Zerhacker beim Sprechfunk. Damit kommt uns niemand auf die Schliche. Der Kleinere verfügt über einen Speicher etlicher Zugangsdaten. Die Server der Meldebehörden sind überlastet und die Älteren dümpeln kalt herum, sind dennoch am Netz. Darin liegt unsere Chance, dass zu recherchieren, was wir suchen."

Taste haute es glatt vom Hocker, so überwältigt war er.

„Das gibt es nicht, ich bin drin", schwärmte er.

„Kann man die Dinger kaufen!"

„Vergiss es", grinste Caine ihn schief an, „das existiert nicht, was du da denkst zu sehen."

„Einen Mann namens Brackstedt finde ich nicht. Geboren ist er, gestorben nicht. Meldedaten liegen nicht vor und der letzte Eintrag ist zwanzig Jahre alt. Da hat er in Stuttgart gewohnt."

Nach ihren Recherchen meldete sich Taste ab und fuhr seinen Computer runter, wie ihm Caine auftrug.

„Wie geht es weiter", fragte er konsterniert.

„Wir warten zehn Minuten. Leuchtet die Lampe da grün, ist alles bestens. Wechselt sie auf Rot, kneift man uns kräftig am Arsch."

Doktor Bressow erkundigte sich nach dem Ergebnis der Aktion. Caine grübelte. Mit seinen Fingerspitzen rieb er seine Stirn. Hartwig ließ nicht locker und drängte seinen neuen Freund, zu einer Antwort.

„Wenn Fiona auf Doktor Brackstedt gestoßen ist, der offiziell nicht existiert, ergibt sich die Frage, für wen arbeitet er und an was. Schlimmsten Falls hat sie etwas Brisantes herausgefunden. Dann", hier stockte Caine.

„Ist sie womöglich in Gefahr", ergänzte der Doktor.

„Ja, genau das ist es, und das bereitet mir große Sorgen."

Draußen, an der Wohnungstür trommelte jemand das vereinbarte Klopfzeichen. Taste trat kurze Zeit später, begleitet von Brianna McGreger, ins Zimmer.

„Ich habe eine Neuigkeit. Fiona wird kommende Woche nach Ulm zurückkommen. Sie hielt sich bisher in München auf. Die Umweltorganisationen planen eine gemeinsame Aktion. Demos in den großen Städten. Die Wähler für die Bundestagswahl im Herbst wachrütteln."

Die Vermutung der beiden Männer, stimmte sie nicht froh. Der besorgte Gesichtsausdruck von Caine, blieb ihr nicht verborgen.

„Wann und wie kommt sie zurück."

„Deine Tochter wird Dienstag mit dem Zug eintreffen. Die genaue Ankunftszeit bekomme ich rechtzeitig."

„Ich möchte auf dem Bahnhof mit dabei sein."

„Sicher, keine Frage", bestätigte die Ärztin.

„Unsere Informationen, zu Doktor Brackstedt werde ich bis zum Wochenende überprüfen.

Schaue mich in Stuttgart unter der Adresse aus der Meldedatei ein wenig um. Nur faul herumsitzen, bringt nichts. So habe ich etwas Ablenkung."

Brianna McGreger besaß eine Dauergenehmigung zum Befahren der verbotenen Zone. Dadurch war es für sie ein Leichtes, Caine und Hartwig nach Ulm zurückzunehmen. Auf der Rückfahrt besprachen sie Einzelheiten für Fionas Rückkehr.

Vor seiner Unterkunft fixierte der einstige Marine, das Umfeld. Seine Nackenhaare richteten sich auf. Diese Vorahnung bewahrte ihn oftmals vor Schlimmeren. Das vornehmlich in brenzligen Situationen. Die Haustür nur einen Spalt geöffnet, fiel ihm sofort auf, dass am Boden die kleine Kugel, aus zusammengeknülltem Papier, lag. Beim Verlassen klemmte er das unscheinbare Teil in den Türrahmen. Ein Anhaltspunkt, dass die Tür nach seinem Weggang, aufgesperrt wurde. Lautlos und konzentriert lugte er in das Hausinnere. Die Tür zum Wohnzimmer stand einen Spalt offen. Um sich die Hitze vom Hals zu halten, hatte Caine die Außenrollos heruntergelassen. Deutlich erkannte er die Silhouette des Unbekannten, auf dem Stuhl unmittelbar vor der Terrassentür. Der Fremde erahnte die Vorgehensweise des Mieters und rief ihm zu: „Komm rein, bin allein."

Eine bekannte Stimme, dennoch ein unerwarteter Gast. Ohne ihn zu begrüßen, lief Caine in die Küche, holte zwei Flaschen Bier aus dem Kühlschrank und reichte eine dem Wartenden.

„Bruce, alter Stratege, mutig, ohne Vorankündigung bei mir einzudringen."

Beide prosteten sich zu.

Wortlos genossen sie das kühle Getränk.

„Woher weißt du das ich hier bin."

Der Gefragte, davon merklich amüsiert, lachte aus vollem Hals.

„Junge, ich bin beim NSA!"

Damit war der Geheimdienst *National Security Agency* der *USA* gemeint.

„Was treibt ihr hier?"

„Im Herbst sind Bundestagswahlen. Das ist für uns von Interesse. Zumindest wohin die Wähler tendieren."

„Um euch rechtzeitig einzumischen", unterstellte ihm der einstige Mitstreiter vom Marinekorps.

„Ach Caine, du hoffnungsloser Weltverbesserer."

Sie tranken aus und lächelten sich stumm an. Es lag an dem Assiniboine, den Grund des Besuches zu erfragen.

„Was hast du, oder kommst du nur auf ein Bier?"

„Nein alter Freund, unserer gemeinsamen Zeiten willens. Dich betreffend habe ich keinerlei Order. Werde dir keine Vorschriften auferlegen, oder von dies und das, abraten. Pass nur des Weges auf und nicht mit den falschen Leuten anlegen", mahnte Bruce.

„Und bei aufpassen, schließe ich dein Töchterchen, mit ein."

„Willst du mir drohen und was weißt du über Fiona!"

„Man, bleib auf dem Teppich. Meinst du, ich komme zu dir und kredenze unser operatives Wissen. Habe da einiges mitbekommen. Pass bloß auf, du sturer Indio!"

Caine ließ nicht locker und Bruce gab ihm Hinweise, ohne in Verlegenheit zu kommen, Dienstgeheimnissen preiszugeben. Für etwaige Kontaktaufnahmen übergab er zum Schluss ihrer Unterhaltung, eine Handynummer mit der Bemerkung:

„Ist es an der Zeit, eiligst nach Hause zu düsen, melde dich hier."

Gleichzeitig fuchtelte er mit seinem Handy vor Caines Gesicht herum.

„Transportflugzeuge fliegen regelmäßig in die Heimat. Bei Bedarf ist das eine oder andere Plätzchen frei. Für den Notfall", betonte Bruce zum Schluss.

Dreißig Minuten lag der Besuch zurück. Caine fragte sich, was der NSA-Agent damit bezweckte. Wer, außer dem Geheimdienst, womöglich von seinem Aufenthalt Kenntnis besaß. Das Fiona ins Blickfeld geriet, lag an ihren Aktivitäten und damit war zu rechnen. Letzten Endes hatte sein Vermieter Pete mit dem NSA gekungelt. Diesen Gedanken verwarf er sofort. Dazu kannten sie sich zu lange und beide gehörten zu einer eingeschworenen Gemeinschaft. Verrat war Marines fremd. Zur Ablenkung holte er sich ein weiteres Bier. Einschlafen mit diesen ungeklärten Fragen im Kopf fiel ihm schwer.

Am Samstagnachmittag fuhr Caine nach Stuttgart. Zum Glück brannte die Sonne nicht so mörderisch, wie Tage zuvor. Die letzte Adresse von Doktor Brackstedt lag am anderen Ende der Stadt. Schicke Einfamilienhäuser mit gediegenen Vorgärten. Das Wohnareal ähnelte einer Parkanlage. Etliche Bäume überstanden die Zeit des Bausterbens durch sauren Regen und Raupenfraß. Erst Ende der dreißiger Jahre fruchteten die Maßnahmen, den aggressiven Niederschlägen, Herr zu werden. Lange blies die Industrie ungebremst Schwefeldioxid und CO_2 in die Luft. Das Haus wirkte unbewohnt. Die Klappläden an den Fenstern verschlossen und der Garten ungepflegt.

Nach drei Umrundungen parkte Caine sein Gefährt abseits des Grundstücks. Ohne Eile schlenderte er am Zaun vorbei, sein Blick dem Haus zugewandt. An der Gartenpforte verharrend, griff er die Klinke und drückte sie erfolglos nach unten. In seinem Rücken vernahm er eine tiefe Stimme: „Suchen Sie was Bestimmtes", blaffte ein hochgewachsener hagerer Kahlkopf, den Fremden an. Durch die helle Haut entsprach er einem Albino. Seine weit hervorstechenden Augen verliehen ihm etwas Skurriles. In jedem Thriller die absolute Bestbesetzung des Bösewichts.

„Steht das Objekt zum Verkauf", redete sich Caine heraus.

„Nein, nicht das ich wüsste."

„Da bin ich einer Fehlinformation aufgesessen. Mit dem Inhaber zu reden, bringt das etwas?"

„Nein, die wohnen nicht mehr hier", antwortete der Hagere.

Caine unterdrückte ein Grinsen. Innerlich sprach er: „Flott ist der nicht. Beim Herumspazieren gelänge es ihm seine Schuhe neu zu besohlen."

Mit monotoner Stimme beendete er die Unterhaltung. „Einen angenehmen Tag für Sie. Ein Verkauf steht außer Frage. Die Eigner halten es für sich offen, später wieder zurückzukehren."

Mit demonstrativer Pose und ausdrücklichen Verweis, dass dieses Areal nicht zur Disposition stand, lag klar auf der Hand, das Neugierige unerwünscht waren. Weder das Namenschild oder die Klingel gaben Caines geschulten Blick, Hinweise zu dem Besitzer. Ihm blieb, sich diskret zurückzuziehen. Zu den Eigentümern erfuhr er nichts.

Die Anwohner, die bereitwillig Auskunft gaben, waren selbst erst kürzlich hergezogen. Unzufrieden fuhr er mit seinem Gefährt Richtung Innenstadt, um bei einem üppigen Imbiss seinen Frust herunterzuspülen. In einem Parkhaus fand sich ein schattiges Fleckchen für das Elektrokrad. Die Stadt empfand er vertraut. Das Zentrum erlebte in den letzten zwanzig Jahren kaum größerer Veränderungen. Ohne Ziel stiefelte er kreuz und quer durch die Innenstadt. Eine Parkbank, geschützt von einer kolossalen Kastanie, lud zum Verweilen ein. Das dichte Laubwerk hielt penetrante Sonnenstrahlen fern. An einer Seite saß ein älterer Herr. Beide Hände auf seinen Gehstock gestützt, lächelte er. Caine nahm am anderen Ende Platz und schlug seine Beine übereinander. Dass sein Vorhaben fehlschlug, ärgerte ihn. Gedankenvertieft überhörte er die Frage seines Nachbarn: „Junger Mann", wandte er sich erneut an den Fremden. Caine wirkte etwas überrascht und entschuldigte sich.

„Sie sind nicht von hier."

„Nein, ich stamme aus Montana."

„Aha, Amerikaner."

„Ja, genau", stimmte er zu.

„Wissen Sie was ich vermisse?"

Caine wirkte ungläubig. Er verstand den Sinn dieser Frage nicht.

„Nein, ich weiß es nicht."

Der fremde Alte wandte sich seinem Gesprächspartner zu. Das Gesicht faltig, doch die Augen strahlten voller Energie. Caine begriff, warum der Mann mit beiden Händen den Gehstock festhielt. Es war Multiple Sklerose, deutlich erkennbar durch das Zittern des linken Arms.

„Sehen Sie junger Mann, früher saßen hier alte Leute.

Stets dabei, eine Tüte, gefüllt mit allerlei Brotkrumen. Damit fütterten sie die Vögel. Meistens waren es Tauben. Ja, ja, die Tauben, leider fliegen sie nicht mehr."

Nach einer kurzen Pause redete er weiter. Eigenartig bemerkte Caine, seine Stimme, klang einmal mahnend und gleich darauf schwärmerisch.

„Einst trafen sich Länder zum sportlichen Wettkampf. Zu Beginn erhoben sich Unmengen Tauben in die Lüfte. Weiße Friedenstauben trugen ihre Kunde vom Frieden in alle Herrenländer. Ein Symbol, erfunden vom Maler Picasso. Doch schade, zu schnell verblasste diese Geste. Ende des Zweiten Weltkrieges, im letzten Jahrhundert, hielten alle Nationen ihre Hände mahnend nach oben und beschworen, dass so etwas nie wieder geschieht. Doch, zu geschwind verblassten die einstigen Schwüre. Vergessen das Leid. Seit dieser Zeit sterben auf unsere Erde Menschen, viele Menschen, warum?"

Caine war sprachlos. Wie er sich bemühte, diese Frage gescheit zu entgegnen, gelang ihm nicht.

„Sehen Sie junger Mann, so wie Sie keine Antwort finden, ergeht es den meisten Menschen dieser Welt. Darum ist es an der Zeit, dass die Tauben wieder fliegen."

„Ja die Zeit dafür ist überreif", stimmte er zu.

Ein trivialer Diskurs, mit freundlicher Verabschiedung und perpetuierlicher Resonanz. Der Alte hatte auf seinem Heimweg sämtliche Häuserecken hinter sich gelassen. Caine hingegen, beschäftigten seine Worte weiterhin. Die klaren Aussagen fesselten ihn derart, dass er jegliches Zeitgefühl verlor. In einem Augenblick flitzte sein Leben im Zeitraffer an ihm vorüber. Die vielen Kämpfe mit dem Marinekorps, die sie weltweit bestritten.

114

Ihre Einsätze, die Gewalt und Tod über andere Völker brachten, dienten allein dem Machtpoker, um sich weiter verknappender Ressourcen. Dieser Vergleich des Greises, mit den Tauben, die nicht mehr fliegen, brannte sich tief in Caines Seele. Seine innere Stimme brummte im Kopf: „Für wahr unbekannter Alter, wenn Sie nur erahnten, wie Recht Sie haben."

Fußgänger fixierten den Fremden, der mit glasigen Augen jeden wortlos anglotzte. Sein Gesichtsausdruck besaß autistische Züge. Reglos und in Gedanken vertieft säße Caine für Stunden auf der Parkbank, wäre da nicht dieser eine Passant, der seinen Weg kreuzte.

„Caine, Red Caine, sind Sie es!"

Der Fremde, über die Siebzig, saß niedergebeugt im Rollstuhl und schien den Touristen zu kennen. Der wirkte weiter geistesabwesend und reagierte nicht. Erst nach einem kräftigen Griff an seinem Arm gelang es dem Rollstuhlfahrer, Caine in die Gegenwart zurückzuholen.

„Geht es Ihnen nicht gut?"

„Doch, kein Problem. Bin in Gedanken, nach einem anregenden Gespräch."

„Na, die Dame würde ich gern kennenlernen", scherzte der Fremde.

In diesem Augenblick nahm Caine sein Gegenüber wahr.

„Wie kann ich Ihnen helfen", redete er sich heraus, die verzwickte Situation zu entkräften.

„Sind Sie, Herr Red Caine, früher Personenschützer?" Ohne eine Antwort abwartend, ergänzte er: „Mensch das muss doch über zwanzig Jahre her sein!"

„Ja, ja, das stimmt", stotterte der Angesprochene.

„Mensch, Sie waren damals mein Bewacher.

Heiner von Lohheim mein Name, erinnern Sie sich!"

Langsam dämmerte es Caine und er bejahte dessen Annahme.

„Das ist ein Ding", schwärmte der Alte im Rollstuhl. „Haben Sie etwas Zeit für ein bescheidenes Dinner."

Kaum ausgesprochen, setzte sich der Hightech Stuhl, in voller Erwartung, dass der alte Bekannte ihm folgt, in Bewegung. Nach fünfzehn Minuten fanden sie ein geeignetes Lokal. Mit technischen Finessen ausgestattet, trotzte das Gefährt jeglichen Hindernissen. Bedenkenlos nahm der ehemalige Politiker jede Hürde. Im Restaurant manövrierte er direkt zum Tisch, ohne anzuecken. Nach der Bestellung unterhielten sie sich angeregt. Mit Verweis auf frühere Zeiten mutmaßte von Lohheim: „Aus unserer Vergangenheit bleiben meist vergnügliche Erinnerungen haften. Alles andere verdrängen wir."

Die zuvor abgeräumten Teller standen längst gereinigt im Küchenschrank und etliche Gläser waren gelehrt. Der frühe Abend hielt Einzug. Auf den Straßen erstrahlten die Laternen. Seine Neugierde zu befriedigen, fragte Caine direkt nach dem Hergang der politischen Karriere von Heiner von Lohheim: „Sie waren Sympathieträger der Wähler."

„Pa", merklich amüsiert lachte der Gefragte laut auf.

„Ich erkläre Ihnen, wie das in Wirklichkeit abläuft!

„Ja, bitte bin ganz Ohr."

„In der Politik gibt es keine Zufälle. Langfristig wird alles bis ins Detail geplant. Das gilt für das Wählervotum der nächsten Legislaturperiode genauso, wie für die Kandidaten. Mittels strengen Auswahlprinzips werden künftige Kader ausgesucht, die der Parteilinie dienlich sind.

So war es früher, zu meiner Zeit und heute ist es nicht anders. Jungpolitiker werden in jahrelanger Kleinarbeit aufgebaut und dem Volk präsentiert. Nehmen die den Kandidaten an, wird er für die Wahl protegiert."

„Ja und was ist, wenn einer über die Stränge schlägt", unterbrach Caine Heiner von Lohheim.

„Oder schlimmer, wenn er sich verselbstständig?"

Ein schiefes Grinsen folgte. Der alternde Politiker gab prompt die Antwort: „Er beschreitet einen schweren Weg. Fake News sind flink in den Medien platziert und dem Delinquenten wird kaum Möglichkeiten gegeben, sich zu rechtfertigen. Es gibt Meinungsforschungsinstitute, in nicht hoher Anzahl, oder Fakultäten der Universitäten, die eine Lösung für jedes Problem finden. Dem Volk einen Bissen hinwerfen, hat schon immer funktioniert. Schafft es derjenige, sich zu rehabilitieren, bleibt ein Rest an Misstrauen in den Köpfen der Menschen. Am Ende siegt der Glaube, dass ein Quäntchen Wahrheit an der Sache dran war. Egal wie, ein Bauernopfer wird gefunden und die ganze Chose, läuft im altgewohnten Weg. Politik und Geheimdienste, da wird erstunken und gelogen, dass sich die Balken biegen, eben ein dreckiges Geschäft."

„Ja und Sie waren mitten drin!"

„Sie haben recht. Ich war jung. Es gab nur eines, mit der Meute heulen oder aussteigen."

Fragen brannten auf Caines Zunge. Er hatte nichts zu verlieren und hakte nach: „Warum haderten sie, aktiv gegen den drohenden Klimawandel vorzugehen. Schon damals waren die Folgen unübersehbar!"

Ja, warum nur", entgegnete Heiner von Lohheim, in Manier eines Possenreißers mit Sopranstimme, beide Arme in die Luft schleudernd.

Erschrocken rüffelten die Restaurantbesucher den Ruhestörer mit erzürnten Mienen.

„Ganz einfach", fügte der Altpolitiker flüsternd an.

„Niemand traute sich, dem Volk die Wahrheit zu sagen. Und die hieß nicht, sich ein wenig einzuschränken. Nein es gab damals nur eine Lösung, das wäre Verzicht. Das versuchen Sie von Konsum verwöhnten Bürgern ins Gesicht zu sagen. Es fand sich kein einziger Politiker, der dazu bereit war. Demnach hieß die Taktik, weiter so und falls die Klimaveränderungen spürbar uns beeinflussen, den Menschen einzureden, dass die Schuld bei ihnen liegt, aufgrund ihrer Lebensweise. Schauen Sie Caine, das hat funktioniert."

„Nur, dass die Armen in separaten Arealen vegetieren, fern der glamourösen Welt."

„Papperlapapp, alles Geschwätz, das ist der Gang der Geschichte. Es wird immer Gewinner und Verlierer geben. Wie es in der Natur, Starke und Schwache gibt. So funktioniert natürliche Auslese."

„Die wir arg gebeutelt haben", warf Caine ein.

„So einseitig ist das nicht zu betrachten. Die Menschen erwarten von ihrer Regierung, alles zu unternehmen, um ein lebenswertes Leben zu führen. Keiner fragt nach dem was, wann oder wie. Sie stehen morgens auf und warmes Wasser fließt aus der Dusche. Im Winter ist es lind, wenn die Heizung funktioniert. Heizt uns die Sonne tüchtig ein, beschert die Klimaanlage einem Jeden erfrischende Abkühlung. Sind die Regale in den Supermärkten prall gefüllt, sorgt das für genug Nahrungsmittel. Das ist die Erwartung des Volkes an die Regierenden, dafür Sorge zu tragen."

Caine betrachtete seinen Gesprächspartner genau.

Ihm war bewusst, dass nonverbale Körpersprache den Wahrheitsgehalt des gesprochenen Wortes widerspiegelt. Die verriet, dass von Lohheim von seinen Aussagen völlig überzeugt schien.

„Funktioniert hat es dennoch nicht. Sehen Sie die Krisen, im monetären Bereich. In fünfzehn Jahren gab es zwei Währungsunionen in Europa."

„Ja, stimmt. Die Ökonomen kennen die Korrelation. Sinken die Profite, steigt die Inflation. Und zyklische Krisen sind dem Kapitalismus wesenseigen. Das haben x-verschiedene Theoretiker wissenschaftlich belegt. Doch den Mitbürgern mit so einem kommunistischen Gedöns gegenüberzutreten, war ausgeschlossen. Wir leben in einer freiheitlichen demokratischen Gesellschaft. Wie gesagt, dafür bedurfte es eines Buhmanns. Haben Sie schon einmal an einer Jagd teilgenommen?"

Der Ex-Politiker berichtigte sich gleich darauf selbst: „Sie von mit Ihren Vorfahren her, auf jeden Fall."

Die euphorische Gemütsregung blieb Caine nicht verborgen. Gedanklich seinem Rollstuhl entschwebt, sah sich Heiner von Lohheim im Sattel, hoch thronend und hetzte mit dem Pferd der Beute hinterher. Seine Augen glänzten schwärmerisch.

„Wie reagiert ein Tier, das in die Enge getrieben wird und keinen Ausweg sieht? In seiner letzten Not wagt es den Angriff nach vorn. Das hat der Westen perfekt hinbekommen. Ja, und der russische Bär ist darauf angesprungen. Es folgte in den zwanziger Jahren der Ukraine-Krieg und schwupps, präsentierten wir der Welt den passenden Sündenbock."

Von dieser Sichtweise erschüttert warf Caine ein: „Es sind Menschen gestorben!"

„Ja das stimmt", entgegnete von Lohheim kalmiert.

Für einige Sekunden das Gesagte reflektiert, fuhr er in gleicher Manier fort: „Ein Anführer sieht das Große und Ganze. Ein Offizier hat den Auftrag, eine Anhöhe zu nehmen. Er steht an vorderster Linie und verharrt mit seinen Soldaten im Schützengraben. Ist es an der Zeit, gibt er den Befehl zum Angriff. Er schaut zu seinen Leuten, die er zuvor ordentlich motivierte und lächelt sie an. In diesem Moment ist ihm klar, dass die ersten Chargen im Kugelhagel fallen. Doch der Rest seiner Truppe, wird den Sieg erringen. Er sieht das große Ziel, die strategisch wichtige Anhöhe einzunehmen. So ist das Leben. Außerdem präsentierten wir dem Volk den vermeidlich Schuldigen. Die Folge, ab den dreißiger Jahren flossen Erdöl und Erdgas wieder in die richtige Richtung. Das ist vorausschauendes Handeln, schon heute, das morgen ins Kalkül zu ziehen."

Mit diesen Schilderungen traf der alternde Politiker voll ins Schwarze. Gleiche Erfahrungen sammelte Caine mit seinen ehemaligen Kameraden beim Marinekorps. Überwiegend galt jeder Einsatz, der Sicherung knapper werdender Ressourcen. Wie sagte einst ein deutscher Politiker, sarkastisch: „Die USA haben eine Armee und bei Bedarf schicken sie die sogar los!"

Sein Gedankengang zielte auf die Europäer, die nur schwafelten und weniger handelten.

„Damit geben Sie zu, dass Sie schon vor Jahren erkannten, was uns später treffen wird, wenn sich nichts ändert. Sprich, unser aller Leiden heute, war ihnen damals nicht fremd?"

Nach einem kurzen Räuspern folgte die Antwort: „Ja, so in der Art hat es sich verhalten.

Vergessen Sie nicht, beide Seiten der Medaille zu betrachten. Veränderungen für den Klimaschutz, ehe von einer Minderheit gefordert. Und, die Masse der Leute, die nicht bereit war, ihren bisherigen Lebensstil aufzugeben oder sich übermäßig einzuschränken. Die Folge, schauen Sie aus dem Fenster und Sie sehen es. Wir sitzen alle im selben Boot und fahren weiter, ohne abzusaufen."

„Ja nur, dass die Betuchten in lebenswerte Regionen ihr Dasein genießen. Der Rest der Welt teilt sich, was übrig bleibt", konterte Caine.

„So ist das Leben. Seit Jahrtausenden existieren reich und arm."

„Und, wohin führt uns das. Auf meinen Weg hierher sah ich Absorberanlagen. Diese Technik übernimmt die Arbeit der Bäume und bläst Atemluft ins Freie. Bei deren Versagen gibt es mörderische Probleme!"

Caines Verbitterung klang deutlich heraus.

„Derartige Anlagen existieren überall. In den Städten versteckt in eigens dafür errichteten Gebäuden. Eben unauffällig. Das ist in Ihrem Land nicht anders. Gesehen haben Sie bisher keine, doch es gibt sie. Die Technik der Atemlufterzeugung ist in großen Städten erforderlich. Wo kommen Sie her?"

„Montana", die kurze Antwort des Gefragten.

„Fahren Sie nach Helena, Ihrer Hauptstadt, und überzeugen sich selbst davon. Da gibt es ebenso derartige Anlagen."

„Was passiert, wenn die Situation sich verschlechtert?"

Heiner von Lohheim rieb sich sein Kinn und lächelte. Hatte er auf diese Frage keine passende Antwort oder rang er innerlich mit sich, die Wahrheit zu sagen. Caine stierte ihn erwartungsvoll an.

Wenn Blicke töteten, gäbe es in diesem Moment ein Opfer zu beklagen. Ein tiefer Seufzer und die Erklärungen klangen nicht nur utopisch, regelrecht erschütternd.

„Fanden Sie Zeit, Ihren alten Boss zu besuchen?"

Ein kurzes und knappes „Nein" folgte.

„Ulysses Mawala hat es uns vorgemacht, da droben auf seinem Berg. Er lebt in seiner eigenen Welt. Das wird die Zukunft."

Caine zuckte ungläubig mit seinen Schultern. Er verstand nicht, auf was Heiner von Lohheim abzielte.

„Ihr alter Boss hat uns im Kleinen die Lösung gezeigt. Genau wie er, bauen wir ein Zelt. Nicht so mickrig, nein in viel größeren Dimensionen", schwärmte der Politiker.

Nachdem er fortfuhr, trat ein Glanz der Überwältigung in seinen Augen.

„Wie bauen eine eigene Welt auf der Erde. Verstehen Sie, Caine. Ein Lebensraum unabhängig von jeglichen Kapriolen der Natur. Es gibt ein stetes ausgewogenes Klima. Menschen flanieren durch Straßen und Gassen, vergnügen sich und nichts stört diese Idylle. Morgens begeben sie sich zum Bahnhof und durch unterirdische Röhren fahren sie zur Arbeit. Abends kommen sie ebenso wiederum in ihr trautes Heim zurück. Wer vorhat, zu verreisen, bucht seinen Urlaub im Reisebüro. Sie entscheiden sich für Skifahren in den Bergen, faul herumlungern am Strand oder mit Freunden andere Städte erkunden."

„Das ist doch Science-Fiction, absolute Illusion!"

„Nein Caine", lobpreiste Heiner von Lohheim das Gesagte und stieß seinen Gesprächspartner mit der flachen Hand gegen den Oberarm.

„Schauen Sie in den Medien.

Die Tunnel werden längst gebaut, europaweit. Das wird in den nächsten fünfzig Jahren Realität."

„Für wen wird das geschaffen? Die heute schon auf der Sonnenseite wohnen. Was wird mit der anderen Hälfte. Wo werden diese Menschen leben?"

Nachdenklich rieb sich der alte Mann sein Kinn, schnitt eine Grimasse und suchte nach einer passenden Antwort.

„Das wird sich klären."

Diese pauschale Aussage gefiel Caine nicht. Ihm war durchaus bewusst, dass die Unterschicht in entlegene Schutzregionen genauso abgeschoben wird, ähnlich seiner Vorfahren nach Amerikas Besiedlung durch die Weißen.

„Das bedarf ein geeignetes Material. Unkaputtbar und dauerhaft dicht, dass nichts nach innen dringt. Nicht einmal die kleinste Mikrobe."

„Ja, bis es so weit ist, wird sich das finden."

„Und dann!"

Stirnrunzeln von Heiner von Lohheim. Caines Aussage gab ihm Rätsel auf. Er erkannte den Hintergrund nicht.

„Ganz einfach", klärte er den Politiker auf.

„Sie schotten die Menschen von der Außenwelt ab und geben ihnen einen heilen, ja keimfreien Lebensraum. Nur der geringste Keim sorgt sofort für eine Erkrankung, da das Immunsystem durch nichts mobilisiert wird. Es gibt keine Auslöser, körpereigene Abwehrkräfte zu aktivieren. Ruck zuck entwickelt sich eine Krankheit zur Epidemie, ja sterben Leute. Vor allem Kinder, sogar relativ schnell, da sie keine Antikörper besitzen."

„Dafür haben wir die Pharmaindustrie", die vorwitzige und nichts sagende Antwort von Heiner von Lohheim.

„Ich hoffe, dass ich das nicht erleben muss", spottete Caine.

Für ihn, eine Horrorvorstellung, sein Dasein so tristes zu fristen. Teilweise in Rage diskutiert, bemerkten die beiden ungleichen Gesprächspartner nicht, wie der Tag verstrich. Heiner von Lohheim sah aus dem Fenster und dann auf seine Uhr.

„Haben wir die Zeit aus den Augen verloren. Schon spät, werde mich für den Heimweg rüsten. Womöglich schlägt mein Dragoner, zu Hause Alarm."

„Ihre Frau", hakte Caine nach.

Die privaten Verhältnisse seines Gegenübers waren ihm völlig unbekannt. Diese Frage schien Heiner von Lohheim zu amüsieren. Ein mannhaftes Lachen folgte.

„Nein, nicht meine Frau. Ich bin seit fünf Jahren Witwer. Es ist die häusliche Pflegekraft. Schauen Sie Caine, obwohl im Ruhestand, ist es uns nicht vergönnt, nach Gutdünken, frei von der Leber zu reden. Akribisch werden wir ehemaligen politisch Aktiven überwacht. Bei mir ist es die Pflegerin. Argwöhnisch beäugt sie die Leute, aus meinem Umgangskreis und das, was ich sage. Ein verkehrtes Wort, das den heutigen Machern missfällt und das Rad bewegt sich. Ein erhobener Zeigefinger und wer nicht einsichtig ist, wird weggesperrt."

„Eingesperrt", warf Caine überrascht ein.

„Was sonst. Ab in die Klapse. Nach außen heißt es, dement oder psychisch entgleist. Die Unterbringung in einer Nervenklinik folgt zwangsläufig. Der Öffentlichkeit eine plausible Erklärung präsentiert und jeder ist damit zufrieden. Diejenigen, die den Politiker gewogen waren, da er einst sich für das Volk einsetzte, werden den Mann bedauern.

Die heutigen Machtinhaber leben beruhigt, da der Störenfried kalt gestellt ist. Ja, Caine, so ist es in unserer Welt. Ich habe das Gespräch mit Ihnen genossen. Für Ihr Vorhaben wünsche ich bestes Gelingen. Verabschieden wir uns hier. Nicht das mein Wachhund Lunte riecht. Habe ja tüchtig aus dem Nähkästchen geplaudert."

Zum Ende ihrer Plauderei brannte Caine eine Frage auf der Zunge.

„Und, Ihre Meinung zum politischen Nachwuchs, von heute. Verfügen die über alle Kompetenzen, die Fragen der Zeit zu lösen?"

Heiner von Lohheim lachte spürbar amüsiert. Die Antwort klang weniger überzeugend: „Politiker kommen nicht in Verlegenheit, Fachwissen nachzuweisen. Sie sind Parteibuchinhaber und werden in ihr Amt gewählt. So war es früher und heute ist es nicht anders."

Damit endete eine Unterhaltung, die bei Caine lange nachhallte.

Der Abend bescherte den Menschen eine erfrischende Kühle. Ohne Hast schlenderte der Besucher durch die Straßen. Das Gespräch zog an ihm nicht spurlos vorbei. Erschütternd, vor allem die Leichtigkeit, mit der Heiner von Lohheim die künftigen Entwicklungen betrachtete. In Gedanken vertieft, reifte die Erkenntnis, dass Maria damals den drohenden Trend der Klimaveränderungen vorausahnte. Darin begründet lag ihr Aufbäumen, was die einzige Alternative war. Im gleichen Moment dröhnte mahnend ihre Stimme: „Was du heute vorhast, schiebe nicht auf morgen. Du weißt nicht, ob du dann dazu in der Lage bist."

Wie oft piesackte sie ihn mit dieser Weisheit, ebenso auf sein eigenes Leben bezogen.

Mit Rückblick auf die vergangenen Jahre blieb nur eines für Caine, vollste Zustimmung. Fest stand, solange er in Deutschland ist, wird er seine Tochter und ihre Freunde unterstützen. Bei den Gedanken daran, in einer künstlichen Umwelt zu leben, drehte sich sein Magen um und Übelkeit durchflutete ihn. Derweil er über das Gespräch mit dem ehemaligen Politiker sinnierte, fiel ihm, eher beiläufig, eine Leuchtreklame auf. Eine Pension warb mit freien Zimmern. Bevor er eintrat, suchte er in einer Nische Deckung. Vor fremden Augen geschützt, las er in seinem Chip eine neue Aliasidentität ein.

Nach flotter Anmeldung bezog er sofort sein Domizil auf Zeit. Das Zimmer zahlte er im Voraus. Kontrollen gab es häufig in den Abendstunden. Diesen sich zu entziehen, entschied sich Caine für diese Vorsichtsmaßnahme.

Der Tag war jung. Zu dieser Zeit verharrte die Sonne mit ihrer quälenden Bruthitze. Frischer Fahrtwind sorgte für angenehme Kühle, die dem Kradfahrer entgegenblies. In einer Stunde wird er sein Ziel erreichen. Sein kurzes Telefonat mit Brianna McGreger beschäftigte ihn. Wieso lud sie ihn zum Essen ein?

Im Quartier angekommen ließ Caine seine Sachen an Ort und Stelle fallen und nahm ein ausgiebiges Bad. Immerzu hörte er Heiner von Lohheims Worte sowie das sarkastische Lachen. Flink eingekleidet, fuhr er zu seiner Gastgeberin.

In der Stadt besorgte er frische Schnittblumen und mit einem mulmigen Bauchgefühl, klingelte er eine Stunde später an Briannas Pforte. Überrascht traf er auf eine frohgelaunte junge Frau. Sekundenlang standen beide vor der Wohnungstür und schauten sich stumm an. Diese dunklen Augen, ein nie dagewesenes gigantisches Braun.

In diesem Augenblick sah er einen tiefschwarzen See, der ihn förmlich in sich aufsog und er drohte darin ewig zu versinken. Derartige Gefühle waren ihm seit Jahren fremd.

„Möchtest du nicht erst einmal hereinkommen!"

Caine räusperte sich verlegen und zauberte die Blumen hinter seinem Rücken hervor. Unerwarteterweise umarmte Brianne ihren Gast, bedankte sich mit einem Kuss auf die Wange. Obwohl sie sich bemühte, folgte ein leises Kichern. Die leichte Röte in seinem Gesicht blieb ihr nicht verborgen. Das Radio dudelte mit gedämpfter Lautstärke moderne Musik. Die Teller waren gelehrt und weggeräumt. Bei einem Glas Wein saßen sie zusammen und redeten über dies und das. Caine brannte ein Thema auf der Zunge. Er grübelte, da ihm die richtigen Worte fehlten, so empfand er es. Brianna McGreger erriet es dennoch.

„Frag doch, bevor du vor Ungeduld explodierst".

„Wie lange bist du hier am Krankenhaus tätig?"

Sie schnitt eine Grimasse und ihr Kopf wippte leicht.

„Grob gesagt zehn Jahre. Wieso fragst du?"

„Gab es in letzter Zeit bakterielle Erkrankungen oder auch Viruserkrankungen mit tödlichem Ausgang."

„Was Bestimmtes?"

Caine überlegte kurz und beschrieb Brianna, worauf seine Frage abzielte.

„Mit Symptomen, wie instabilen Puls und Blutdruck sowie extremen Schwankungen. Ein ständiges Auf und Ab. Hohe Körpertemperaturen und einer Inkubationszeit von wenigen Tagen. Ist die Infizierung vorangeschritten, bilden sich am ganzen Körper Pusteln, bis zu dunklen Geschwülsten, die in der Endphase zerbersten."

Brianna wirkte nachdenklich und deutlich verfinsterte sich ihr Blick.

„Woher kennst du diesen Krankheitsverlauf?"

„Schwer zu sagen, das bedarf weiterer Überprüfungen. Nimm es bitte vorerst so hin. Sowie ich mir sicher bin, bist du die Erste, die etwas erfährt."

Briannas innere Stimme riet ihr: „Vertraue ihm."

Sie nahm es hin und darüber hinaus, faszinierte sie dieser Mann.

„Drei solcher Fälle in der verbotenen Zone, in den letzten Jahren."

„Wieso sagt ihr verbotene Zone!"

„Stimmt", lachte sie.

„Das ist so eine Floskel. Einer hat damit angefangen und seitdem haftet diese Bezeichnung im Kopf. Offiziell ist es kein abgesperrtes Terrain. Die Kontrollen dienen, der Vermeidung eines regelmäßigen Publikumsverkehrs."

„Nach meiner Meinung ist es kaum gern gesehen, dass die Bewohner dort zu freizügig herausmarschieren. Das passt eher. So empfand ich es in Berlin. Die Gelände sind von Mauern umschlossen und Kontrollpunkte regeln den Besucherstrom. Ein Staat im Staate."

Nach kurzer Pause fragte er erneut: „Was ist mit den Dreien passiert?"

„Alle gestorben", antwortete Brianna betrübt.

Im Anschluss berichtete sie vom Krankheitsverlauf. Wie von Caine vorausgeahnt, bewahrheiteten sich seine Vermutungen, nachdem er die Berichte im Fernsehen zu Hause verfolgte. Er erfuhr vom vergeblichen Mühen der Ärzte zu helfen. Keine Medizin schlug erfolgreich an, nicht einmal die stärksten Antibiotika. Am Ende waren ihre Körper mit Hämatomen und Plustern übersät.

Es kamen vom zuständigen Amtsarzt herbeigerufene Leute in weißen Overalls und Schutzkleidung, wie bei Ausbruch einer Seuche. Sie holten die Sterbenden ab. Was mit ihnen geschah, blieb gänzlich im Dunkeln. Caine sah die Parallelen und es drängte ihm, dem ein Ende zu bereiten. Am Dienstag wird er mit seiner Tochter ein klärendes Gespräch führen, ihr bei ihren Aktivitäten zur Seite stehen und es gilt, sich Klarheit zu verschaffen. Ihm beschäftige die Frage: „Was plant mein alter Chef?"

Das war nicht die einzige Plage, die Ärzte verzweifeln ließ. Die Ärztin berichtete von einer Milbenerkrankung.

„Was weißt du über Milben?"

„Das sind Spinnentierchen", folgte die kurze Antwort.

„Ja, nett verniedlicht. Klein und unscheinbar, mit unseren menschlichen Augen, nicht wahrnehmbar. Ohne Frage sind sie Auslöser und Überträger von Krankheiten. Sie lieben es warm und feucht. Bei fünfundzwanzig Grad und einer relativen Luftfeuchtigkeit von siebzig Prozent leben sie munter auf. Wir haben uns mit Mutter Natur überworfen und sie wartet mit einer neuen Plage auf. Es sind Milben in Miniversion. Wir nennen sie Nanomiten. Optisch nur unter einem Mikroskop, zu sehen."

Brianna holte eine Flasche Wasser aus der Küche. Ungefragt schenkte sie Caine ein, trank selbst ihr Glas in einem Zug aus und berichtete weiter: „Für die Milben sind Schleimhäute bevorzugte Nistplätze. Schlimmsten Falles, finden sie durch Atmung den Weg in die Lunge. Hier angekommen, nisten sie sich dauerhaft ein. Eine Milbe richtet keinen nennenswerten Schaden an. Leider gehören sie zur Gattung der Zwitter."

„Oha, ungeschlechtliche Vermehrung", ergänzte Caine.

Er sann nach aktiver Gesprächsbeteiligung.

„Ja, das unterscheidet uns Menschen von denen. Für unsere Fortpflanzung bedarf es einen Partner."

„Nicht nur dafür", warf Caine ein und grinste.

Brianna lugte schief zu ihrem Gesprächspartner.

„Wie meinst du das", fragte sie schelmisch.

„Okay, erzähl weiter", lenkte er ab.

„Wie du genial festgestellt hast, eine Reproduktion durch asexuelle oder ungeschlechtliche Vermehrung. Langsam und stet wächst in der Lunge eine Kolonie der Nanomiten. Die zum Schluss zu einer unumkehrbaren Schädigung führt. Bei Früherkennung ist eine adäquate Behandlung gegeben und es besteht Aussicht auf Besserung. Leider stehen nicht jedem die Wege für eine Vorsorgeuntersuchung offen. Nachzuweisen sind die Nanomiten im Blut, mehr ihre Ausscheidungen, durch zielgerichtete Untersuchungen. Einmal erkannt, gibt es Behandlungsmöglichkeiten. Das gilt nur, bis zu einem gewissen Stadium der Verbreitung in der Lunge. Für die anderen und das sind die Bewohner der verbotenen Zone, bleibt oftmals ein langes Ringen mit dem Tod. Atemnot, Angstgefühle und am Ende, ein elender Erstickungstod. Ohne eine Behandlung ist den Armen dieser qualvolle Weg vorbehalten. Etliche Erkrankungen, hervorgerufen durch Bakterien und Viren, sind heute kein Problem. Ebenso der vorbeugende Schutz durch Impfungen. Nur gegen die Nanomiten gibt es nichts Vergleichbares. Diese Lungenerkrankung hat charakteristische Symptome, wie Atemnot, Husten oder Fieber. Der Milbenbefall wird oft erst erkannt, wenn es für therapeutische Maßnahmen zu spät ist. In den letzten Tagen begleitete ich einige Fälle."

Brianna brach abrupt ab und senkte ihren Kopf.

Mit verhaltener Betonung ergänzte Caine:

„Kinder, es handelt sich um Kinder, nicht wahr."

„Ja", schluchzte sie.

„Ja, sehr bedauerlich", unternahm Caine den Versuch, Brianna aufzuheitern.

„Dich trifft ja keine Schuld. Halte dein Versprechen."

Daraufhin zog er seine Augenbrauen nach oben.

„Was du versprochen hast. Bescheid zu geben, sobald du die Ursachen dieser Viruserkrankung herausfindest!"

„Ja das werde ich tun", versicherte er.

Es folgte eine angenehme Plauderei. Sie sprachen, über das, was sie bis heute erlebten, ihren Wünschen und Zielen. Klar erkennbar für Brianna, die Feinfühligkeit von Caine. Dieses Mannsbild zeigte unverblümt seine Gefühle und seine Verletzlichkeit. Desto offener, er über seine Empfindsamkeit sprach, je mehr stieg die Sympathie der Ärztin für ihn. Vor ihrer Verabschiedung besprachen sie Fionas Empfang am Dienstag. Zwei Stunden vorher, Treffen in der Bibliothek. Bis zu diesem Zeitpunkt blieb Caine in seinem Quartier und ruhte sich aus. Je näher der Tag heranrückte, je mehr plagte ihm sein altbekanntes mulmiges Bauchgefühl.

Stumm saßen sie in der Bibliothek. Nur das Zischen einer eben geöffneten Wasserflasche mit anschließendem Gluckern, bis die Gläser sich füllten, verhallte. Hartwig Bressow fragte beiläufig in die Runde, wie sie ihr Wochenende verbrachten. Caine drängte es, von seiner Begegnung mit dem alten Mann auf der Parkbank zu berichten. Dessen Gleichnis mit den Tauben, die nicht mehr fliegen, regte ihm zum Nachdenken an. Dem schloss sich das lange Gespräch mit dem einstigen Politiker Heiner von Lohheim an.

Brianna und Hartwig stierten ungläubig auf ihren Freund. Es klang, wie aus einem Thriller. Betroffenheit ergriff die Runde.

„Das ist doch das Letzte! Wir erzählen das Fiona, vor ihrem Treffen mit den anderen Umweltorganisationen."

Das Stichwort für Caine nachzufragen, wann sie zum Bahnhof fahren.

„In dreißig Minuten reicht vollkommen", gab Hartwig die Antwort.

Eigenartige Stille. Niemand gelang es, in diesem Augenblick ein Wort der Aufheiterung zu finden. So saßen sie in stummer Runde und verharrten, dass die Zeit flugs verginge.

„Heute ist dein großer Tag", sann Brianna McGreger, Caine aufzumuntern. Klar erkennbar rang er weiterhin mit sich, die richtigen Worte zu finden.

„Komm, großer starker Mann, auf geht es."

Kaum ausgesprochen stand sie auf und griff ihn an seine Schulter. Der zuckte erschrocken zusammen, fing sich sofort und schnappte seinen Rucksack. Mit einem knappen: „Dann auf", motivierte er sich selbst. In einer Seitenstraße, unweit der Bibliothek wartete ein Kleinbus.

„Wo geht es hin", fragte der Student.

Bisher kannte er weder Insassen oder Reiseziel. Später berichtete Brianna Caine, dass es sich dabei, um eine Vorsichtsmaßnahme handelte. Jeder erfährt erst im letzten Moment, was Sache ist. Auf dem Bahnsteig sondierte der einstige Security-Spezialist das Umfeld. Sofort fiel ihm ein Mann auf, der unscheinbar auf einer Bank herumlungerte. Klar erkennbar fixierte er die Gleise und wartete ebenso auf den angekündigten Zug, der zweimal über den Lautsprecher avisiert wurde.

Brianna stieß Caine mit ihrem Ellenbogen sanft in die Seite und beugte sich zu ihm herüber: „Sie bringt eine Freundin mit. Eine Protagonistin der Umweltbewegung. Wir haben es für dich so organisiert, dass du mit ihr in der Bibliothek ungestört bist. Ihre Begleiterin bringen wir in die verbotene Zone. Da findet ein geheimes Treffen statt."

„Okay, danke", antwortete Caine kurz und zog Brianna zu sich heran. Irritiert ließ sie es dennoch geschehen. Gleich darauf hörte sie sein Flüstern: „Nicht hingucken. Da drüben der Kerl gefällt mir nicht. Wenn es das ist, was ich vermute, bringt ihr die beiden auf kürzesten Weg zum Auto. Um mich kümmerte ihr euch nicht. Verschwindet schleunigst!"

Ein letzter Aufruf, mit Ankündigung des erwartenden Zuges und der Bitte Abstand von den Gleisen zu halten. Das altbekannte abscheuliche Kreischen der Bremsen. Ein beißendes Geräusch strapazierte die Trommelfelle. Anwesende hielten sich die Ohren zu oder schnitten Grimassen. Besser wurde es kaum. Nachdem der Zug zum Stehen kam, sprangen die Türen reihenweise auf. Reisende strömten aus den Waggons und rannten kreuz und quer. Der Unbekannte stand auf und drehte seinen Kopf nach allen Seiten. Caine war alarmiert und begab sich seitlich in gleicher Richtung. Für Sekunden schlug sein Herz höher. Fiona trat auf den Bahnsteig. In ihrer Begleitung, eine hochgewachsene schlanke Frau. Sie entsprach dem klassischen Klischee, wie Ökos aussehen. Mit einer Hand gab er Brianna ein Zeichen, die daraufhin sofort auf die beiden zuging und ihnen etwas zurief. Caine war auf gleicher Höhe mit seiner Tochter und der Fremde zwei Meter dahinter.

In seiner rechten Hand hielt er eine Hülse, so deutete der einstige Security-Mann, den länglichen Gegenstand. Mit einem Satz sprang er an Fiona vorbei. Die wich erschrocken zurück, lächelte gleich darauf, nachdem sie ihn wahrnahm. Brianna McGreger kam ebenso dazu und resolut forderte sie ihre Freundin auf, ihr eiligst zu folgen. Caine trat den Verfolger mit Wucht gegen seinen rechten Arm. Aus seiner Hand entglitt der längliche Metallstift, der einem Kugelschreiber ähnelte. Nachdem der Gegenstand auf die Steinfliesen lag, flog, nach einem kräftigen Tritt, das Dingens zwischen die Gleise. Beide standen sich gegenüber und ihre Blicke trafen sich für eine Sekunde. Caine erwartete Gegenwehr und war darauf vorbereitet. Eine kalte starre Miene ohne jegliche Regung. Der Mann wirkte, wie aus einer anderen Welt. Im gleichen Moment wandte er sich ab und rannte los. Wie ferngesteuert, folgte er beharrlich seinem Ziel. Caine nahm sofort die Verfolgung auf. Dadurch unaufmerksam, rempelte er Reisende grob an. Sie wandten sich grantig um und fluchten. Es half nichts. Wie sich Caine mühte, der Fremde verschwand unerkannt im Menschenmeer. Obendrein fuhr der Kleinbus vor seiner Nase weg. Am Bahnhofsvorplatz warteten Taxis auf Kundschaft. Damit klärte sich die Frage nach seiner Rückfahrt.

Hartwigs Schwester erkannte den Besucher, nachdem er in die Bibliothek trat. Sofort stand sie auf und sprach ihn an: „Herr Wegener, Ihre Bestellung ist eingetroffen. Kommen Sie bitte mit!"

Ohne nachzufragen, folgte Caine ihr. Kurz vor dem Leseraum klärte sie ihr Vorgehen auf: „Da sind ein paar Herrschaften, die ich bisher hier nie gesehen habe und sich eigenartig benehmen.

Wirken etwas planlos und streichen durch die Gänge. Es scheint, dass sie bisher nichts Passendes gefunden haben."

„Ja, alles richtig gemacht", lobte Caine die weitsichtige Dame.

„Auf dem Bahnhof gab es eine heikle Begegnung. Ist schon möglich, dass ein paar Herrschaften nervös sind!"

Bevor sie die Tür öffnete, grinste sie verschmitzt.

„Getränke stehen auf dem Tisch. Na, da treten Sie mal ein. Da wartet schon jemand."

Sofort drückte es bei Caine in der Magengegend. Jetzt ist es soweit. Ein Zurück gibt es nicht. Leise schloss er die schwere Holztür. An der langen Tischreihe saß Fiona. In seinem Hals schien ein riesiger Kloß zu wachsen.

„Hallo", krächzte er. Ein energisches Räuspern sorgte für eine klare Stimme. Da seine Tochter am Ende des Tisches saß, platzierte er sich über Eck neben ihr. Unaufgefordert goss sie ein Glas Wasser ein und schob es Caine zu. Da ihm im Augenblick nicht die passenden Worte in den Sinn kamen, bedankte er sich.

„Brianna hat nichts weiter erzählt. Nur soviel, dass wir etwas zu bereden haben. Sie gab sich geheimnisvoll."

„Ja, ich bat sie darum", antworte Caine stoischer.

Langsam kamen seine Gedanken und Worte zurück. Fiona neigte ihren Kopf zur Seite und grinste.

„Na leg los."

Ihr forscher Charakter entsprach den, ihrer Mutter. Mit einer Hand holte Caine seinen Brustbeutel unter seinem Hemd hervor. Er zog das Bild aus dem Futteral und legte es vor seiner Tochter. Sie zog es zu sich heran und sprach kein Wort. Mit ausdrucksloser Miene stierte sie auf das Foto. Sanft strich sie darüber.

Ihr Zeigefinger fuhr über die Wange der Mutter.

„Das ist Mama", sprach sie stockend.

„Ja. Du bist ihr wie aus dem Gesicht geschnitten. Nicht nur das. Du bist ihr in allem ähnlich."

Sie zeigte auf sein Konterfei: „Das bist du?"

„Ja das bin ich", beantwortete er Fionas Frage knapp.

„Dann bist du mein Pa!"

Ein stummes Nicken gab die Antwort. Seine Tochter trank einen Schluck. Caine leerte sein Glas in einem Zug, stellte es seitlich auf den Tisch. Er lächelte und berichtete aus dem gemeinsamen Leben von Maria und ihm. Ohne Ausnahme alles und ließ nichts aus. Ebenso über seine Gefühle, die Aggressivität mit der die Großmutter ihn von seiner Tochter entfremdete und seiner Angst vor ihrer Ablehnung. Bis zum Schluss hörte sie geduldig zu. Am Ende angekommen, schwieg Caine. Um ihm, in dieser Situation entgegenzukommen, entgegnete sie: „Oma war ein Drachen."

Beide lachten, da es den sprichwörtlichen Nagel auf dem Kopf traf.

„Sie verstand nie, was unsere Bewegung bezweckt, drohte mit Kürzung finanzieller Zuwendungen. Später lenkte sie etwas ein. Zu dieser Zeit war sie gesundheitlich angegriffen. Vor fünf Jahren ist sie gestorben."

„Und sonst, kommst du klar?"

„Oh, jetzt kommt der Papa hervor", ulkte sie.

„Nein, gehe deinen Weg. Da beeinflusse ich dich nicht. Nur, falls du Hilfe benötigst, sei dir gewiss, dass ich da bin. Das sei dir versichert."

Caines Gedanken waren kurze Zeit bei Kitty. Hatte sich ihre Stichelei bewahrheitet, dass klärende Gespräch mit seiner Tochter zu suchen.

Das mulmige Bauchgefühl für immer weggefegt. Über den Gesprächsverlauf nachdenkend, sah er beiläufig, wie sich die Tür öffnete und die Bibliothekarin eintrat.

„Entschuldigung, ich störe ungern. Es gibt Probleme bei der Zusammenkunft!"

Fiona schaute erregt auf ihre Uhr.

„Das Treffen ist erst später. Was gibt es?"

„Es ist etwas mit Gabriela Czekova."

„So ein Mist!"

Caine sprang erregt auf und fragte: „Wie kommen wir am schnellsten da hin?"

„Ich bin mit Auto hier", stotterte die ältere Dame.

„Okay fahren Sie uns in meine Unterkunft und von da düsen wir mit dem Motorrad weiter!"

Das Elektrokrad raste durch den jungen Abend. Fiona klammerte sich fest an ihren Vater. Angst hatte sie keine, obwohl Caine temporeich und mit gewagtem Fahrstil über die Straßen hinwegfegte. Kurz vor dem Areal rief Brianna an und teilte ihren Aufenthaltsort mit. In der großen leerstehenden Wohnung war helle Aufregung.

„Wo ist sie", erkundigte sich Caine.

„Wir haben Gabriela im kleinen Zimmer zur Ruhe gelegt."

Fionas Gesicht verfinsterte sich.

„Was ist passiert?"

„Wie aus dem Nichts brach sie zusammen. Nachdem wir sie hinlegten, fing es an. Abwechselnd Schüttelfrost und Hitzewallungen. Jetzt steigt die Temperatur immer mehr."

Caine rieb sich grübelnd sein Kinn: „Was glaubst du."

„Was die anderen hatten", antwortete Brianna besorgt.

„Okay, ich telefoniere schnell.

Dann heißt es flugs handeln. Habt ihr hier in der Nähe eine Kältekammer? Und, kommen wir da rein?"

Hartwig Bressow räusperte sich.

„Ja in der Uniklinik haben wir so eine."

Nach kurzem Telefonat, vor der Wohnung, kam Caine zurück.

„Das hat geklappt", sprach er erkennbar beruhigter.

„Wie organisieren wir den Transport?"

Die junge Ärztin telefonierte gleich darauf. Sie atmete tief durch und verkündete: „Rudi ist in ein paar Minuten da. Wir fahren Gabriela zum Beerdigungsinstitut und von dort aus mit dem Krankentransport zur Klinik."

Caine runzelte die Stirn: „Bestattungsinstitut!"

Hartwig Bressow grinste und klärte ihn auf: „Rudi hat mit seinem Leichenwagen freie Fahrt. Er wird nicht so schnell kontrolliert, wie andere Fahrzeuge. Wenn wir von hier mit einem Krankenwagen abdüsen, fällt das auf. So besteht die Chance, dass wir unbemerkt unser Ziel erreichen."

„Eine Sache ist zu klären."

Alle schauten Caine fragend an.

„Ja, einer von uns muss etwas abholen."

Fiona sprang sofort in die Bresche: „Ich übernehme das. Gib mir dein Motorrad und sag wohin."

„Du", riefen alle im Chor überwältigt.

„Ja, ich habe die Fahrerlaubnis und kann so ein Ding fahren."

Die Studentin trat auf ihren Vater zu, schaute ihn tief in die Augen und sprach: „Habe Vertrauen. Sie ist meine Freundin. Ich kriege das hin."

Wortlos übergab er seiner Tochter die Schlüssel.

Den Treffpunkt flüsterte er ihr zu.

„Keine Bange, wenn du Pete triffst. Er trägt Uniform. Sage ihm *der Wolf und der Bär saßen unterm verkehrten Baum*. Er wird dir ein Päckchen übergeben. Das bringst du schnellstens zu uns.“

Unten auf der Straße hupte ein Auto. Brianna schaute aus dem Fenster und rief: „Rudi ist da. Auf gehts!“

Mit dem Bestattungsauto kamen sie ohne Kontrollen an ihr Ziel. Der Fahrer scherzte unterwegs, nach der Aufforderung an ihm, sich zu beeilen.

„Sonderzeichen gibt es in unserer Branche nicht. Und wie erkläre ich die Raserei. Meine Passagiere haben es nicht eilig.“

„Ja aber wir. Jede Minute zählt“, drängte Caine.

Sie fuhren auf das Gelände des Bestattungsinstituts. Der Wagen vom Krankentransport wartete schon vor dem Krematorium. Es bedurfte wenige Worte. Jeder kannte seine Aufgaben. Nachdem die Kranke umgeladen war, fuhren sie mit Blaulicht, doch ohne Martinshorn, ihrem Ziel entgegen. Vor der Kältekammer beschäftigte sich ein älterer Herr, rege diverse Knöpfe am großen Pult zu bedienen.

„Hartwig, du kommst auf Einfälle!“

„Ingo, wir haben keine Zeit. Wie lange benötigt die Anlage hochzufahren.“

„Ich habe vorgearbeitet. Da liegen Mundschutz und Tücher. Sagt euren Patienten, in der Umkleidekabine ausziehen und auf mein Signal warten.“

„Stopp“, mischte sich Caine ein.

„Wie läuft das denn hier ab.“

„Mit Unterhose und Mundschutz reingehen und für ein paar Minuten im Kreis laufen. Dann erst einmal raus.

Nach einer Phase der kurzen Regeneration, wieder in die Kältekammer. Insgesamt drei Mal."

Erschrocken meldete sich Brianna: „Das schafft sie nie allein!"

„Dann überlegt euch etwas. Nur hineinlegen ist nicht."

Rundherum verwirrte Gesichter.

„Beeilt euch", drängte Ingo.

„Die Temperatur ist gleich erreicht und das ist hier kein Gerät, das nach freiem Belieben zu bedienen ist."

Caine zog in einer Ecke seine Sachen aus. Erstaunt sah Brianna zu ihm: „Was wird das jetzt?"

„Ich mache es!"

„Was", riefen alle perplex.

„Ich gehe da rein. Geben Sie mir einen Mundschutz."

Ohne länger herumzureden, holte er Gabriela aus der Umkleidekabine. Ein dumpfes Rauschen wurde hörbar, nachdem Ingo die schwere Tür der Kältekammer öffnete. Caine legte den rechten Arm der Kranken über seine Schulter und fixierte ihn mit seiner freien Hand. Mit dem anderen Arm umfasste er ihre Hüfte. Die Anstrengung war ihm anzusehen. Wie aufgetan, liefen beide im Kreis.

„Mutiger Mann", zollte Ingo dem Freiwilligen Respekt. „Na ja, ins Schwitzen kommt er darin nicht, ulkte er.

„Ja, danke für den Trost", erwiderte Brianna erbost.

„Lass", flüsterte Hartwig ihr zu.

„Er setzt seinen Job aufs Spiel, um uns zu helfen."

Sie griff seine Hand und lächelte: „Ja ich weiß."

Fiona fuhr mit maximaler Geschwindigkeit. Mühelos steuerte sie das Motorrad. Wie abgesprochen, war sie pünktlich am Treffpunkt. Weit voraus, erblickte sie den Militärjeep. An der Fahrerseite stoppte sie und nahm den Helm ab.

„Wolf und Bär saßen unterm verkehrten Baum", gab sie die vereinbarte Parole wieder.

Pete griff zur Seite, und reichte ihr ein Päckchen, in Größe einer Zigarettenschachtel.

„Wieso erledigst du Caines Laufwege?"

„Er ist beschäftigt. Außerdem ist es wichtig und er ist mein Dad", antworte sie locker flockig.

„Sie kennen den Inhalt. Dann wissen Sie genau, dass es dringend ist."

Die prompte Reaktion stimmte sie nachdenklich: „Wie die Mutter. Reizend und nicht auf den Mund gefallen."

Der Jeep fuhr davon. Fiona überlegte und besann sich darauf, schnell zurückzufahren.

Nachdem sie den Vorraum betrat, sah sie ihren Vater, von einer Wolldecke eingehüllt, in der Ecke sitzen.

„Was ist los?"

Brianna klärte sie auf: „Gabriela schaffte es nicht allein in der Kältekammer. Caine ist mit rein und beide haben gemeinsam ihre Runden gedreht."

„Für was war das so wichtig?"

„Um zu verhindern das die Viren sich ausbreiten, hat dein Vater den Vorschlag unterbreitet. Wenn Lunge und Extremitäten geschützt sind, konzentriert sich das Blut auf überlebenswichtige Organe und schüttet Endorphine aus. Der Krankheitsverlauf lässt sich somit verringern, ja sogar stoppen. Mach dich fertig, wir fahren zu mir. Da sehen wir weiter."

Caine zitterte wie Espenlaub. Fiona übergab ihm das Päckchen.

„Hat alles geklappt."

„Hm", schnurrte Fiona wie eine Katze und grinste.

„Dann los, wir fahren zusammen.

Willst du fahren, kennst ja den Weg besser."

„War mein Gedanke."

Zwanzig Minuten später ließ Brianna ein Wannenbad ein. Auf ihrer Frage nach dem Inhalt des Lederbeutels antwortete Caine schulterzuckend und knapp: „Ist ein Geschenk! Schütte die Kräuter ins Badewasser. Es hilft."

Gabriela war zwar ansprechbar, dennoch kraftlos, um auf ihre eigenen Beine zu stehen. Die Körpertemperatur blieb konstant normal. In der Küche schlürfte Caine eine heiße Brühe. Sein Körper kämpfte mit den Folgen der Kältekammer. Fiona saß ihm gegenüber und schaute immerzu zu ihrem Vater. Brianna trat in die Küche.

„Gabriela liegt auf dem Bett. Ihre Haut ist durch die Kräuter samt weich. Woher hast du sie."

„Vom Schamanen."

„Von wem", entfuhr es ihr mit hohen Tonfall.

„Ihr sagt Medizinmann. Er hat sie selbst gesammelt. Für jedes Zipperlein ist ein Kraut gewachsen. Kann ich zu ihr?"

„Ja, sie liegt jetzt im Bett."

Caine stand auf und lief ins Schlafzimmer. Die Frauen folgten ihm. Fiona fragte ihre Freundin: „Was passiert mit Gabriela, sagen wir schlimmsten Falls?"

Diese schaute ernst, bevor sie antwortete.

„Im äußersten Fall stirbt sie."

Fiona zuckte erschrocken zusammen.

„Was wir nicht glauben wollen", ergänzte die Ärztin.

Im Schlafzimmer schlug Caine die Bettdecke zur Seite. Das Päckchen lag offen auf dem Bettlaken. Der Inhalt, zwei Ampullen und eine Spritze. Die Flüssigkeiten beider Glasröhrchen vermengt, zog er die Kanüle auf.

„Was ist darin?"

„Jetzt nicht" antwortet Caine forsch.

Ohne Federlesen injizierte er den Impfstoff in den Oberschenkel. Ein kleines Pflaster auf die Einstichstelle geklebt, fertig. Die restlichen Utensilien im Mülleimer entsorgt, wandte er sich den beiden Frauen zu.

„Jetzt heißt es abwarten. Morgen sind wir schlauer."

Gabriela schlief fest und tief. Hartwig Bressow kam dazu und alle versammelten sich im Wohnzimmer.

Brianna rang nach Aufklärung. Die Neugierde sprang ihr förmlich aus dem Gesicht.

„So jetzt erzähle. Was hast du ihr gegeben!"

„Sorry, unter Umständen hättest du interveniert."

„So schlimm", mischte sich Fiona ein.

„Los jetzt", forderte Brianna energisch: „Spann uns nicht auf die Folter!"

„Wie weit kennst du dich mit Phagen aus."

„Nee", rief die Medizinerin bestürzt.

„Stopp" fiel ihr Caine ins Wort und fügte an: „Ich kenne die Vorbehalte. Lass mich ausreden. Später hast du Gelegenheit, mir den Kopf herunterzureißen. Diese Art der Virenbekämpfung rügt die Schulmedizin, da etliches unbekannt ist. In der Praxis gibt es Erfolge. Vor dreißig Jahren kam die Idee auf, spezielle Bakteriophagen gegen Viren einzusetzen. In dieser Zeit gab es bescheidene Möglichkeiten, einzelne Bakterien zu bekämpfen. Auf diesem Gebiet hat sich die Entwicklung verfeinert. Es gab erste Erfolge beim Einsatz gegen Influenzaviren. Die Forschung kam voran, insbesondere mit modifizierten Q-Beta-Phagen-Kapside. Damals ein Novum, da dieses Thema komplett die Versuchsphase durchlief. Heute reden wir von Hyperphagen, das sind echte Virenkiller. Das Militär schützt damit seit Jahren ihre Truppen.

Mir ist kein einziger Todesfall bekannt. Warten wir ab. Der Morgen ist schlauer, wie der Abend. Schauen wir, wie es um ihren Gesundheitszustand steht. Verbessert der sich, danken wir Pete. Wenn nicht, reißt du mir eben meinen Kopf herunter."

„Quatsch", entgegnete Brianna erregt.

„Ein wenig Vertrauen mehr, hätte ich dir zugetraut."

Caine stand auf, trat auf sie zu und kniete vor ihr. Mit sachten Griff, fasste er ihre Handgelenke. Fiona und Hartwig waren sprachlos und warteten gespannt ab, was folgen wird.

„Glaubst du ich setze einfach so, das Leben eurer Freundin aufs Spiel?"

Brianna, selbst staunte überrascht. Sofort hatte sie sich wieder im Griff und ihr schelmisches Lächeln verriet, dass im Nu, eine witzige Bemerkung folgen würde.

„Nein, das glaube ich nicht", antwortete sie, strich ihn durch sein Haupthaar und fügte an: „Bleibe eine Weile so hocken."

Befremdet setzte sich Caine zurück auf seinen Platz.

„Gib der Frau den kleinen Finger und sie greift die ganze Hand."

Die Runde lächelte amüsiert.

„Brianna, was ist der Auslöser dafür", erkundigte sich Fiona.

Gabriela war eine enge Freundin und beiden verband das gleiche Streben, der Umweltschutz.

„Wir wissen es nicht genau, oder Caine!"

Alle schauten gespannt in seine Richtung.

„Aus dem Labor, denke ich. Mir fehlen bisher die Beweise."

„Was!", Fiona sprang auf und lief im Kreis.

„Wer macht denn so etwas", wetterte sie.

Nie und nimmer hätte sie den kleinsten Gedanken an so eine inhumane Freveltat verschwendet. Doch nunmehr die bittere Erkenntnis, dass es Menschen gibt, die dazu fähig waren.

„Nehmt das vorerst so hin", bat Caine in die Runde.

„Ich bin an der Sache dran. Ihr seid die Ersten, die etwas erfahren. Dazu und zu den Hintermännern."

„Ich fasse es nicht", setzte sich Fiona frustrierend auf ihren Platz. Ihre Hände stützten den Oberkörper und ungläubig schüttelte sie mit ihrem Kopf. Nicht nur sie, Brianna und Hartwig waren äußerlich klar erkennbar, entsetzt.

„Mirabile dictu, zu was Menschen in der Lage sind", fügte der Akademiker nachdenklich an.

„Mir fällt etwas Wichtiges ein", ergänzte Caine.

„Wenn Gabriela ansprechbar ist, gilt zu klären, wo sie infiziert wurde. Auf dem Bahnhof ist unwahrscheinlich, dafür ist die Inkubationszeit zu gering. Das ist früher passiert."

„Du meinst vorsätzlich", fiel ihm Hartwig Bressow ins Wort.

Seine Betroffenheit klang klar heraus.

„Ja, der Fremde ist ja heute zu nichts gekommen. Er hatte einen länglichen Gegenstand dabei, den ich in die Gleise manövrierte."

Caine legte eine Pause ein und schaute Fiona an. Erkennbar berührt fügte er an: „Nehmen wir an, dass Gabriela infiziert war, galt sein Vorhaben allein dir."

Bestürzung sprang ihr förmlich aus dem Gesicht. Dazu im Hals ein unnatürliches Würgen, mit der Absicht, einen dicken festsitzenden Kloß herunterzuwürgen.

„Ja es liegt mir fern, Angst zu verbreiten. Darum, seht den Tatsachen ins Gesicht. Ihr seid ein paar Leuten gewaltig auf die Füße getreten. Ihre Aufmerksamkeit ist euch gewiss. Die Bundestagswahlen im Herbst stehen im Fokus vieler Staaten. Abweichler sind nicht erwünscht. Da wird im Verborgenen darauf hingearbeitet. Ein enger Kontakt verriet mir, dass einige USA-Geheimdienste mit gezielten Aktionen versuchen, Einfluss zu nehmen. Das ist die Realität. Entweder sich darauf einzustellen und dementsprechend handeln, oder", an dieser Stelle brach Caine ab. Er nahm sein Glas und trank einen Schluck. Sein Hals kratzte vor Trockenheit. In seiner typischen Art erklärte er sachlich seinen Standpunkt. Seinen Zuhörern missfiel diese Entwicklung. Es gab kaum ein Zurück.

„Oder", fügte Brianna an: „Du schuldest uns den Rest deiner Gedanken."

„Wir akzeptieren es und stellen uns darauf ein. Es ist ein großer Vorteil, zu kennen, was der Gegner plant. Ich bin bereit, euch dabei mit meinem Wissen zur Seite zu stehen, damit ihr eure Sache zum Erfolg führt. Es ist wichtig, dass ihr weiter macht."

„Bist du immer so brutal ehrlich", resümierte Fiona, die nunmehr wieder voll bei der Sache war.

Caine stand auf, setzte sich neben ihr und umarmte sie.

„Ja du hast recht. Durch meinen früheren Job bin ich so, kurz und knapp die Fakten auf den Tisch legen. Mir ist wichtig, dass ihr erkennt, wie ihr euch günstigstenfalls verhaltet. Weißt du, deine Mutter hat mir damals gezeigt, wie bedeutsam es ist, unsere Umwelt zu schützen. Leider wurde seitdem jahrelang, um den heißen Brei geredet. Immer wieder fand man Gründe, es dabei zu belassen.

Die schmerzlichen Folgen tragen heute alle. Darum sind euere Aktivitäten wichtig, bevor es gänzlich aus dem Ruder läuft! Aus diesem Grund heißt es für euch, volle Obacht!"

Mit beiden Händen schlug er auf seine Oberschenkel, erhob sich und setzte sich auf seinen Platz.

„Unser Treffen mit den Umweltorganisationen ist auf übermorgen verlegt", informierte Fiona ihre Freunde. Ihre Entschlossenheit kehrte allmählich zurück und sie wirkte kämpferisch, so wie sie jeder kannte. Hartwig Bressow, bisher nachdenklicher Zuhörer, meldete sich zu Wort: „Fiona, was hat dich bewogen, Nachforschungen zu unseren einstigen Dozent Herrn Brackstedt zu betreiben? Das ist hochinteressant, da alle Daten unter Verschluss gehalten werden."

Diese Frage brannte ihm seit letzter Woche auf der Zunge. Er verwies dabei auf Forschungen mit speziellen Erregern.

„Bist Du auf etwas Wichtiges gestoßen?"

„Wieso Bakterien?", fragte Fiona überrascht nach.

„Na ja", stutzte der Dozent, „weil er vor Jahren, sagen wir so, damit negativ in Erscheinung trat und die Uni sehr geschadet hatte."

Die Mundwinkel nach oben verschoben und ihre Augenlider hochgezogen, grinste die Studentin ihren Dozenten an.

„Habt ihr meine Unterlagen durchwühlt", witzelte sie.

„Nein, erzähl, wie es dazu gekommen ist", drängelte Hartwig voller Neugierde.

„Reiner Zufall hat mich auf den Brackstedt gebracht. Ich stöberte in der Bibo in einem Buch. Da passierte es.

Durch eine Unachtsamkeit fiel es zu Boden und ein Notizzettel kam zum Vorschein. Das ist alles."

„Und dein Ergebnis den Bakterien betreffend?"

Das Interesse von Hartwig Bressow wuchs weiter.

„Wieso reiten Sie auf etwaiges Bakterium herum!"

„Weil er deshalb der Universität verwiesen wurde. Versuche am Menschen."

„Ach Gott! Das ist ja ein Dingens", staunte Fiona.

„Wenn nicht um Bakterien, auf was stützt sich dann dein Interesse an dieser Person", mischte sich Caine ein.

Ebenso wie Hartwig Bressow drang er zu erfahren, worin der Auslöser für Fionas Aufmerksamkeit an diesen Mann lag. Sie holte tief Luft und atmete lang aus.

„Ich fand einen Verweis zur Thematik von neuronalen Chips."

„Ach du liebe Güte", und fassungsloses Kopfschütteln ergriff den Akademiker. Eine Wendung, die Bestürzung hervorrief.

„Du kennst das, von dem Fiona sprach."

Caine fieberte nach Aufklärung, da er davon bisher nichts hörte.

„Neuromorphe Chips wurden einst den natürlichen Nervennetzen nachgebaut. Ersten Prototypen umfassten künstliche Retinae, weiterentwickelte Sehsysteme und Geruchsdetektoren. Doch das galt mehr der Entwicklung von naturnahen Bewegungsabläufen bei Apparaturen. Jahre später kamen Forscher auf die Idee, neuronale Chips beim Menschen einzusetzen. Gegen ihre Grundidee gab es nichts einzuwenden. Erste Erfolge lagen vor den der medikamentösen Behandlungen. Wir reden von so etwas wie, Alzheimer, gleich einer Form der Demenz, und Multiple Sklerose.

Forscher in Leipzig haben schon vor dreißig Jahren erkannt, dass es ähnliche Wirkungsweisen bei Tieren gibt, die Winterschlaf halten. Bei denen wirkt ein Enzym im Hirn, das nach Erwachen die Leistungsfähigkeit des Gehirns vollständig reaktiviert. Die Chips, die im Kopf der Patienten entsprechend platziert wurden, besiegten diese Krankheiten. So die Meinung der Wissenschaftler."

„Ist doch eine tolle Entwicklung", lobte Caine diese Idee.

„Warte ab, gleich denkst du anders über die Sache", widersprach der Akademiker.

„Die Anfänge sahen erfolgversprechend aus, bis sich erste Probleme zeigten. Wie im Internet standen die Patienten mit einem Server in Verbindung, der für die Steuerung sorgte. Damals wurde obendrein argumentiert, dass die Menschen mit den Implantaten schlauer werden, da über dieses Netz sogar Wissen abrufbar ist. Doch, niemand erkannte gleich wieso, gab es erste Todesfälle. Die Server, mit dem Gehirn ihrer Träger in Kontakt, gaukelten Winterschlaf vor, ähnlich den bei Tieren."

„Was geschah dann", fragten die anderen Zuhörer zeitgleich, im Chor.

„Die Betroffenen, schliefen zu lange", warf Caine ein.

„Richtig", bestätigte Hartwig Bressow mit Nachdruck.

„Nur ist der menschliche Organismus dafür nicht ausgelegt. Sprichwörtlich verhungerten und verdursteten die Leute im Schlaf. Fraß sich ja niemand ein Polster an, so wie die Tiere. Mit dem schlauer werden, bewahrheitete sich. Doch gab es Fälle, indem die Menschen glatt weg, verrückt wurden. Schaut, zu unserer Geistestätigkeit gehört das Vergessen, genauso wie das Lernen. Es ist eine Schutzfunktion, um nicht durchzudrehen.

Das passiert, bleibt all das Wissen im Kopf. Ähnlich einem Datenträger. Ist er voll, passt nichts mehr darauf. Unser Gehirn braucht ein Ventil, um Druck abzulassen. Empfänglich für Neues zu sein, bedingt den Speicherplatz dafür zu bereinigen. Das gab es leider nicht. So die Story im Schnelldurchlauf. Es gab mahnende Stimmen, die in dieser Behandlungsmethode Missbrauch erkannten. Was ist, wenn die Server gehackt werden, um die Chips zu manipulieren. Weitere Vorfälle führten zur Ächtung dieses Verfahrens. Der Staat forderte Sicherheiten und niemand gab eine Garantie, dass die Server frei von äußeren Angriffen bleiben. Es gab später eine Variante von autonomen Geräten, die am Körper getragen wurden und nicht mit Dritten kommunizieren. Doch waren hier Manipulationen nicht hundertprozentig auszuschließen. Das war das Ende und die neuronalen Chips wurden vom Gesetzgeber verboten.“

„Jetzt wird mir einiges klar“, sinnierte Caine, mehr für sich.

„Wie meinst du das“, meldete sich Brianna, die bisher stumm ihren Freunden zuhörte.

„Heute auf dem Bahnhof, der Fremde reagierte recht unnatürlich. Kaum eine Gegenwehr. Habe mehr erwartet. Der schaute stur, teilnahmslos, wie ein ferngesteuerter Zombie. Er schien ohne jeden Plan und im Gegensatz sich zu wehren, rannte er abrupt los. Nicht das der durch so einem Chip manipuliert war.“

„Welcher normal handelnder Mensch, lässt sich auf so etwas ein“, unterbrach Fiona ihren Vater.

Stille, die Antwort auf diese Frage vermochte niemand auf der Stelle zu beantworten. Wiederum meldete sich Caine zu Wort:

„Wenn Galgenvögel keine Skrupel haben, vorsätzlich Krankheitserreger einzusetzen, dann schrecken die vor gar nichts zurück. Denen traue ich alles zu. Kandidaten findet man überall. Bei den Ärmsten der Armen mit goldigen Versprechen. Ich vermute, wenn diese Chips existieren, dann holen die sich geeignete Aspiranten aus Waisenhäusern. Da fragt niemand nach."

Diese Behauptung riss jeden vom Hocker. Ein reger Disput, mit Für und Wider, versetzte die Gruppe in helle Aufregung. Zehn Minuten später beruhigten sich die erhitzten Gemüter. Von allen war es Brianna McGreger, die gefasst passende Worte fand.

„Mit deiner direkten Art, die Geschehnisse so brutal sachlich zu sehen, bist du ausgesprochen demotivierend."
„Tja, so bin ich. Das hilft euch mehr, wie um den heißen Brei herum zu reden", rechtfertigte sich Caine.

Die Hausherrin sprang auf und ihr Kopf kreiste in die Runde. Flugs war die Zeit vergangen. Die Uhr schlug zur zwölften Stunde, Mitternacht.

„Wir brechen jetzt ab, es ist spät. Morgen ist für uns alle Arbeitstag. Ich teile die Schlafplätze ein. Heute fährt niemand mehr nach Haus. Um die Zeit, zu gefährlich, wie unser Freund so einprägsam schilderte. Jeder hält an Gabrielas Bett Nachtwache, nur für den Fall, dass sich ihr Zustand dennoch verschlechtert. Wer fängt an?

„Ich", meldete sich Caine, „bin der Einzige, aus dieser Runde, der frei hat."

Die Nacht verlief ohne Zwischenfälle. Gabriela schlief fest und tief. Anzeichen für Beunruhigungen gab es nicht. Fiona schlürfte verschlafen durch die Küche. Der Duft frisch gebrühten Kaffees, reizte ihre Geruchsnerven. Dazu der Geruch warmer Bäckerbrötchen.

Verführerisch warteten sie im Korb, mitten auf dem Tisch, auf ihren Verzehr.

„Wow, wie kommst!"

Brianna zeigte mit dem Tafelmesser auf Caine.

„Bedanke dich bei deinem Pa, hat er geholt."

„Oh, ist das jeden Tag so", schwärmte Fiona.

„Stopp, ich war zuerst da", scherzte die Dame des Hauses. Ein ausgedehntes Kichern der Frauen folgte. Caine las in einer Zeitung und gab sich unbeteiligt. Fiona kokettierte mit ihren Augen zu ihrer Freundin.

„Dann streng dich an, ist eine lohnenswerte Partie."

Wiederum neckisches Gekicher. Hartwig Bressow trat gähnend in die Küche.

„Das sieht ja einladend aus! Da sage ich nicht nein."

„Wann ist dein Seminarstart heute", fragte Brianna.

„Gegen zehn. Fiona kommt um zwölf zur Konsultation. Bin am frühen Nachmittag fertig. Was macht unsere Patienten?"

„Erheblich besser", gab Caine die Antwort.

„Sie spricht ein wenig. In zwei Tagen ist sie wieder auf dem Damm."

„Warum habt ihr mich nicht geweckt?"

„Weil unser gnadenlos direkter Freund, bis heute früh allein sich darum kümmerte", verlautete Brianna auffällig spitz.

Fiona schaute grinsend auf beide.

„Habe ich etwas verpasst!"

„Nein Herr Bressow", erwiderte seine Studentin.

Sie wirkte äußerlich frohgelaunt.

„Sie kennen doch das Sprichwort, wie es sich verhält, wenn sich zwei necken."

„Also Fiona", meldete sich Brianna, preziös erzürnt.

Caine biss in sein Marmeladenbrötchen und hoffte auf fixen Themenwechsel. Dennoch schien er amüsiert.

„Wieso sind Frauen so alberich."

„Kennst du das nicht, mehr wie eines dieser zarten Wesen auf einem Fleck wird stressig."

Mit Gelächter protestierten Fiona und Brianna. Das Thema war damit erledigt. Caine bat um Avisierung bei dem IT-Profi Taste, um wichtige Details zu recherchieren. „Wer bleibt bei Gabriela", erkundigte er sich.

„Ich", antwortete Fiona.

„Gehe ja erst Mittag zur Konsultation und bis da ist Brianna wieder hier."

„Wir sehen uns heute Nachmittag, hoffe, bis dahin einiges in Erfahrung zu bringen."

Kaum ausgesprochen, packte er seinen Sachen und begab sich auf den Weg zu seiner Unterkunft. Der gestrige Abend, schrie förmlich nach einem ausgiebigen Duschbad. Ebenso empfahl sich, aus Hygienegründen, ein Wechsel der Kleidung. Auf Grund der Anstrengungen der letzten Nacht blieb die heiße Dusche nicht ohne Folgen. Mit dem Hintergedanken, etwas Ruhe zu finden, legte sich Caine auf das Sofa. Müdigkeit übermannte ihn und er schlief für zwei Stunden fest ein. Mit einem unguten Gefühl schreckte er auf. Ein Blick zur Uhr verriet, dass er nichts verpasst hatte. Mit dem Motorrad fuhr er zur verbotenen Zone. Taste bestätigte gestern den Termin und wartete in seinem Etablissement.

„Äh, der Kabelmann, Caine war dein Name", empfing ihn der junge Bursche.

„Hoffe, dass ich künftig ebenso heiße", scherzte der Besucher.

„Hä", reagierte der PC-Spezialist fragend.

Er verstand die Pointe von Caines Scherz nicht.

„Passt, alles vorbereitet?"

„Jupp, Computer ist aus und die Kabel liegen parat. Stöpsele dein Equipment an und fertig."

Stundenlang surften sie durch das Netz, fanden kaum etwas, was von Interesse war. Ein Sechserpack Wasser war aufgebraucht. Caine rieb sich unzufrieden sein Kinn.

„Da muss doch was sein!"

„Sag mal Alter, nach was suchst du?"

„Einen Hinweis, wo Mawala eine Immobilie besitzt. Groß genug für ein Waisenhaus", so Caines resignierende Antwort.

„Bleib ganz unruhig", witzelte Taste und ließ seine Finger über das Keyboard fliegen.

Abrupt brach er ab, stierte auf seinem Bildschirm und rutschte gefesselt näher heran.

„Oder so", sprach er mehr zu sich selbst.

„Hast du was", fragte Caine und presste seinen Kopf an Tastes Schulter.

„Habe mir die Steuerunterlagen von unserem Freund mal reingezogen."

„Und", sein Gast schien vor Neugier zu explodieren.

„Bingo, Ulysses Mawala spendet seit Jahren größere Geldbeträge an ein tschechisches Waisenhaus. Das liegt unweit von Bayern. Von hier aus, zeitnah zu erreichen."

„Bengel, bist doch für etwas zu gebrauchen", stupste Caine dem Burschen frohgelaunt an seinen Oberarm und klopfte ihn freundschaftlich auf die Schulter.

„Hast du die Adresse?"

„Drucke die Spendenbescheinigung aus. Da steht alles drauf. Ist immer die gleiche Anschrift."

Nervenaufreibend, ihre stundenlangen Recherchen.

Die anstrengende Suche hinterließ ihre Spuren. Caine stand unter Anspannung, kurz davor zu explodieren. Es bedurfte nur eines klitzekleinen Anstoßes. Der folgte prompt. Taste beendete just sein Telefonat und legte das Handy neben seinen PC. Mit weit aufgerissenen Augen stierte er seinen Gast an.

„Das wird dir nicht gefallen", sprach Taste, mit der Gewissheit, dass Caine gleich emotional explodieren wird.

„Was ist", erkundigte der sich barsch.

„Fiona war auf dem Weg, um das Treffen mit den Führern der Umweltorganisationen vorzubereiten. Auf dem Weg dahin haben sie zwei Security-Häscher hops genommen."

Die Reaktion war vorherzusehen. Taste bemühte sich, seinen Besucher zu beruhigen. Ein paar Minuten später, fasste dieser sich. Er sah sein überspitztes Verhalten ein, das dazu kindisch und unprofessionell war. Jetzt hieß es, kühlen Kopf bewahren und besonnen zu handeln.

„Komm mit, ich zeige dir etwas."

In einem Zimmer, nebenan, kredenzte er seinem Gast einen Kleiderständer, auf dem ein netzartiger Overall hing. Aus dem Schrank holte er einen grauen Ganzanzug.

„Was ist das", staunte Caine, der mit den beiden Teilen nichts anzufangen vermochte.

„Okay", erklärte Taste die Funktionsweise.

„Der graue Ganzkörperanzug ist eine Art Isolator. Ihn ziehst du unter deine Klamotten. Den Netzanzug stülpst du am Ende darüber. Der besteht aus einem leitfähigen Geflecht. Robust und äußerst reißfest. Der Anzug funktioniert wie ein faradayscher Käfig. Er hilft bei der Abwehr vor elektrischen Angriffen.

Wenn du mit einem Taser angegriffen wirst, leitet er den Strom ab und dir passiert nichts. Unterstellen wir, dass die beiden Sicherheitsleute keine anderen Waffen dabei haben und dich nicht im Gesicht treffen. Das ist deine Chance, Fiona da rauszuholen."

Caine beeilte sich, die Spezialkleidung anzuziehen. Befürchtungen, dass die Bewegungsfreiheit eingeschränkt wird, verflogen gleich.

„Woher hast du dieses Equipment?"

„Das ist mein Eigengewächs", entrüstete sich Taste.

„Traust mir so etwas nicht zu!"

Caine winkte ab. Der heutige Tag hatte seine Meinung von diesem jungen Mann gänzlich gewandelt.

„Wie oft hat das geholfen?"

Der IT-Spezialist senkte seinen Kopf und antwortete kleinlaut: „Du bist der Erste."

Caine stichelte: „Einer ist immer der Crack."

Taste gab ihm die Anschrift und Wegbeschreibung. Mit hartem Griff an seiner Schulter verabschiede sich der Gast von dem Burschen.

„Wird schon schief gehen. Wünsche mir Glück. Rufe bitte Brianna an und sage ihr Bescheid."

Draußen im Treppenhaus schaute er zurück und trug Taste auf: „Erkundige dich gleich dabei, was mit Gabriela ist."

Kaum ausgesprochen verschwand Caine hinter der sich selbst schließenden Haustür. Mit einem metallischen Klicken fiel die Tür geschmeidig ins Schloss. Bevor der IT-Spezialist, wie aufgetragen telefonierte, verrammelte er seine Wohnung. Die frühe Dunkelheit, bot Schutz für sein Vorhaben. Im Schatten der Häuser schlich er seinem Ziel unerkannt entgegen.

Unterwegs disziplinierte sich Caine auf ein Neues. Bis er ankam, erlangte er seine Selbstbeherrschung zurück. Aus bisherigen Verfahrensweisen der Security-Dienste ergab sich ein Zeitfenster von dreißig Minuten. Ebenso bekannt war der Stützpunkt im Gebäude, in einer Zweiraumwohnung. Im Untergeschoß richteten sie sich häuslich ein. Neben einen Raum für Gewahrsam, in dem Verdächtige kurzzeitig einquartiert wurden, gab es eine Funkstation. Der Ablauf von Überführungen, war ebenso hinlänglich bekannt. In Fionas Fall rückte das Team aus Stuttgart an. Das Zeitfenster war somit größer. Dennoch galt es, keine Zeit zu vergeuden. Um die Ecke blinzelnd, nahm Caine den Security-Mitarbeiter wahr, der auf dem Gehweg rauchte. Lautlos, wie auf Katzenpfoten, schlich er sich heran. Sein vermeidlicher Gegner, sorglos und in sich gekehrt, bemerkte den Angreifer nicht. Mit zwei Finger schnippte er die Kippe in den Rinnstein. In diesem Moment wandte er sich um und sah diesen Kraftprotz vor sich. Für ihn leider zu spät. Seine Zweikampfkenntnisse, sich zu verteidigen, brachten gar nichts. Nach einem Handkantenschlag fiel er, wie ein nasser Sack, zu Boden. Das der Fremde ihn auffing und behutsam ablegte, lag fern seiner Empfindungen. Caine hatte wiederum Glück, denn der Mann hielt die Chipkarte zum Betreten der Diensträume in seiner Hand. Mit einem Surren öffnete sich die Wohnungstür. Von innen hallte ein Ruf: „Ben bist du es!"

Ein bejahendes Knurren folgte, um sich nicht zu verraten. Im größten Raum, welcher ansonsten das Wohnzimmer war, piepten allerlei Gerätschaften. Mit unterschiedlichen Codes erhielten die Einsatzkräfte ihre Anweisungen.

Der zweite Sicherheitsmann arbeitete am Schreibtisch. Zu spät erkannte er, dass nicht sein Mitstreiter den Raum betrat. Er griff nach dem Taser, der neben ihm lag und drückte ab. Wie gelernt, traf er die größte Körperpartie, dem Torso, begleitet von einem Zischen und Knattern. Wie prophezeit, hielt Tastes Anzug stand. Ein leichtes Kribbeln auf der Haut, mehr nicht. Caine lief zügig seinem Ziel entgegen. Die Wirkungslosigkeit seiner Waffe ließ den Mitarbeiter der Security-Firma erstarren. Die eine Schrecksekunde war ausreichend, um einen Vorteil zu erringen. Das nutze der Fremde für sich geschickt aus. In seiner letzten Not wählte der Sicherheitsmann den Frontalangriff. Mit einer Finte verhinderte Caine, dass der Hieb seinen Hals traf. Ein gekonnter Vorwärtssprung eröffnete seinen späteren erfolgreichen Angriff. Ein Armblock ließ die Wirkung des Handkantenschlags verpuffen und der Arm rutsche auf die Schulter. Mit der anderen Hand presste der Geschasste die Kontakte seiner Waffe an den Oberarm seines Gegners und löste aus. Wiederum elektrisches Surren. Doch der Kerl verharrte wie ein Baum, ohne die geringste Reaktion. Bestürzt und deprimiert erkannte der Security-Mann, dass er diesen Kampf verliert. Er setzte alles auf eine Karte. Mit einem taktischen Zurückweichen galt sein Sinnen, sich erneut dem Angreifer zu stellen. Seine List vorausahnend, wählte Caine den Angriff nach vorn. Mit harten Haken traf er den Kerl voll auf dem Punkt und der Uniformierte fiel rücklings, ohnmächtig zu Boden. Wenig später, hielt er Fiona in seinen Armen.

„Komm, hauen wir ab, bevor Verstärkung kommt."

Nach dreißig Minuten saßen sie in Tastes Wohnung.

Der jubelte freudestrahlend über die Premiere seines Anzugs. Nachdem die Gemüter sich beruhigten, gab er die Neuigkeiten zum Besten. Gabriela war wieder auf den Beinen.

„Was hast du hier gewollt", drängte es Caine, von Fiona zu erfahren.

„Die Räume für das Treffen morgen inspizieren. Das war mein Plan. Da haben mich die beiden geschnappt."

„Wie konnte das passieren. Stehst du auf deren Liste."

Fiona schnitt eine Grimasse und drückste herum.

„Ich hatte vorher meinen Identitätschip abgedeckt", entgegnete sie kleinlaut.

„Beim Backgroundscan fehlte das typische Signal, das ist verdächtig."

Taste mischte sich in den Disput der beiden ein.

„Habe eine schlechte und noch so eine Nachricht für euch. Welche wollt ihr zuerst hören?"

„Die für uns am katastrophalsten", scherzte Caine.

„Richtet euch darauf ein, hier zu übernachten."

„Hier", donnerte der besorgte Vater.

Der IT-Spezialist grinste schief.

„Heute Abend streunen die Büttel von Mawala hier herum. Nützt nichts. Die Gefahr, euch zu schnappen ist zu groß."

Fiona sah sich suchend um. Sie schien der gleichen Meinung, ihres Vaters zu sein. Einladend war die Bude nicht unbedingt. Taste trat mit zwei Plastiksäcke aus einem Nebenzimmer.

„Für den Notfall, Luftmatratzen und Decken. Alles klinisch rein."

„Wenigstens feudaler, wie auf dem Boden zu schlafen."

Fiona griff einen Sack und verschwand, ohne sich von den beiden zu verabschieden, im Nebenzimmer. Caine kreiste mit seinem Kopf umher.

„Wo finde ich ein Eckchen für mich?"

„Im Schlafzimmer, ich penne auf dem Sofa."

Die Schlafgelegenheiten für die Nacht hergerichtet, saßen die Männer am PC und redeten.

„Hat Brianna etwas zu Gabriela gesagt", erkundigte sich Caine.

„Nur, dass sie wieder auf dem Damm sei. Die Infektion verläuft schwächer, wie ursprünglich angenommen."

„Oder die Viren waren abgeschwächt, da Altbestände", schloss der frühere Security-Mann.

Sie sprachen über dies und das und beiläufig griff der einstige Soldat der Marines in seinen Rucksack, holte den einen schwarzen Kasten heraus und stellte ihn vor Taste auf den Tisch.

„Das ist", zu mehr kam er nicht, da ihm der IT-Mann ins Wort fiel: „Dieser Zerhacker, der die IP-Adressen zerlegt!"

„Genau. Schenke ich dir. Ein Exemplar steht bei mir zu Hause. Die anderen Geräte sind Unikate. Da ist nichts drin."

Voller Überraschung stierte der Bursche auf seinen Gönner. Nie im Traum, hätte er nur den geringsten Gedanken daran verschwendet, das Teil geschenkt zu bekommen. Er hielt Caine für distanziert und eigen. Innerlich gab er zu, sich in seinem Gast völlig getäuscht zu haben. Sprachlosigkeit, ein Umstand, der ihm fremd schien, ließ seine Verblüffung klar erkennen.

„Ich empfehle dir, den Zerhacker stets mit Kabel zu verwenden. Lass ihn niemals über WELAN laufen.

Damit lädst du dir nur ungebetene Gäste ein."

„Nee, nee, mache ich", stotterte Taste.

„Mensch Alter, hätte nie gedacht, dass du mir das Dingens schenkst. Vielen Dank, hast drei Wünsche frei", grinste er.

Beide lachten herzlich. Mit verschlafenen Augen kam Fiona aus ihrem Zimmer.

„Schaut ihr einen unanständigen Film, oder was ist so lustig!"

Weiterhin merklich überwältigt, fiel es Taste schwer, klare Worte zu finden.

„Guck, mal, hat mir dein Vater überlassen", stotterte er.

„Ach Männer und Technik", winkte sie gähnend ab und verzog sich gleich darauf.

„Eines", fügte Caine eindringlich an. Sein Zeigefinger hielt er mahnend dem jungen Burschen entgegen.

„Da mein Gerät in Montana ist, lässt du mich, solange ich in Deutschland bin, an deine Kiste. Egal wie oft."

„Klaro Alter, sogar rund um die Uhr."

Die ausgestreckte Hand nahm der IT-Mann an und schlug ein, zu seinem Nachteil, wie es sich herausstellte. Der kräftige Griff erinnerte mehr, an einen Schraubstock. Taste brauchte all seinen Mumm, jegliche Klagelaute zu unterdrücken.

„Bevor ich mich aufs Ohr lege, ein Tipp", feixte Caine den jungen Burschen an, wohlwissend das er in diesem Moment sich verkniff, seine Schmerzen zu zeigen.

„Wenn ihr schon euere Identitätschips abdeckt, dann macht das nicht so tölpelhaft, mehr professionell."

„Wie meinst du das?"

„Das, wenn ihr eure Chips abschirmt.

Fliegt draußen eine Drohne vorbei, erkennt die mittels Wärmebildkamera, dass hier zwei Leute im Raum sind. Nachfolgende Scans finden eine Person im Inneren. Das fällt auf und der Quadrocopter meldet das sofort an die Zentrale.

„Stimmt", pflichtete der junge Mann Caine bei.

„Was schlägst du vor?"

„Wenn es drängt, müsst ihr dafür löhnen. Es gibt Aliaschips zum Aufkleben. Die Kontrollen sind meist elektronisch und da schaut niemand unter die Sachen."

„Was mache ich mit meinem Chip?"

Caine zog eine Halskette hervor, an der ein kleiner Zylinder hing.

„Deinen Chip in so einen Minicontainer abgeschirmt verstauen. Bei Bedarf am Oberarm geklebt, bin ich wieder der Alte."

Taste lächelte. Diese Identitätsverbrämung war ihm völlig unbekannt. Jetzt begriff er die Tragweite und die Möglichkeiten der Manipulation. Caine zeigte ihm den Datakrypter und die Gesichtslarve, seine Geschenke von Maurice. Taste kam aus dem Staunen nicht mehr heraus, doch die Krönung folgte erst. Die Funktionsweise kurz erklärt, mit dem Verweis auf den mehrfach speicherbaren Chip, hauten Taste sprichwörtlich vom Hocker. Abrupt erkannte er die Möglichkeiten und Freizügigkeiten, die sich mit diesen Requisiten ergaben. Nicht von dieser Welt, mehr aus einem Science-Fiction-Film, schwärmte Taste.

„Und die Maske, was hat es damit auf sich?"

„Sie hilft bei der Simulation der Pseudoidentität. Den Drohnen wird somit das Konterfei der Aliaspersonalie vorgegaukelt."

„Wie, ein richtiges Passbild", staunte er.

„Überzogen gesagt, rede ich den Drohnen ein, dass ich Chinese bin."

Lautes Gelächter.

„Mit der Identität kommst du nicht weit", grinste der Bursche.

„Nur ein Beispiel. Okay legen wir uns hin. Der Morgen ist nicht mehr fern."

Sein Motorrad aus dem Versteck geholt, fuhr er Fiona zu ihrer Wohnung. Das Glück war mit ihnen. Sie kamen ohne Kontrollen an ihr Ziel. Brianna und Gabriela saßen in der Küche. Nachdem sie Caine erblickte, stand sie auf und umarmte ihn lange und fest. Immer wieder bedankte sie sich und Tränen kullerten aus ihren Augen.

„Ich unterstelle mal, dass Taste nicht unbedingt ein spendabler Gastgeber war", warf Brianna ein.

Ihr Ansinnen, die Stimmung aufzulockern. Fiona ließ sich den heißen Kaffee schmecken und hatte vor, im gleichen Moment vom leckeren Brötchen abzubeißen, da griff sie ihr Vater am Oberarm. Fragend schaute sie ihn an.

„Hier nimm den Schlüssel von meiner Unterkunft. Bei Bedarf hast du eine Chance jederzeit unterzuschlüpfen. Niemand kennt die Zukunft."

Dankend verstaute sie das Utensil in ihre Jeans. Seine Vorwürfe, bezogen auf die gestrige Aktion verflogen, da Brianna zur Klärung verhalf. Im gleichen Augenblick erfuhr er, dass Fiona nicht allein war. Nicht nur die Studenten bewerteten die Arbeit der Sicherheitsleute. Die Umweltorganisationen zogen ebenso ihre Rückschlüsse. Am Abend taxierten drei Freunde den Veranstaltungsort.

Dazu gab es ein Meldesystem, das Taste koordinierte. Caine erfuhr, dass ein befreundetes Rechtsanwaltsbüro für die Demonstranten eine Generalvollmacht innehatte. Darüber erhielten alle in Not Geratenen, Rechtsbeistand. Ein Verdienst von Hartwig Bressow, der mit dem Senior der Kanzlei, seit Jahren eng befreundet war.

„Dennoch, bleibt jederzeit wachsam", mahnte er.

Obwohl ihm die Frauen versicherten, aufzupassen und ihnen eine Vielzahl Studenten zur Seite standen, saß Caine mit einem mulmigen Bauchgefühl im Zug. Ebenso wenig beruhigte ihm, dass der Rechtsbeistand informiert wurde und Gewehr bei Fuß stand. Am Ende ermutigten ihn die Mädels, zu dieser Reise.

Eine sechsstündige Zugfahrt lag vor ihn. Sein Ziel erreichte er ohne lästiges Umsteigen, direkt über die Bayernmetropole München. Eine vorwiegend bequeme Fahrt. Pilsen, die viertgrößte Stadt Tschechiens im Westen Böhmens, bekannt vor allem wegen des Bieres und dem Automobilbau, Marke Skoda. Die Universitäts- und Bistumsstadt hatte 170.000 Einwohner. Einst beliebtes Ausflugs- und Urlaubsziel, litt die Region unter den veränderten Klimaverhältnissen. Die baumreiche Gegend verlor an Charme, wie andere Ausflugsziele. Hier sorgte der Borkenkäfer weniger für den dramatischen Rückgang des Baumbestands. Waldbrände und saurer Regen dezimierten den einst üppigen Wald. Kaum vorstellbar, Brandstiftung war oftmals die Ursache. In den Schuldzuweisungen unterstellten die Länder, dass Reisende dafür bewusst missbraucht wurden. Egal wie, es war klar, dass Waldbrände durch Fahrlässigkeit und Vorsatz entstanden. Entsprechende Regionen, nachhaltig zu schädigen, so die Anschuldigungen.

Hanebüchen, ja gar eine Fiktion, doch vereinzelt gab es dafür schon Anhaltspunkte. Die Bierproduktion, mit dem bekannten Pilsner Urquell, kam fast zum Erliegen. Ein Grund, die kostbare Ressource Wasser war rationiert. Der Verbrauch galt primär der Versorgung von Mensch, Tier und für die Landwirtschaft. Die industrielle Nutzung von Trinkwasser bedurfte der Genehmigung durch die Behörden.

Mit verträumtem Blick aus dem Abteilfenster, flog an Caine die Landschaft vorbei. Bei dem hohen Tempo, blieb kaum Zeit den Anblick zu genießen. Er sinnierte über die letzten Wochen nach. Mitte Mai kam er in Deutschland an. Langweilig war es nicht. Eine Menge Erlebnisse meisterte er unbeschadet. Die Aussprache mit seiner Tochter verlief harmonisch. Seine Vorbehalte, die ihm eine Unmenge an Bauchschmerzen bescherten, komplett weg. Dass sie verständnisvoll reagierte, hätte er sich zuvor nie erträumt. Glück für ihn. Eines stand ihm bevor, sich den Dämonen seiner Vergangenheit zu stellen. Das bereitete ihm weniger Kopfzerbrechen, dennoch hieß es für ihn, sich endgültig davon zu befreien, um im Kopf frei zu werden, einer ausgewogenen Zukunft zuliebe. In ihm erwachten Erinnerungen und hörbar, die Mahnungen des Schamanen. Dessen Worte klangen hell in seinem Ohr. „Dein Geist ist getrübt, von früheren Erlebnissen. Befreie dich von einstigen Schreckgespenstern auf ewig. Gehe zurück, Krieger und trete den alten Dämonen entgegen. Widerstehe und bleibe standhaft. Die teuflischen Geister werden Hass schüren, um Rachegefühle zu nähren."

Caine nickte zustimmend. Ein unlösbares Unterfangen empfand er in dem Rat, sich mit einstigen Wegbegleitern auszusprechen.

Wie das umsetzen, wenn viele davon längst verstorben waren. Der Medizinmann sprach zu ihm: „Gehe zu deren Grab und spreche dich mit ihnen aus. So ungewöhnlich es klingt, du wirst es verstehen. Höre nicht auf gespaltene Zungen der Schlangen. Ein Krieger der Assiniboine, kämpft mit heißem Herzen und kühnen Verstand."

Sein altes Leben hinter sich lassen und die Zukunft, befreit vom Ballast der Vergangenheit, neu gestalten. Seiner Tochter kam dabei, eine nicht unerhebliche Rolle zu.

Am frühen Nachmittag betrat Caine den Bahnsteig von Pilsen, sein Zielbahnhof. Reges Treiben, wie allerorts. Reisende kamen an oder bereiteten sich auf große Fahrt vor. Sein Basecap ins Gesicht gezogen und den Kopf nach unten geneigt, begab er sich zügig in Richtung Ausgang. Ein erstes Ziel, ein Restaurant im Zentrum. Ein kleiner Snack sorgte für sein Wohlbefinden. Der Nachtisch, ein Espresso. Mit dem Löffel rührte er, in Gedanken vertieft, darin herum. Abrupt und aus unerklärlichen Gründen, kam ihm Brianna in den Sinn. Ihre dunklen Augen, die ihn entzückten und jeder Blick in dieses unvergleichbare tiefe Schwarz versprach, ihn augenblicklich mit Haut und Haar zu verschlingen. In seiner Verträumtheit überhörte er die Bitte des Kellners. Ein lautes Räuspern, und der Ober erlangte die Aufmerksamkeit des Gastes. Der zahlte mit Karte und verschwand. Die Zeit schritt unaufhörlich voran. Glück für den Besucher, denn die Besichtigung des Objektes seiner Begierde, plante er vorwiegend diskret, um keine schlafenden Hunde zu wecken. Da das Heim am Stadtrand lag, gab es beste Bedingungen für sein Vorhaben. Mit seinem Einrohrfernglas observierte er das Geschehen im und um das Waisenheim.

Für Notizen verwendete Caine ein Diktiergerät. Sein Handy wäre dafür ebenso nützlich. Er überließ nichts dem Zufall. Bei Kontrollen lägen seine Interessen sofort offen. Der frühe Abend glänzte mit spärlicher Dunkelheit. Es war nicht eindeutig zu klären, inwieweit fremde Blicke die Gegend überall beäugten. So, zog sich der heimliche Gast aus dem Umfeld des Objekts zurück. Nach längerer Suche fand Caine eine unscheinbare Pension, in einem abgelegenen Teil der Vorstadt. Bezahlung im Voraus und keine extravaganten Forderungen beschieden dem Gast einen eher freundlichen Vermieter. In seinem Domizil auf Zeit legte sich der Tourist früh zu Bett. Vor Einmietung beäugte Caine die örtlichen Gegebenheiten. Für ihn von speziellem Interesse, etwaige Fluchtwege und Routen für eine ungewollte schnelle Abreise. Das lag ihm im Fleisch und Blut. Was bringt der neue Tag.

Etliche Kilometer, weit von ihm entfernt, saßen die Wortführer der verschiedensten Umweltorganisationen zusammen und beratschla über die Umsetzung eines europaweiten Aktionstages. In breiter Front fanden die Anhänger, eine Basis sich künftig zu organisieren. Ihre Geduld war erschöpft. Jahrelang, ja seit Jahrzehnten, zauberten Politiker immer neue Ausreden hervor. Dürftig engagierten sie sich für den Umweltschutz und erließen kaum Gesetz. In Deutschland standen die Ampeln dafür auf Grün. Im Herbst fanden die Wahlen zum Bundestag statt und in den letzten Jahren hatte sich eine neue Partei, aus Bürgervertretungen entsprungen, etabliert. Aus Angst vor Veränderungen ließen die Medien, mit allerlei Spekulationen, die Alarmglocken schrillen. Das vordringlich bei konservativen Gruppierungen.

Äußerst erfolgversprechend gelang das bei denjenigen, die sich mit bestehenden Verhältnissen engagierten. Mit ihren Berichten verunglimpften sie die neuen Macher. Dennoch zeigten sich viele Bürger unbeeindruckt und waren gänzlich anderer Meinung. Leserbriefe, öffentliche Meinungsäußerungen und Bekundungen in den sozialen Medien, spornten diese Strömung zum Weitermachen an. Für die neue politische Organisation Grund genug, weiter am Ball zu bleiben. Mit Blick auf die Wahlen bestand Einigkeit, den Aktionstag im August des Wahljahres durchzuführen. Mediale Erhebungen prognostizierten für diese Demo, hohe Teilnehmerzahlen, bis zu einer Million. Hochgerechnet auf das Gebiet von Europa war diese Zahl untertrieben. Durch beispiellose Vorbereitungen dieser Zusammenkunft gab es keine Störungen. Die Tagung, endete nach Mitternacht, ohne Zwischenfälle.

Indes nahm Caine das Waisenhaus in Augenschein. Eine Begebenheit am Vormittag, vor dem Waisenheim, brachte ihn ein erhebliches Stück voran. Am Haupttor begleiteten zwei, mit weißen Kitteln bekleidete junge Pfleger, so der äußere Anschein, eine ältere Dame auf die Straße. Auf dem Bürgersteig angekommen, stießen sie die Frau grob Richtung Bordstein. Unbeeindruckt ihrer Proteste wandten sie sich um und verschwanden ins Innere der Einrichtung. Eine Chance für Caine, da Unzufriedenheit die Auskunftswilligkeit förderte. Mit eiligen Schritten trat er auf die Frau zu. Unbeholfen versuchte sie, sich aufzurichten. Nach einem kurzen Blick zur Seite erschrak sie. Sie unterlag der Fehleinschätzung, dass die dreisten Kerle zurückkehrten. Die warmherzige Stimme beruhigte sie.

„Warten Sie, ich helfe Ihnen", hörte sie den Mann, der ihr beim Aufstehen half. Mit deutlichem Akzent bedankte sie sich.

„Sie sind Deutscher?"

„Ja, lassen Sie uns schleunigst verschwinden!"

Zwanzig Minuten später saßen sie in einer typischen Kneipe. Hier verkehrte das Volk bei gutbürgerlicher Küche und Bier. Auf der Terrasse vor dem Gasthaus, in einer geschützten Ecke, platzierten sie sich. Diesen Tisch wählte der Besucher mit Bedacht, da dieser ihnen Schutz vor fremden Augen und Ohren bot. Einen Kaffee, ein leichtes Frühstück und eine nette Plauderei lösten die Zunge der älteren Frau. Caine erfuhr, dass sie viele Jahre in dem Heim arbeitete. Mit geschickten Fragen lenkte er das Gesprächsthema auf seinen Reisegrund. In dem Haus gab es eine geschlossene Abteilung, in einem separaten Trakt, für die normalen Angestellten tabu. Abgeschottet drang nichts nach außen. Offiziell hieß es, dass in diesem Gebäudeteil die schweren Fälle untergebracht wurden. Ihr Dilemma mit dem Rausschmiss rührte daher, dass sie sich nach einem Jungen erkundigte. Zu diesem hatte sie ein enges Vertrauensverhältnis aufgebaut und dadurch kannte sie ihn bestens. Damit stand für die ehemalige Erzieherin außer Frage, dass dieser Junge weder ungehorsam oder schwer erziehbar sei. Im Gegenteil, für sie war er feinfühlig und bescheiden. Seine Überstellung in den speziellen Trakt, für sie unvorstellbar. Diesen Burschen sah sie nie wieder. Seit Wochen sprach sie im Heim vor, um Auskunft über den Verbleib zu erhalten. Heute die Krönung, mit dem derben Rauswurf durch zwei Betreuer. Beide gehörten zu dieser Sonderabteilung. Sie vermutete, schlafende Hunde geweckt zu haben.

Unangenehme Fragen, führten zu derartigen groben Verhalten. Obendrein erteilten sie ihr Hausverbot. Caine fragte nach Namen. Erfolglos, diese waren ihr unbekannt. Ebenso war ihr Doktor Brackstedt völlig fremd. Um sein Interesse am Waisenhaus zu verschleiern, unterhielten sie sich über die Stadt Pilsen, der Geschichte und wie es sich heute hier lebte. Ein kurzes Adieu auf der Straße und die Dame wandte sich um, ihren Heimweg zu bestreiten. Caine hielt Ausschau nach einem Taxi. Ein Fußmarsch zum Bahnhof war relativ lang. Dadurch abgelenkt, nahm er verspätet das Ziehen an seiner Jacke wahr. Die ältere Dame grinste ihn an.

„Ja, gibt es etwas?"

„Junger Mann, Sie waren so nett. Mir fiel eben ein, dass ich zu Hause einen Zeitungsartikel aufbewahre. Ein Bericht über unser Waisenhaus, mit Bild. Wenn ich mich nicht täusche, sind da alle Mitarbeiter drauf. Ebenso die aus dem separaten Trakt. Das hilft Ihnen gewiss weiter."

Wie bestellt, fuhr in diesem Moment eine Taxe vorbei. Caine winkte den Fahrer heran und fünfzehn Minuten später stand er im Wohnzimmer der alten Frau. Nach kurzer Suche kramte sie die Zeitung aus einer Schublade hervor. Sie legte die Zeitschrift auf den Stubentisch und schlug die entsprechende Seite auf. Im Querformat nahm das Bild fast das hälftige Blatt ein. Ihr Gast fotografierte die Angestellten mit dem Handy.

„Das ist drei Jahre her, dennoch bestens erhalten, schwärmte sie. Angetan zeigte sie auf ihr Konterfei.

„Da, das bin ich", sprach sie mit glänzenden Augen.

Nachdem alles erledigt war, Caine sich bedankte und eine Einladung zu Kaffee und selbstgebackenen Kuchen dankend ablehnte, bestieg er sein Taxi.

Die Fahrt durch die Stadt zum Bahnhof verlief zügig. Sein Zug fuhr in zwei Stunden. Zeit für dies und das. In einem Café sitzend, sandte er Hartwig Bressow das Foto mit der Bitte, es sich gründlich anzuschauen. Sobald er jemanden erkannte, bat Caine um sofortige Antwort. Er kündigte seine Ankunft in Ulm an und widmete sich seinem Getränk. Menschen kreuzten seinen Tisch. Einige eilten mit, sturen Blick auf das Smartphone, ihren Zielen entgegen. Andere zerrten an ihren Händen schreiende oder quengelnde Kinder hinter sich her. In Gedanken versunken stierte er auf seine leere Tasse. Nachdenklich schüttelte er seinen Kopf. Was war das! Spielte ihm sein Verstand ein Schnippchen? Sah er soeben eine Fiktion, waren es nicht Briannas Augen. Er wandte sich zur Seite und brummelte vor sich her: „Komm nur runter und konzentriere dich!"

Wieso kam ihn immer wieder die reizvolle Ärztin in den Sinn.

Der Zug raste mit Tempo über die Gleise. Caine saß zufrieden im Abteil. Die Fahrt nach Pilsen empfand er erfolgreich. Erwartungsvoll fieberte er seiner Ankunft in Ulm entgegen, um seinen Freunden, zu berichten. Vor ein paar Minuten sandte Hartwig Bressow eine Antwort mit erhobenen Daumen. Die Kurznachricht sprach für sich und bedurfte keiner weiteren Worte. Briannas Nachricht mit verstecktem Verweis auf ein Treffen am nächsten Tag, deutete Caine treffend. Zufrieden lehnte er sich zurück, schloss seine Augenlider und schlief ein. Nicht fest, nur im Halbschlaf, dass ihm nicht entging, was um ihn herum geschah. Eine Angewohnheit aus früheren Zeiten beim Korps. Der Leitspruch des Ausbilders, stets wachsam sein.

Dennoch sind Ruhe und Schlaf für den Körper wichtig. Augenfällig wirkte der Kontrolleur missgestimmt, oder verärgert zu sein. Mit barschem Ton und ausdrucksloser Miene forderte er die Fahrtausweise. Caine grinste ihn an und bedankte sich. Keine Reaktion, der Mann blieb kalt, wie ein Eisblock. Mittlerweile saß im Abteil eine Mutter mit ihrer Tochter, vis-a-vis von Caine. Die Kleine ähnelte einer Prinzessin. Nach hinten gebundene lockige blonde Haare. Ihr weißes Kleidchen mit diversen Besätzen und Stickereien. Um ihren Hals schillerte eine Kette. Daran baumelte ein goldfarbener Anhänger, in Form einer Krone. Mit ihren blauen Kulleraugen lugte sie über ihr Buch hinweg und lächelte. Caine überlegte.

„Das Töchterchen ist ein Ebenbild ihrer Mama und ebenso entzückend anzuschauen. Später werden sich alle Männer nach ihr umdrehen."

„Bist du von wo anders her", riss die kindliche Stimme Caine aus seinen Gedanken.

„Isabell, so etwas fragt man nicht", fiel die Mutter ihrer Tochter ins Wort.

„Das passt schon. Eben kindliche Neugier."

Mit Blick zu dem Mädchen sprach er: „Ja ich komme aus den USA. Meine Vorfahren waren Indianer. Dieser Tradition bin ich zutiefst verbunden."

Ungläubige Blicke. Das hatte sie nicht verstanden. Ihre Mutter wandte sich ihrer Tochter zu: „Das bedeutet, dass der Mann so lebt wie seine Vorfahren."

„Wie Oma und Opa", schoss es aus der Kleinen heraus.

„Ja, so in der Art."

Es dauerte nicht lange, das Mädel legte ihr Buch zur Seite, streckte sich auf der Sitzbank aus und schlief ein.

„Verzeihen Sie, ist eben kindliche Naivität", folgte die Entschuldigung der Mutter.

Das direkte Vorpreschen ihrer Tochter, empfand sie offenbar peinlich.

„Kein Problem, Kinder sind so."

„Haben Sie Kinder?"

„Ja, ein Mädel. Sie ist schon erwachsen."

Die angenehme Plauderei sorgte für Ablenkung und so verging die Zeit. Der nächste Halt wurde angekündigt. Zärtlich strich die Dame der Kleinen übers Gesicht. Sie öffnete die Augen und lächelte.

„Isabell, komm wir sind da."

Sie kniete sich auf das weiche Polster und kippelte. Caine griff zu, damit sie nicht von der Bank fiel. Ein breites Grinsen und ein lieber Dank folgten.

„Schon München", sprach sie mit weit aufgerissenem Mund und gähnte.

„Isabell, Hand davor", mahnte ihre Mutter.

Ihren Kopf zur Seite gewandt, verabschiedete sie sich höflich von Caine und dankte für das liebenswerte Gespräch. Die Kleine winkte zum Abschluss und gleich darauf verschwanden sie. Stocksteif und bekleidet mit schwarzer Livree nahm ein Chauffeur beide auf dem Bahnsteig in Empfang. Durch das Abteilfenster schaute Caine dem ungleichen Paar hinterher. Bisher vermied er intime Nähe zu Fremden auf seinen Touren. Äußerlich sah jeder sofort, dass er Ausländer war. Allerlei Dienste hatten ein Auge auf solche Leute. Übliche Arbeitsweise bestand darin, über belanglose Reisebekanntschaften Kontakte knüpften, um Personen abzuschöpfen. Durch die heutigen Möglichkeiten war es relativ unkompliziert, die Personalien zu ermitteln.

Es gab kaum Informationen, die für diese Dienste nicht relevant waren. Der Zug leerte sich. In seinem Abteil allein sitzend, lehnte sich Caine zurück und döste vor sich her. Am frühen Abend traf er in Ulm ein. In gewohnter Manier zog er sein Basecap tief ins Gesicht und senkte seinen Kopf nach unten. Zügig begab er sich zum Ausgang. Mit dem Taxi fuhr er heimwärts und ließ sich unweit seiner Unterkunft absetzen. Ein kleiner abendlicher Spaziergang sorgte für Ablenkung. Die abgekühlte Luft inhalierte Caine tief ein und sann nach einer kühlen Dusche.

Mit Shirt und Jogginghose saß er auf dem Sofa. Angenehm das kribbelnde Gefühl auf der Haut. Lange rieselte das kalte Wasser auf ihn herunter. Durch die Bruthitze des Tages gierte der Körper förmlich nach Abkühlung. Urplötzliches Klingeln. Verdutzt zuckte Caine zusammen, da er keinen Besuch erwartete. Vorsichtig öffnete er die Haustür. Der Blick in die dunklen Augen zauberte ein Lächeln auf sein Gesicht.

„Hallo Brianna. Mit Gästen habe ich nicht gerechnet!"

Überrumpelt von ihrem Erscheinen, verharrte er wie angewurzelt. Diese unbewusste Schüchternheit amüsierte die junge Ärztin. Mit einer Hand griff sie zur Tür und erwiderte bewusst spitz und pikarisch: „Ist es gestattet, dass ich eintrete!"

Seit einer viertel Stunde saßen sie im Wohnzimmer und unterhielten sich über ihre Erlebnisse der letzten Tage. Mit seiner flachen Hand schlug sich Caine vor die Stirn.

„Bin ein Trottel, wir reden und ich biete dir nicht einmal etwas an."

Brianna kicherte: „Da widerspreche ich nicht."

„Was wäre dein Begehr?"

Die Ärztin verdrehte kokett ihre Augen. Ihr Blick sprach Bände und verriet, dass die Reaktion auf seiner Frage, ihn emotional fordern wird.

„Gilt dein Angebot uneingeschränkt?"

Caine atmete laut aus.

„Nur nichts Verkehrtes sagen", hörte er seine innere Stimme.

„Wie heißt es bei Shakespeare, was ihr wollt!"

Brianna lachte laut. Mit dieser Antwort rechnete sie nicht.

„Bist ja kulturell bewandert."

„Meine indianische Abstammung bedeutet nicht, dass ich ein Hinterwäldler bin."

„Es liegt mir fern, dir etwas zu unterstellen", erwiderte sie entschuldigend.

„Mach, was du da hast. Eine Kleinigkeit reicht. Zum Trinken liebend gern einen Tee."

Stumm saßen sie am eingedeckten Tisch. Mit dem Teelöffel stocherte die Ärztin nachdenklich in ihrer Tasse. „Lass es raus, bevor es dir Schmerzen bereitet."

Für Caine kaum zu übersehen, dass Brianna etwas beschäftigte.

„Ich glaube, da ist was im Busch", sprach die Ärztin besorgt.

„Wie das?"

„In den verbotenen Zonen rumort es. In Berlin ist es ja extrem. Da sind diese Terrains abgeriegelt. Das ist bei uns offener und wirkt dadurch weniger, wie ein Ghetto. Mittlerweile bilden sich in diesen Regionen Strukturen einer Selbstverwaltung."

„Ja, das gibt es in Berlin schon länger so", unterbrach Caine.

„Sie bilden Instanzen, für Ordnung und Sicherheit.

Polizei ist weniger zutreffend. Alles präzise organisiert. Geplant ist, die verbotene Zone abzuschotten. Ja, und in die dunkelsten Ecken verfrachtet man die Ärmsten der Armen."

„Das ist traurig, wenn es so ist. Maurice, mein Freund, hatte mir davon berichtet. Ich selbst war da nie drin."

„Seit zwei Jahren gibt es hier bei uns ein Krankenhaus. Etliche Ärzte arbeiten da, ohne Bezahlung. Ich ebenso."

„Das ehrt euch", fiel Caine Brianna ins Wort.

„Ja, seit einer Woche fehlen ein paar freiwillige Helfer und Patienten, die sonst regelmäßig kamen", erklärte die Ärztin.

Ihre Nachdenklichkeit war äußerlich klar erkennbar.

„Schon einmal nachgeforscht?"

„Nein, ich zerbreche mir nur meinen Kopf, da es sich um die Leute handelt, die in dieser Selbstverwaltung aktiv sind. Nicht dass sie unliebsam aneckten."

„Das ist immer möglich!"

Seine schmerzlichen Erfahrungen vergangener Jahre, verschwieg er an dieser Stelle. Sie plauderten, was ihnen der heutige Tag bescherte. Deutlich erkannte Caine, wie sich Briannas Gesichtszüge veränderten. Ihr eigenartiges Grinsen hieß für ihn, wachsam und vor allem schlagfertig zu sein. Die Frage ließ nicht lange auf sich warten: „Sage einmal, in deinem Liebesleben, wie bist du da orientiert, mehr auf Frauen oder so!"

Das saß. Mit seiner geschickten Antwort rechnete sie nicht.

„Oder so", lächelte Caine."

„Heißt das, du fühlst dich in meiner Nähe sicher."

Das saß, Brianna lachte herzhaft. Nachdem sie sich gefangen hatte, fügte sie an:

„Wohlbehütet und ein wenig gern."

Eine geschnittene Grimasse signalisierte, dass er nicht alles klar deutete.

„Du bist ein imposanter Mann, meinte ich damit."

„Wie kommt eine irische Ärztin, nach Deutschland, um hier zu arbeiten", lenkte Caine das Gespräch auf ein anderes Thema.

„So wie ein Ami bei einem Security-Dienst anheuerte", konterte sie geschickt.

„Das stimmt", pflichtete er ihr bei.

Brianna erhob sich, schritt zur Couch und setzte sich neben Caine.

„Im Alltag verloren und Abenteuerlust, Lust auf etwas Neues, sind die Gründe. Und mittlerweile habe ich hier enge Freunde."

Ihren Kopf seitlich gedreht, blinzelte sie ihn an. Sein Puls raste. Urplötzlich griff sie seine Hand und hielt sie flach auf ihr Herz. Hinter ihren festen Busen pochte ihr Herzschlag.

„Herzenssache ist, was uns lenkt und leitet."

„Wie wahr", sprach Caine mit kratziger Stimme. In seinem Hals nistete der sprichwörtliche Frosch.

Brianna stand auf und schaute auf ihre Uhr.

„Oh, wie die Zeit davongejagt ist", wunderte sie sich.

„Ich fahre dich", schlug Caine vor.

Versonnen schmiegte sie sich an seinen Körper und träumte. Ein Lächeln huschte über ihre Lippen.

Mit surrendem Motor und mäßigen Tempo, rollte das Krad der Straße entlang.

Vor ihrem Haus gab sie Caine den Helm, drückte ihn herzlich zur Verabschiedung und verschwand. Der milde Abend lud zum Verweilen auf.

Mit offenem Visier zuckelte er zurück und eine Stunde später lag er friedlich schlummernd im Bett.

Fiona blinzelte ihren Vater an. Ihre Zufriedenheit stach ihr förmlich aus dem Gesicht. In herzerfrischender Art berichtete sie vom Ergebnis der Zusammenkunft und den geplanten Aktionen. Studenten der Eliteuniversitäten aus dem Bundesgebiet, sagten ihre Unterstützung zu und planten eigene Demos.

„Die heiße Phase zur Wahl ist eingeläutet", schwärmte Fiona.

„Mit überlegten Aktionen rütteln wir die Menschen, die heute unschlüssig sind, bis dahin wach. Damit unser Planet nicht gänzlich eingeht, ist ein Umbruch vonnöten. Die Art zu leben, braucht eine absolute Neuausrichtung."

Hartwig Bressow wirkte deprimiert.

„Der Uni-Leitung missfällt meine Sympathie für die Studenten", berichtete er, nachdem jeder seine innere Anspannung erkannte und Caine ihn daraufhin ansprach.

„Ich wurde zur Zurückhaltung diszipliniert." Es folgte ein gedrungenes Lachen und er fügte an: „Genötigt ist die trefflichere Bezeichnung."

„Und nun", fragte die Runde besorgt im Chor.

Der Akademiker grinste und motiviert jauchzte er: „Weiter, wie bisher!"

Er griff in seine Tasche und holte ein DIN A 4 Blatt hervor. Ein Foto im Querformat. Auf der rechten Seite schillerte ein, mit rotem Filzstift, eingekreister Kopf.

„Das ist er", erklärte Hartwig Bressow, deutlich erregt.

„Unser ehemaliger Uni-Kollege Doktor Brackstedt!"

„Dann passt es ja sprichwörtlich, wie die Faust aufs Auge. Wir kreuzen die Wege gefährlicher Leute, die zu allem bereit sind. Hoffentlich wird unsere Vermutung nicht real. Wenn Ulysses Mawala, Menschen mit solchen Chips ausstattet, verfügt er über eine Schattenarmee. Kaum zu sagen, in welchem Ausmaß. Jederzeit, zu allem bereit. Absolut, willenlose Werkzeuge."

Stille.

„Sind die überhaupt zu stoppen. Wir paar Hanseln sind dazu nie in der Lage", resignierte Brianna.

„Wir nicht", antwortete Caine kämpferisch.

„Doch! Gemeinsam mit all euren Unterstützern und die dazustoßen werden, besteht eine reale Chance. Nur nicht zu früh die Pferde aufscheuchen. Besten Falles rütteln wir die Öffentlichkeit auf, dass der Politik nichts weiter übrig bleibt, rechtlich die Sache zu verfolgen."

„Was nun", fragte Brianna erpicht.

„Antworten finden wir da oben, auf dem Berg. Egal wie, das ist unausweichlich", resümierte Caine.

„Das könnte klappen", triumphierte Hartwig Bressow.

Gespannt sah die Gruppe auf den Akademiker in der Hoffnung, auf Aufklärung.

„Am kommenden Wochenende findet, profan gesagt, oben auf dem Berg so etwas wie ein Tag der offenen Tür statt. Der Personenkreis ist keineswegs eingeschränkt."

„Ja, doch nicht für Caine", warf Brianna ein.

„Nimm es nicht persönlich, du fällst sofort auf. Da Mawala dich kennt, zählt er eins und eins zusammen und das war es. Wir brauchen eine andere Lösung."

„Ich hätte einen praktikablen Vorschlag", meldete sich Hartwig Bressow erneut.

Durch seine innere Anwandlung bestärkt, rieb er freudig beide Handflächen aneinander.

„Taste macht das. Er ist jung und passt da rein.

Genau der bevorzugte Personenkreis dieser Leute. Mit adäquater Technik versehen, wird er unsere Augen und Ohren sein." Caine blies seine Wangen prall auf und stieß die Atemluft laut hörbar aus.

„Ist er so mutig? Ohne ihm etwas zu unterstellen, doch was ist, wenn er auffliegt. Hat er den Mumm dazu. Die werden nicht zimperlich mit ihm umgehen. Lasst uns das genaustens abwägen. Wir tragen die Verantwortung für ihn, soweit er zustimmt."

Alle senkten ihre Köpfe. Das hatte niemand bedacht. Würde Taste auffliegen, stünden sie ebenso im Fokus der Mannen, um Ulysses Mawala. Lösungen fand keiner der Anwesenden. Daher blieb es an Caine, einen machbaren Weg zu finden.

„Ich rede mit Taste. Überlegt euch, wie wir ihn notfalls aus der Klemme holen. Wir brauchen einen Notfallplan."

Für heute beendeten sie ihre Zusammenkunft mit dem Ziel, gedanklich machbare Vorschläge zu finden. Etwa fünfzehn Minuten später verabschiedete sich die Gruppe. Der neue Termin stand fest. In zwei Tagen, gleiche Zeit, wiederum in der Bibliothek.

Dem Rat des Medizinmannes folgend, fuhr Caine am Folgetag nach Stuttgart. Auf dem städtischen Friedhof steuerte er direkt einem speziellen Grab zu. Einzig und allein zeugte eine unscheinbare Granitplatte davon, dass an dieser Stelle Herr Charlos Montano seine Ruhestätte fand. Freunde riefen ihn kurz Charly. Die Grabstätte missfiel Caine.

Ein schmuckloses Granittäfelchen, nicht größer wie ein Buch, für einen Gegangenen. Wie die Deutschen mit ihren Verstorbenen umgingen, blieb für ihn bis heute befremdlich. Aus den Augen aus dem Sinn, schnell verbuddelt und das Leben zieht seine gewohnten Kreise. Indianische Traditionen lagen gänzlich anders. Die Toten verloren nie an Ansehen und Würde. Auf den kalten Stein legte er eine Rose, kniete nieder und redete frei darauf los. All das, was er für den Verstorbenen einst empfand und dem Alltagsstress geschuldet versäumte, ihm zu sagen. Eine Träne kullerte über sein Gesicht. Zwanzig Minuten später saß er auf einer Parkbank unweit vom Friedhof. Der Ratschlag des Schamanen zeigte die erhoffte Wirkung. Was ihn aufgrund der damaligen Umstände bis heute begleitete, löste sich langsam. Schuldgefühle gegenüber seinem teuren Freund, nicht alles unternommen zu haben, seinen Tod abzuwenden. Über die Zeit nisteten Gewissensbisse tief im Gehirn, die seine Gedanken trübten. So funktionierte der Mensch. Jahre zuvor belächelte Caine einen jeden, der ihm gesagt hätte, wie sein Gemüt einst unter diesen Umstand leiden wird. Er der große kräftige Mann, der mit seinen Kameraden viele brenzlige Situationen wohlbehalten überstand. Das Alter funkte gewaltig dazwischen und in seinen kühnsten Träumen, hätte er nicht einen einzigen Gedanken daran verschwendet, von tiefen seelischen Schmerzen, übermannt zu werden. Mit dem Tod hält bei den Hinterbliebenen Betroffenheit Einzug. Es ist eben alles endgültig und unumkehrbar. Jahrelang redete Caine sich ein, nichts unternommen zu haben, das Unheil zu verhindern. Der sinnlose Tod seines Partners im Einsatz, Folge einer Fehleinschätzung durch die Vorgesetzten.

Die Gefahr vor Augen, schwieg er dennoch.

Taste nickte und er wiederholte monoton, immerzu seine Zusage: „Klar mache ich!"

Caine redete sich sprichwörtlich den Mund fusselig, erklärte die damit verbundenen Risiken und legte ihm nahe, alles zu überdenken. Zwecklos, er blieb hartnäckig bei seiner Zusicherung. Sie besprachen Details, da erhielt Caine, Briannas Notruf.

„Wo ist hier das Krankengebäude?"

Taste, sofort im Bilde, beschrieb den Weg dahin.

„Pack dein Equipment ein. Wir reden später weiter!"

Kaum ausgesprochen, rannte Caine los. Die junge Ärztin schien in arger Bedrängnis. Ihre Stimme bebte. So angsterfüllt und emotional aufgewühlt, erlebte er sie bisher nicht. Vor dem Gebäude parkten vier Kleinbusse. Die Uniformen der Männer kannte er bestens. Es waren Mitarbeiter der Firma von Ulysses Mawala. Daneben standen zwei Fahrzeuge ohne Logo. An diesen schafften sich fünf Kerle in weißen Overalls. Sein Blick streifte die Fassade und am Fenster im obersten Geschoß winkte Brianna. Auf der Rückfront des Gebäudes stieg Caine im Eiltempo eine Feuertreppe hinauf. Um keine Zeit zu verlieren, flugs immer zwei Stufen genommen. Kraftvoll schritt er über die Treppenstufen und preschte flink nach oben. Fieberhaft wartete Brianna an der Feuerschutztür. Ihre Aufregung war augenfällig.

„Was ist los", keuchte Caine.

„Komm mit, schau dir das an. Uns bleibt kaum Zeit. Die da unten werden gleich hier aufkreuzen."

Sie rannten den Gang lang. An der vorletzten Tür blieb Brianna stehen.

„Hast du einen Mundschutz?"

Caine nickte und holte Joshuas Geschenk hervor.

„Oh, das ist ja beste Qualität", staunte die Irin: „Woher hast du denn die her?"

„Eine Gabe von Fremden."

„Wechselfilter habe ich genügend vorrätig, falls du welche benötigst."

Kaum ausgesprochen, öffnete sie die Tür. Im Zimmer stand ein Bett. Darin lag ein Mann mit einem Laken bedeckt. Es bedurfte keiner Worte, die Situation war sofort klar. Auf der linken Brust des Patienten wucherte eine dunkelbraune Beule. Geistesgegenwärtig griff Caine nach einem herumstehenden Erlenmeyerkolben, deckte die Geschwulst ab und bat Brianna um ein Feuerzeug. Hilflos sah sie sich um.

„Rasch zünde den Bunsenbrenner an und reich ihn rüber!"

Im gleichen Augenblick gab es blubberndes Geräusch und der Glaskolben füllte sich dunkel. Geschickt senkte Caine die Flamme zum Rand des gläsernen Gefäßes und kippte diese leicht an. Schmatzend fraß sich das Feuer ins Innere. Zugleich brannte er die offene Wunde des Mannes aus. Ein übler Geruch verbrannter Haut erfüllte den Raum.

„Was ist das", fragte Brianna beklommen.

„Das ist das Endstadium dieser Erkrankung. Die Viren verhalten sich unberechenbar. Einmal greifen sie nur die Organe an und in speziellen Fällen, kommt es zu dieser Geschwulstbildung. Brechen sie auf, schießen mutierte Viren herum und suchen neue Opfer. Doch sie überleben nur für Sekunden. Hält sich ein potenzieller Wirt in Nähe des Infizierten auf, sind sie erfolgreich.

Finden sie nichts, sterben sie ab."

Die Ärztin war sprachlos.

„Aber diese Schwankungen nach der Inkubation!"

„Wieso die Krankheitsverläufe ungleich ablaufen, oder warum jemand vom leichteren Verlauf betroffen ist, steht gegenwärtig in den Sternen."

„Komm mit, schau dir einen anderen Patienten an!"

Sie betraten ein weiteres Zimmer. Ähnliche Situation. Ein Bett und ein Kranker, von Auswüchsen übersät. Der Körper bebte, gleich einem Epileptiker, der von einem Krampfanfall betroffen war. Ein Jammern und Flehen auf Erlösung stotterte der Kranke der Ärztin entgegen. Ohne zu zögern, fasste Caine Brianna am Arm und schob sie schroff aus dem Raum. Mit einer Hand riss er sich die Maske vom Gesicht.

„Sorry, der Mann ist längst tot. Hier ist jede Hilfe zu spät. Die einzige Lösung ist, dass Zimmer versiegeln oder gänzlich ausbrennen. Zum Schutz der Anderen ist das die alleinige Maßnahme, die hilft."

„Feuer legen", entgegnete Brianna entrüstet.

Die Antwort blieb ihr Caine schuldig. Laute Rufe drangen durch das Treppenhaus und Unruhe verbreitete sich.

„Hallo Sie da, stehen bleiben", donnerten Stimmen.

„Los weg hier!"

Kaum um die Ecke gebogen, betraten die ersten Männer mit ihren weißen Overalls den Flur. Nach einem kurzen Blick zurück, flüsterte Brianna Caine ins Ohr: „Was haben die da für Geräte?"

„Das willst du nicht hören."

Energisch kniff sie ihn in den Arm und ihre Mimik verriet, dass sie nicht klein beigeben wird.

„Es sind eine Art Flammenwerfer. Die wissen genau, wie sie Herr der Lage werden."

Bevor Brianna dazu kam, ihren Unmut loszuwerden, hallten ihnen Anweisungen entgegen.

„Sie da, stehen bleiben!"

Caine fasste ihre Hand und rannte mit ihr im Eiltempo in Richtung Brandschutztür.

„Ziehe deinen Kittel aus, der strahlt ja kilometerweit im Dunkeln, wie eine Laterne."

Mit Schwung stürzten sie die Feuertreppe herunter. Es war mehr ein Springen. Die Stufen schwangen unter der Belastung und das Metallgestell scheppterte geräuschvoll. Über ihnen vernahmen sie ihre Verfolger. Mit einem Sprung vom letzten Tritt rannten sie, sich fest an den Händen haltend, in die Tiefe der Nacht. Es half nichts, die Sicherheitsleute hetzten ihnen, nah auf den Fersen, nach. Den Schutz der Häuser hinter sich gelassen, liefen sie aufs freie Feld in die Dunkelheit, überzeugt dadurch Deckung zu finden. Sie erreichten eine Anhöhe, doch es blieb weiterhin gewiss, dass die Häscher ihnen, eng auf der Pelle, folgten. In ihrer Hast, ein kurzer Augenblick der Unaufmerksamkeit, endete ihre Flucht jäh. Der kleine Hügel war der Rand einer Senke, in die sie unsanft herunterrollten. Caine fing sich zuerst und sprang auf. Brianna zog er nach oben, da ertönten die Anweisungen:

„Stehen bleiben!"

Die vier Sicherheitsleute verstanden ihr Handwerk bestens. Ihre Position war strategisch geschickt gewählt. Nicht zu nahe, um Angreifer abzuwehren. Ihre Distanz ermöglichte ihnen, etwaige Gegner in Schach zu halten. Caine erkannte das sofort und unterließ aus diesem Grund, den Angriff nach vorn zu wagen.

Das flüsterte er Brianna ins Ohr. Sie hielt sich mit beiden Händen an ihm fest. Ihr Körper bebte vor Angst. Ein kurzer Augenblick, gefühlter Ewigkeit, obwohl die Kontrahenten sich nur wenige Sekunden anstierten.

„Was werden die mit uns machen", flüsterte Brianne bange.

„Mitnehmen und verhören."

Kaum ausgesprochen donnerte eine Stimme aus dem Dunkel der Nacht.

„Was erdreistet ihr euch derart aufzuspielen!"

Ein hagerer hochgewachsener Mann trat aus der Düsternis und postierte sich zwischen Verfolger und Verfolgte. Eine groteske Szenerie, wie aus einem Drama von Shakespeare. Die Bekleidung total verschlissen und sein Körper zierte ein flickenreicher Umhang. Auf seinem Kopf trug er eine Art Kappe, heruntergezogen bis zu den Ohren. Diese entsprach eher dem Modetrend der Frauen aus den 1920-er Jahren. Seine linke Hand umklammerte einen mannshohen Stab, am oberen Ende schneckenartig zusammengerollt. Alle anderen verharrten total verblüfft. Im ersten Akt, dieser Groteske, triumphierte der Hagere. Das kuriose Theaterspiels, setzte sich fort. Sein Blick den Security-Mitarbeitern zugewandt, sprach er mit schrillem Ton: „Das ist hier mein Reich. Ich", er unterbrach und seine rechte Hand drehte er Richtung seines Brustkorbs. Mit der Faust klopfte er dreimal dagegen. Gleich darauf verkündete er auf ein Neues: „Ich, der König der Diebe und Verdammten bin hier der Herrscher! Wer hat euch gerufen!"

Vom forschen Auftreten irritiert, sahen sich die vier Sicherheitsleute verdutzt an. Der Gruppenführer legte sofort seine Scheu ab und forderte mit Nachdruck.

„Bleiben Sie stehen und", mit Blick zu Caine und Brianna fügte er an: „Sie folgen uns ohne Aufsehen."

Im gleichen Augenblick streckte der hochgewachsene Fremde ihm seinen rechten Arm entgegen. Die Hand wirkte verkrampft und seine gespreizten Finger, hielt er gekrümmt. Es entstand der Eindruck, dass er etwas aufzufangen gedachte.

„Ah, er spielet sich auf, wie ein Prinzipal. Wer glaubt er, wer er sei!"

Seine Stimme überschlug sich förmlich.

Der Aufforderung des Gruppenführers: „Bürger, treten Sie zur Seite", entgegnete er mit einem schrillen Lachen. Sein Kopf in den Nacken gelegt und beide Arme seitlich in den Himmel gestreckt, schallte sein Gelächter in die Nacht. Davon merklich genervt, trat der Sicherheitsmann einen Schritt vor. Was folgte, ähnelte einem Paradestück einer dramatischen Theateraufführung. Die offene Hand am ausgestreckten Arm ihm entgegenhaltend, donnerte der selbsternannte König: „Überlege er sich genau, was er tut."

Die Stimme klang leise und nachdrücklich. Den Stab hob er kurz nach oben, um diesen gleich darauf, kraftvoll in den Boden zu rammen. Wiederum streckte er seine Arme breit über seine Schultern in den Himmel und rief: „Hey ihr da, ihr Geprellten, Verdammte der Finsternis, Tagelöhner, Diebe und Halunken. Kommet heran, euer König hat euch gerufen!"

Sekundenschnell füllte sich die Dammkrone mit Männern, die machtvoll ihren Anführer zujubelten. Um Angriffe mit Taser abzuwehren, hielten sie vor ihre Körper hölzerne Schilder, wie im Mittelalter einst die Ritter trugen.

Mit Knüppeln, die ein jeder mit seiner Rechten fest umklammerte, trommelten sie im gleichen Takt gegen ihre Holzschilde.

„Bum, bum, bum...", schallte es den Sicherheitsleuten entgegen. Erst jetzt begriffen sie ihre Lage. Sie rückten schützend mit ihren Rücken eng aneinander, sich vor etwaigen Angriffen zu verteidigen. Der selbsternannte König neigte seinen Kopf leicht nach hinten und sprach zu Brianna: „Ziehen Sie sich langsam zurück Frau Doktor. Mein Sohn wartet oben und geleitet euch durch die Nacht."

„Danke", entgegnete die Ärztin, mit bebender Stimme.

„Nein, zu danken haben wir, für all ihre aufopfernde Arbeit."

Mit Blick zu Caine fügte er an: „Pass auf Sie auf, sie ist es wert."

„Ja werde ich."

Gleich darauf rannten sie los. Oben angekommen, traten die Männer zur Seite und nachdem Caine und Brianna den Hang herunterliefen, schloss sich die Lücke sofort. Ein Junge, kaum zwölf Jahre alt, wartete schon.

„Kommen Sie, die Zeit ist knapp."

Mit zügigen Schritten liefen sie über die feuchte Wiese. Caine schaute mit beklemmendem Bauchgefühl zu einem Wäldchen. Grausige Erinnerungen flammten sofort auf. Abscheuliche Bilder im Kopf erinnerten ihn, an seine unliebsame Begegnung mit den Bestien nahe Berlin.

„Gibt es hier Wölfe?"

Der Junge antwortete nicht sofort. Etwas aus der Puste gekommen, sah er zu dem fremdwirkenden Mann. „Manchmal, wenn der Winter sich von seiner besten Seite zeigt."

„Und jetzt?"

„Nein", erwiderte der Kleine, „in letzter Zeit nichts mehr."

Brianna schwieg. Bei zügigen Lauf stierte sie auf den Boden, um unliebsame Überraschungen, zu vermeiden. Der Sturz in die Senke genügte ihr. Mit einer Hand wies der Junge den Weg.

„Gleich da vorn steht der alte Gregor und bringt euch mit dem Milchauto nach Ulm."

Kaum ausgesprochen, schimmerte die Silhouette der Karosse aus der Dunkelheit ihnen entgegen. Mit dem Rücken an die Fahrertür gelehnt, lauerte ein älterer Herr rauchend an seinem Fahrzeug. Der Junge rief ihm von Weitem zu: „Hey Gregor, deine Fahrgäste!"

Der grimmige Gesichtsausdruck fiel sofort auf.

„Keine Sorge", lächelte der Kleine, „der guckt immer so."

Versteckt hinter leeren Milchkästen, kauerten Caine und Brianna auf der Ladefläche nahe beieinander. Ihre Rückfahrt verlief etwas unbequemer.

Nach vierzig Minuten standen sie vor dem kleinen Häuschen des Marines. Ihre Schuhe zogen sie vor der Haustür aus. Die Sohlen, überdeckt von einer dicken Lehmschicht. Ihr Sachen sahen nicht besser aus. Caine reichte Brianna ein T-Shirt und eine Jogginghose.

„Das passt, glaube ich. Dusche du zuerst. Ein neues Handtuch liegt auf der Waschmaschine."

Nach einer Viertelstunde trat die Ärztin, das Badetuch wie ein Wickelgewand um ihren Körper gebunden, ins Wohnzimmer. Caines Augen hafteten überwältigend an der wohlproportionierten Figur. Die junge Frau spielte bewusst mit ihrem erotisierenden Charme.

Bevor er dazu kam etwas zu sagen, riss eine Stimme beide aus dieser Idylle.

„Was treibt ihr denn hier!"

Brianna setze sich aufs Sofa zog ihre Beine an und kicherte. Erschrocken sah Caine zu seiner Tochter und stotterte: „Wie kommst du hier her?"

„Ersten, beantwortet man eine Frage nicht mit einer Gegenfrage und zweitens, du hast mir den Hausschlüssel gegeben. Egal, ihr seid ja erwachsen", fügte sie grinsend an und verschwand in der Küche.

Caine rang nach Worten, da kam ihm Brianna zuvor.

„Nimm es so hin und gehe duschen. Um den heißen Brei reden bringt nichts, du verlierst nur", kicherte sie.

Frisch geduscht und neu eingekleidet, trat Caine in die Küche. Fiona und Brianna hatten den Tisch eingedeckt. Ohne ein Wort zu verlieren, setze er sich dazu. Seine Tochter grinste ihn verschmitzt an.

„Tee?"

„Ja gern."

Stumm saßen sie am Tisch, aßen eine Kleinigkeit und tranken frisch gebrühten Kräutertee. Für die abendlichen Geschehnisse fand niemand die rechten Worte. Brianna blies ihre Wangen dick auf. Bevor sie dazu kam, etwas zu sagen, legte Caine los: „Wir brauchen Verbündete. Ich glaube der Druck der Straße, stößt einigen Herren bitter auf. Das war heute eine klare Vertuschungsaktion. Die Verbreitung der Viren kommt nicht von ohne."

„Das glaube ich auch nicht", ergänzte Fiona.

„Nachdem was ich hörte, sind diejenigen betroffen, die offen gegenwärtige widrige Umstände anprangern. Doch, was dagegen unternehmen! Wir sind zurzeit nur wenige."

„Das glaube ich nicht."

Gespannt stierten die beiden Frauen erwartungsvoll auf Caine. Sein linker Zeigefinger wies symbolisch zum Fenster.

„Nein, heute Abend, da draußen ist mir klargeworden, dass wir nicht allein sind. Geschickt angestellt stehen uns eine Vielzahl Verbündeter zur Seite."

Gespannte Augenpaare starrten auf Caine, derweil der genüsslich an seinem Teeglas nippte. Erst kurze Zeit später eruierte er die beiden fragenden Gesichter.

„Was?"

„Wie was?"

„Sprich doch einmal in ganzen Sätzen. Was ist zu tun?"

„Mit den Männern, die uns heute Abend halfen, reden. Ich glaube, die sind zu allem bereit. Das ist unser Pfand."

Fiona verstand. In der Zeit ihr Vater kurzer Hand ins Bad verschwand, sich um die verschmutze Kleidung zu kümmern, erzählte Brianna von ihrem Abenteuer in der verbotenen Zone. Mit mentaler Bestürzung registrierte die Studentin die Geschehnisse im Behelfshospital.

„Was verschafft denen das Recht da einzumarschieren und mir nichts dir nichts Leute umzubringen?"

Mit Blick ihrem Vater zugewandt, hoffte sie auf eine plausible Antwort. Caine atmete tief ein und blies die Atemluft hörbar aus.

„Sagen wir einmal so, es ist legitimierte Macht."

„Ihr habt es doch mit eigenen Augen gesehen. Gibt es keine Möglichkeiten, das öffentlich anzuprangern."

Fiona ließ ihren Frust frei heraus.

„Mein liebes Kind", entgegnete ihr Vater.

Brianna drehte ihren Kopf zur Seite und blinzelte frappiert zu Caine.

So anheimelnd sprach er mit seiner Tochter bisher nicht. Ihre Mimik virtuos überspielend, fügte er an: „Wir waren auf der Flucht. Dadurch gibt es etliche Vorwände uns etwas anzuhängen. Bevor unliebsame Zeitgenossen zu Märtyrer werden, gehört es seit vielen Jahren zur Gepflogenheit, sie in der Öffentlichkeit zu diffamieren."

„Wie stelle ich mir so etwas vor?"

„Da klingeln zwei nette Herren an deiner Tür. Der eine ist der zuständige Ordnungsamtsleiter und sein Begleiter ist der Amtsarzt. Sie bitten höflich um Einlass und offerieren dir, dass ihnen zu Ohren gekommen sei, du wärest Suizid gefährdet."

„Und dann kommt was", hakte Fiona nach, da sie den Gedankengang ihres Vaters, nicht zu folgen vermochte. Brianna schmunzelte, da sie den Sinn erkannte.

„Bei Selbstmordgefährdung führt der nächste Weg, ab in die Psychiatrie. Diagnose psychisch gestört. Somit ist derjenige kalt gestellt. Alles Gesagte zählt nichts mehr. Das meinte ich damit."

„Hast du so etwas schon erlebt", fragte Fiona kleinlaut.

Für sie nicht nachvollziehbar, dass man Menschen derart übel mitspielte.

„Leider nicht nur einmal", antwortete Caine.

„Fake News kennst du ja selbst. Das ist hinlänglich bekannt und gängige Praxis, Leute in der Öffentlichkeit bloßzustellen."

„Jetzt ist klar, warum wir dagegen nicht ankommen! Unsere Hände legen wir nicht tatenlos in den Schoß, oder", meldete sich Brianna McGreger zu Wort.

„Wir verfahren wie abgesprochen. Taste wird sich am Wochenende in die Höhle des Löwen begeben. Er hat zugesagt und bereitet sich darauf vor.

Wir werden aus der Ferne die Sache beobachten."

Für den morgigen Tag stornierte die junge Ärztin ihre Termine. Ihr Fernbleiben begründete sie mit Unwohlsein. Die verschmutzte Kleidung hing auf der Wäscheleine.

„Holst du dir bei mir ab, wenn alles getrocknet und gebügelt ist", nahm Brianna erstaunt zur Kenntnis.

„Ein häuslich veranlagtes Mannsbild", witzelte sie.

„Habe bei einer ordentliche Armee gedient", konterte der einstige Marine meisterhaft."

Bis tief in die Nacht diskutierten sie. Auf Briannas Drängen fuhr Caine die junge Ärztin nach Haus. Der neue Tag lag nicht mehr fern. Ein schnelles Adieu und sofort rauschte er zurück. Eine Mütze Schlaf hatten alle nötig.

Wie vereinbart, trafen sie sich am folgenden Tag in der Bibliothek. Hartwig Bressow haderte mit sich, nachdem er von den Geschehnissen des letzten Abends hörte. In den Medien wurde nicht darüber berichtet.

„Gekonnt unter den Teppich gekehrt", der Kommentar des Akademikers.

Taste erklärte der Runde sein Vorgehen zum Tag der offenen Tür. Mit Caines Hilfe verpassten sie ihm eine Pseudoidentität, die niet- und nagelfest war. Es lag nahe, dass an diesem Tag neue Mitarbeiter rekrutiert werden. Alle Einzelheiten seines Pseudolebenslaufes paukte Taste immer wieder neu, bis jedes Detail saß. Caine drillte ihm mahnend ein, ausschließlich sein Handy an diesem Tag mitzunehmen. Ebenso beschwor er ihn, Alleingängen zu unterlassen. Die Gefahr, aufzufliegen war riesengroß.

Gespannt fieberten sie den Samstag entgegen.

Ein Ende ist auch ein Anfang

Am Sammelpunkt wartete Taste geduldig ab. Mit ihm standen weitere fünfzehn Neugierige am Treffpunkt. Für sie ein Novum, da das Domizil von Ulysses Mawala zu allerlei Spekulationen bei der Bevölkerung führte. Jetzt bot sich die Gelegenheit, mit eigenen Augen zu sehen, was Wahrheit oder Hirngespinst war. Pünktlich erschien ein kleiner, autonom fahrender, Elektrobus. Die Tür öffnete sich und eine blecherne Computerstimme bat die Gäste, einzusteigen. Diese technische Spielerei, so die Mutmaßungen der Fahrgäste, diente allein die Dominanz der Sicherheitsfirma, zu demonstrieren. Diskussionen flammten auf. Taste hielt sich zurück. Für ihm war klar, dass die Gespräche, oben in der Zentrale, mitgehört wurden. Der Bus trottete zügig den Berg hinauf. Die kurvenreiche Straße verhinderte, dass die Fahrt zu steil verlief und die Motoren nicht übermäßig beanspruchten. Ohne Verzögerung kurvten sie die Serpentinen hinauf. Oben angekommen polterte das Gefährt über den holprigen Vorplatz und rüttelte die Insassen tüchtig durch. Dem mittelalterlichen Charakter folgend, ließ der Bauherr den Platz mit altem Kopfsteinpflaster herrichten. Vor den Besuchern offenbarte sich ein imposanter Bau. Eine Kombination aus denkmalgeschützter Bauweise und Moderne. Die Reste der ehemaligen Burg wurden prima in das Gesamtensemble eingefügt. Der riesige zeltartige Kuppelbau thronte über den gesamten Berg. Jeder der Besucher fieberte der Besichtigung entgegen. Vor dem Hauptgebäude standen Marktbuden. Händler, in uralten Kluften gekleidet, boten ihre Waren feil.

Gaukler und ein Till-Eulenspiegel-Vertreter, warteten sehnlichst darauf, die Gäste zu belustigen. Am Eingang erwartete die Gruppe ein Mitarbeiter der Firma, bekleidet mit der typischen blauen Dienstuniform. Ein kolossales Vordach, gestützt von riesigen Säulen aus kostbarem Marmor, bot dem Portal sicheren Schutz, vor manchen Wetterkapriolen. Dahinter eine zweiflüglige Eingangstür. Die Glasflügel zierten zwei eingeätzte Druckbuchstaben, je ein *U* und ein *M*, standen Pate für den Firmeninhaber Ulysses Mawala. Bei geschlossener Tür war der Zusatz „Sicherheit GmbH" zu lesen. Taste mischte sich unter die anderen Gäste. In seinem Mikro hörte Caine seine Worte: „Bin drin, jetzt geht es los."

Im Foyer hielt ein Einsatzleiter eine kurze Ansprache und gab Weisungen zu Verhaltensweisen der Besucher mit Verweis, welche Räumen für sie tabu waren. Vor dem Gebäude gab es allerlei kulinarische Köstlichkeiten. Das Gebäudeinnere demonstrierte den aufwendigen Umbau. Geldnot, für den Bauherren ein Fremdwort. Moderne Einrichtung, alles vom Feinsten, so Tastes Eindruck. Für eine variable Raumaufteilung sorgten Trennwände, die bedarfsgemäß verschoben wurden. Für die tägliche Arbeit gab es kleinere Arbeitszimmer. Alles anpassbar nach den zu erwartenden Besucherzahlen. In wenigen Minuten wurde ein passender Saal hergerichtet, beispielsweise für Versammlungen der Belegschaft.

Den Aufruf seines Namens hätte der Computerprofi fast verpasst, da seine Pseudoidentität für ihn Neuland war. Im Ohr vernahm er Caines Stimme: „Du bist Toni Welzow!"

Etwas verdutzt rief er: „Äh, sorry, ja das bin ich!"

Eine bildhübsche Frau, etwa um die dreißig Jahre, so schätzte der Gerufene´, winkte ihm zu. Glattweg bei jeder Modenschau ein absoluter Hingucker. Ein Mitarbeiter trat dazu. Beide, mit breit aufgesetztem Grinsen, wiesen dem potenziellen Bewerber, den Weg. Das Zimmer war schlicht eingerichtet, vorwiegend praktikabel. Auf einem Besprechungstisch warteten verschiedene Getränke und Snacks auf ihren Verzehr. Bei dem Gast hinterließ die Ausstattung einen eher bescheidenen Eindruck. Nach einem kurzen Warm-up kamen die beiden Mitarbeiter postwendend zum Thema. Taste schlussfolgerte, dass für die ersten Gespräche, ein geringes Zeitlimit bestand, da genügend Interessenten dieser Einladung nachkamen. Der Abgleich seines Lebenslaufs hielt stand.

„Auf unseren Fragebogen haben Sie angekreuzt, sich für eine Betätigung bei uns zu interessieren?"

„Ja, habe dazu vermerkt, dass ich keine Sportskanone bin."

„Wie habe ich das zu verstehen", lächelte ihn die Mitarbeiterin an.

„Vor dieser Veranstaltung" „es ist ein Tag der offenen Tür", berichtigte der junge Mann."

Von seiner muskulösen Figur her, schien er das ganze Gegenteil von Taste zu sein. Obendrein die markant herausstechenden Wangenknochen, zeugten von einem harten Training.

„Ja, nachdem ich die Einladung zu diesem Tag der offenen Tür zur Kenntnis erhielt, recherchierte ich im Internet und fand Jobangebote Ihrer Firma ansprechend. Auf Ihrer Homepage bieten Sie vorwiegend Stellen für Mitarbeiter im Sektor, Security-Einsätze. Ich selbst sehe meine Kompetenzen mehr in der Administration.

Genau gesagt, auf dem Gebiet der IT."

Die Finger der Mitarbeiterin flogen flink über die Computertastatur. Nach einem kurzen Nicken, ein Signal für ihren Kollegen, stand dieser auf und klopfte Taste freundschaftlich auf seine Schulter.

„Keine Sorge, für Ihre Qualifikation besteht ebenso Interesse. Nutzen Sie den heutigen Tag, unsere Firma besser kennenzulernen. Alle Mitarbeiter stehen bereit, Ihre Fragen ausführlich, zu beantworten. Und nicht vergessen, genießen Sie das reichhaltige Angebot an Speisen und Getränken. Danke für Ihre Bewerbung, wir melden uns zeitnah bei Ihnen."

„Das war alles", grübelte Taste für sich, „oder habt ihr doch etwas herausgefunden."

Ohne Ziel schlenderte er durch die Gänge, stöberte durch frei zugängige Räume und begutachtete gründlich die technische Ausstattung. Die getarnten Videokameras entgingen seinem geschulten Auge nicht. Auf dem Weg, sich vor dem Gebäude an den Buden einen Snack zu gönnen, fiel ihm unmittelbar am Eingangsportal eine schwere Stahltür auf. Diese nahm er beim Betreten des Foyers weniger wahr, da eine unscheinbare Nische das Stahlmonstrum verdeckte. Einen Spalt öffnend, lugte er in das Innere. Tiefe Dunkelheit und ein Hauch von Moder kratzten unangenehm in seiner Nase. Nachdem er die Tür ins Schloss fallen ließ und sich umwandte, grinste ihn ein Mitarbeiter schief an. Sein kantiges Gesicht und die aufgewölbten Muskeln sorgten bei Taste für ein mulmiges Bauchgefühl.

„Ein Security-Mann, der hauptsächlich auf der Straße zum Einsatz kommt", mutmaßte er.

„Suchst du etwas", brummelte der den Besucher an.

Mit all seinen Mut, der in diesem Moment eher gering war, fragte er forsch: „Was ist denn da hinter?"

„Wieso interessierst du dich dafür", entgegnete der Fremde mit harten Tonfall.

„Komisch", hielt Taste, deutlich mutiger, dagegen.

„Uns wurde gesagt, dass die Mitarbeiter bereitwillig Rede und Antwort stehen!"

Mit seiner rechten Pranke öffnete der Angestellte die Tür und setzte ein schiefes Grinsen auf.

„Da unten ist das einstige Burgverlies. Wenn du den Wunsch hast, steig hinunter", grinste er höhnisch den jungen Mann an. Nach einer kleinen Pause ergänzte er in gleicher Manier: „Es ist durchaus möglich, du siehst das Sonnenlicht nie wieder."

Kaum ausgesprochen, wandte er sich zur Seite und lachte laut auf.

„Arschloch", murmelte Taste vor sich her.

An einem Stand stehend, nahm er einen Snack zu sich. Zügig fuhr ein Fahrzeug auf das Areal. Ein Weißkittel sprang heraus und rannte in das Gebäudeinnere.

„Ich glaube, der Brackstedt ist soeben hineingerannt!"

„Ja, er ist es. Du machst nichts", warnte ihn Caine eindringlich über das Mikro.

Ein Rundgang folgte, an dem Taste enthusiasmiert teilnahm. Zur späteren Stunde wurde eine kurze Rede des Firmengründers angekündigt. In seinem Ohrhörer bebte Caines Stimme erzürnt: „Kerl! Wo treibst du dich herum."

„Alter, bleib cool Mann. Habe etwas gecheckt, alles okay. Gehe jetzt raus."

Mitten in der Menschentraube fand Taste einen Platz und sein Blick zur Bühne war bestens.

Ein Bereichsleiter gab weitere Informationen zum Bewerberverfahren. Nachdem er seine Ausführungen beendete, peitschte er die Stimmung der Teilnehmer bis zur Ekstase. Sie pfiffen und klatschten mit dem Auftritt von Ulysses Mawala. In einem weißen Ornat eingehüllt, betrat ein hagerer Greis die Bühne. Seine Arme nach vorn streckend, hielt er beide Hände fest umschlossen. So jubilierte er der Menschenmenge entgegen. Es hatte etwas vom Auftritt eines hohen Geistlichen, der seinen Jüngern den Einzug in das Himmelreich verkündete. Wiederum vernahm Taste Caines Worte: „Das ist er. Ein Greis und gefährlich obendrein."

Trotz seines Alters klang die Stimme, weniger die eines in die Jahre Gekommenen. Er inspirierte die jungen Männer, sich bei einem zukunftsträchtigen Unternehmen zu bewerben. Damit wären sie und ihre Familien sozial abgesichert. Kein Ton von den vielen Entbehrungen. Erst gar nicht zu den Pflichten zu Demonstrationen, bei denen Aufsässige niedergeknüppelt wurden. Nach Meinung der Bosse: „Das bekommen sie früh genug mit", wurde mit Bravour, ihre künftige Teilnahme an derartige brutale Einsätze verschwiegen.

Der Tag zog sich hin. Taste hatte seinen Job erledigt und Caine gab ihm die Anweisung zurückzukehren. Mit den Shuttleservices fuhren die Besucher zurück zum Sammelpunkt. Im Bus gab es eine rege Diskussion. Jeder erzählte von seinen Eindrücken und schwärmerisch lobten sie die beruflichen Aussichten. Taste argwöhnte innerlich: „Haben die Bauernfänger zugeschlagen."

Ohne Verabschiedung lief die Gruppe auseinander. Kaum war niemand mehr zu sehen, rauschte Caine mit seinem Motorrad heran.

Den Integralhelm übergestülpt, schoss das Gefährt los.

In der Bibliothek saß der IT-Spezialist, mit Papier und Stift, in eine Ecke und pinselte los, eine Gedächtnisskizze vom Gebäudekomplex anzufertigen. Seine Mitstreiter saßen vor Briannas Laptop und begutachteten sämtliche Videoaufnahmen. Nachdem Doktor Brackstedt auf das Areal fuhr, gestikulierte Hartwig Bressow nervös herum.

„Was macht der da. So wie der aussieht kommt er aus einem Labor!"

„Das werden wir herausfinden", beruhigte ihn Caine.

„Ja, wenn ich an meine Technik rankomme", meldete sich zum Erstaunen der anderen, Taste aus seiner Ecke.

„Wie", fragten seine Mitstreiter im Chor.

Grinsend klärte er auf: „Eine verlockende Gelegenheit. Das Auto schrie, mir förmlich zu. Warum, die Gunst der Stunde, widerstehen. Nichts sprach dafür."

„Mit was", riefen die anderen geplättet im Chor.

„Ich habe ein GPS-Sender platziert. Über meinen PC erfahren wir, wo der Pkw sich jetzt herumtreibt."

Mit Karacho rasten sie zu Tastes Unterkunft. In der verbotenen Zone war es stockfinster. Die Straßenlaternen blieben aus und in den meisten Fenstern der Häuser herrschte ebenso Dunkelheit.

„Stell dein Motorrad in den Hausflur", forderte er Caine auf.

„Wieso das?"

„Wenn es dunkel ist, schleichen Gestalten durch die Gassen, die das Tageslicht meiden. Gewiss gibt es Polizeiaktionen. Das ist dann immer so."

Taste schaltete seinen Computer ein.

Gespannt stierten sie auf die Landkarte. Ein kleiner roter Punkt blinkte dauerhaft.

„Da ist er."

„Brackstedt", fragte Caine voller Neugier.

„Na, zumindest sein Wagen", korrigierte Taste.

„Wo ist das?"

Mit seinen Fingern flutschte der Computerspezialist über die Tastatur und eine Minute später verkündete er: „Dornstadt. Ein ehemaliges Bundeswehrareal."

„Nicht mehr aktiv?"

„Die einstige Rommel-Kaserne wurde im Jahr 2040 aufgelöst. Alles im Zuge der großen Militärreform in Europa. Liegt seitdem in den Händen der EU."

„Und die Länder die sich abgespalten haben?"

„Ach die Oststaaten. Ja die beschreiten ihre eigenen Wege. Bringt nichts. Damals arm und heute nicht viel anders."

Caine zog sein Smartphone heraus.

„Spiel mir das drauf. Werde im Schutz der Dunkelheit heute Abend rüber düsen."

„Allein", rief Taste erstaunt.

„Bin alt genug, auf mich aufzupassen. Es ist die Neugier."

Minuten später rollte das Elektrorad in Richtung Autobahn. Um nicht zu früh anzukommen, steuerte Caine mit moderater Geschwindigkeit seinem Ziel entgegen. Je dunkler es wurde, desto zuversichtlicher wurde er. Ohne Verzögerung erreichte er das Areal. Erstaunenswert, wie die Natur über die Jahre sich alte Objekte wiederum einverleibt. Aufgerissene Straßenbeläge, durch dessen Ritzen Pflanzen wucherten. Alle Mauern und Gebäude komplett mit Grün bedeckt.

Weit vor der ehemaligen Kaserne ließ Caine sein Krad in einer Deckung zurück. Vorsichtig schlich er voran. Sein Spezialfernglas, mit Nachsichtvorrichtung, half ihm, dass Zielobjekt in Augenschein zu nehmen. Festzustellen war nichts. Seine Nackenhaare wölbten sich fühlbar auf. Bisher trüge ihm sein Gefühl nie. In einer kleinen Mulde kauerte er sich hin und rief Taste an.

„Trenne die Verbindung und schalte deinen PC aus.“

„Wa“, hörte er ihn nachfragen.

„Nicht fragen, mach es!“

Der Bildschirm seines Smartphones wurde grau.

„Genau so, hoffentlich reicht das“, sprach Caine zu sich selbst, in der Hoffnung, dass Nachforschungen, egal von wem, erfolglos blieben. In einem schwer einsehbaren Gebäudeteil vermutete er das geheime Labor. Bevor er seinem Ziel nur ansatzweise näher kam, umringten ihn auf einen Schlag, acht Personen. Mit geschultem Auge versuchte er die Lage gänzlich zu erfassen. Das die Uniformierten nicht zu den Leuten von Ulysses Mawala gehörten, erkannte er sofort. Die Farbe ihrer Bekleidung und die mitgeführte Ausrüstung entsprachen denen von Spezialeinheiten. Caine tippte auf Sondereinheiten der Polizei. Mit geübtem Rundumblick betrachtete er die Vermummten. Ihm fiel auf, dass sie keinerlei Anstalten unternahmen, ihn in die Zange zu nehmen. Er verharrte ebenso und wartete gespannt ab. Seine innere Stimme sprach zu ihm: „Na los, greift endlich an. Habe wenig Lust, hier ewig auszuharren.“

Die Uniformierten schienen ähnliche Gedanken zu haben. Sie blieben in brettsteifer Pose stehen. Bei mehr oberflächiger Betrachtung ähnelten sie Skulpturen. Caine wähnte Schritte zu hören. Zu sehen war nichts.

Seitlich von ihm vernahm er eine bekannte Stimme.

„So meine Herren, wir bleiben alle cool und vermeiden jeglichen Blödsinn."

Ein Mann von kräftiger Statue trat auf Caine zu. Durch die Dunkelheit war schwer zu erkennen, wer es ist. Erst nachdem er zum Greifen nahe war, erkannte er seinen ehemaligen Mitstreiter der Marines.

„Bruce, was für eine Überraschung!"

Der Angesprochene schüttelte mit dem Kopf. Nach einem Handzeichen verschwanden die Uniformierten.

„Ach Caine, du scheinst Ärger förmlich anzuziehen. Was hast du hier zu suchen?"

„Und du", konterte er geschickt, um Zeit zu gewinnen.

„Was macht der Geheimdienst hier?"

Ein unterdrücktes Lachen folgte.

„Komm mit. Lautes Geschwätz birgt fatale Folgen. Wir reden anderenorts, solange ich nicht die Geheimhaltung verletzte."

Ein paar Schritte weiter öffnete er eine große Klappe, die hinab führte.

„Diese Kellerräume verfügen über ideale Bedingungen für die Aktion", erklärte Bruce seinem Freund. Aufgrund ihrer gemeinsamen Vergangenheit beim Marinekorps, zählte Caine für ihn zu seinen persönlichen Kumpels. In einem halbwegs sauberen Kabuff, dass notdürftig zum Aufenthaltsraum hergerichtet wurde, zogen sie sich beide zurück. Aus anderen Räumen heraus, schimmerte Licht diverser Bildschirme.

„Das ist unser zentraler Leitstand.

Ja mein Freund, wir sind dem alten Mawala seit einiger Zeit auf den Fersen. Was habt ihr denn bisher herausgefunden?"

„Wie meinst du das", windete sich Caine.

Zugleich unternahm er im Gegenzug, den Versuch zu erfahren, über welche Kenntnisse sein Freund verfügte.

„Hör zu alter Stratege, keine Tricksereien. Lass uns ehrlich sein."

Bruce stand auf, schloss die Tür und wandte sich gleich darauf seinem Freund zu.

„Hier wird nicht mitgehört, dann leg mal los."

In seiner bekannt gelassenen Art berichtete Caine kurz und prägnant zu dem, was sie über Ulysses Mawala herausfanden. Sein Freund hörte hochinteressiert und ohne Unterbrechung, zu. Nachdem alles auf dem Tisch lag, pfiff er anerkennend.

„Für Laien seid ihr erschreckend weit gekommen. Da haben wir länger gebraucht."

„Was stelle ich mir unter dem WIR vor?"

„Das ist eine Aktion von Interpol", fügte Bruce an.

„Und du, hast Auftrag, dich die Errungenschaften von Mawala unterm Nagel zu reißen. Feinsäuberlich deren Forschungsergebnisse über den Atlantik schippern, um Cyberkämpfer zu kreieren!"

Bruce lachte herzhaft auf. Diese Betrachtungsweise, schien ihn zu amüsieren.

„Verstehe mich nicht verkehrt", grinste er weiterhin.

Wie nach einem Witz benötigte er Zeit, sich wiederum zu fangen.

„Ihr seid de facto der Auffassung, deren Ziel ist es, willenlose Kämpfer zu schaffen?"

Echt überrascht, schaute Caine Bruce mit starren Augen an. Er hörte seine innere Stimme sprechen: „Was wisst ihr und wirst du es mir sagen!"

Wieder gefasst setzte er zum Frontalangriff an.

„Ja der Auffassung sind wir. Es besteht der begründete Verdacht, dass Mawalas Schergen neuronale Chips bei Menschen einsetzen!"

Im gleichen Atemzug fügte er an: „Du redest von Offenheit. Dann lege die Karten auf den Tisch und lass mich nicht blöd sterben."

„Der alten Zeiten willens, okay. Nur mit eindringlichen Verweis, das unterliegt vollständig der Geheimhaltung."

„Du hast mein Wort darauf", bestätigte Caine.

„Okay, ich beschränke mich auf das Wesentliche. Ulysses Mawala verfolgte schon damals das Ziel, der Multigilde anzugehören. Das gelang ihm über Jahre nicht. Egal, wie er sich anbiederte, die noblen Herren ließen ihn abblitzen. Da reifte der geniale Gedanke, sein eigenes Imperium zu schaffen. Er scharrte eine illustre Gruppe um sich. Doktor Brackstedt ist einer davon. Alles zwielichtigen Personen. Doch nicht in dem Sinne, was ihr vermutet. Mitarbeiter mit absolutem Gehorsam findest du überall. Da laufen genug Idioten herum. Nein, er hat schlaue Leute mit diesen Chips ausgestattet, um aus ihnen Genies hervorzubringen. In letzte Zeit verlief das erfolgreich. Dazu gehören hochrangige Bänker, Manager an exponierten Positionen und Akademiker, aus diversen Wissenschaftsgebieten."

„Was soll das bringen", unterbrach ihn Caine, da er den Sinn davon nicht verstand.

„Tja, er verfiel der Idiotie, seine eigenen Einsteins zu schaffen, um einflussreiche Personen an sich zu binden. Dazu gehören Server, die sicher untergebracht sind. Die hat er in einer früheren Bunkeranlage versteckt. Dessen Standort ist uns bekannt und in nächster Zeit greifen wir zu."

„Durch Interpol“, fiel ihm Caine wiederum ins Wort.

„Genau durch die“, bestätigte Bruce.

„Und du. Was ist dein Auftrag, nach dieser Aktion?“

„Ich“, grinste der Geheimdienstmann und fügte an: „Meine Zeit in Deutschland endet auf kurze Sicht.“

„Die Wahlen sind kein Thema für deine Bosse?“

„Schau Caine, über hundert Jahre lang, hat Uncle Sam alles bekämpft, was nur ansatzweise kommunistisch roch. Europa beschreitet seinen eigenen Weg. Wenn die Bundestagswahlen im Herbst gelaufen sind, werden die Wähler ihr Votum getroffen haben. Prognosen sehen die Bürgerbewegungen vorn. Sie sind legitime Demokraten und mit Kommunismus steht das nicht in Verbindung. Die Leute haben den Wunsch nach Veränderungen. Auf die eine oder anderen Art engagiert sich die USA mit den neuen Machthabern. So wird es sein.“

„Aber alles habt ihr doch nicht aufgedeckt“, warf Caine ein und sah sich mit seinem Kenntnisstand weit im Vorteil gegenüber Interpol. Ihm schien es, die Behörde tappte eher im Dunklen.

„Was meinst du?“

„Da gibt es ein bedenkliches Detail. Ulysses Mawala verfiel vor Jahren der Wahnvorstellung, nur Menschen Zugang zu lebensnotwendigen Ressourcen zuzugestehen, die aktiv am Sozialsystem mitwirken. Das bezieht sich nicht nur auf Essen und Trinken. Eine äußerst perfide Idee reifte bei ihm heran.“

„Um was geht es konkret?“

Bruces Überraschung war äußerlich erkennbar und so wie ihn Caine kannte, keineswegs gespielt.

„Es gibt beängstigende Verdachtsmomente, bezogen auf Erkrankungen, in letzter Zeit.

Der Ursprung liegt im geheimen Labor von Mawala."

„Du zielst auf die Sache mit den Viren!"

Deutlich geschockt von dem, stierte Caine Bruce an.

„Ihr habt davon Kenntnis!"

Stummes Achselzucken seines Freundes.

„Jetzt bin ich erschüttert! Spielt ihr mit dem Leben der Menschen? Zieht den Mann aus dem Verkehr."

„Bevor wir uns in Rage reden, was weißt du davon?"

Argwöhnisch schüttelte der Assiniboine seinen Kopf.

„Na ja, die Geheimdienste ändern sich nie."

„Komm alter Freund, raus mit der Sprache", drängte Bruce. Ihm lag es fern, ihre Freundschaft aufs Spiel zu setzen.

„Seit Jahren forscht Ulysses Mawala an Viren. Er selbst nicht. Unter seiner Federführung erledigen das seine Büttel. Er verfiel einst dem Wahn, Ressourcen die beschränkt zur Verfügung stehen, erhalten ausschließlich Auserwählte. Es handelt sich dabei, um die wichtigsten Grundlagen des Lebens, wie Nahrung, Trinkwasser und Atemluft. Für einen jeden, von existenzieller Bedeutung. Wer sich aktiv am Reproduktionsprozess der Gesellschaft beteiligt, denen steht alleinig der Zugang dafür zu. Auf der anderen Seite stehen die sozial Schwachen. Diese Elemente, so seine Titulierung, bringen der Gemeinschaft keinerlei Nutzen. Im Gegenteil, alles Schnorrer die dem Sozialsystem auf der Tasche liegen. Diese Ideologie, krass und perfide."

„Da haben wir aneinander vorbeigeredet", entgegnete Bruce.

„Was wisst ihr denn darüber?"

„Wir haben davon Kenntnis, dass Doktor Brackstedt an ein Virus forscht, das DNA erkennt.

Er hat sich da von einem alten Film inspirieren lassen. Das bedeutet, diese Viren werden großflächig versprüht und diejenigen, bei denen die DNA nicht passt, bleiben verschont. Treffen wird es allein die Menschen, mit entsprechender Übereinstimmung."

Totale Betroffenheit stand Caine im Gesicht. Das übertraf alles. Sein Bild zu seinem einstigen Bosse verfinsterte sich extrem.

„Ihr müsst den Mann stoppen. Seit Jahren erprobt er die Viren. Heimlich und in kleinen Dosen, doch er hat in der Praxis damit experimentiert."

Stille, aus den anderen Kellern, hallte von der Technik her, melodisches Piepen und Surren der verschiedensten Geräte. Stimmen gaben Anweisungen weiter. Bruce sah seinem Freund in die Augen. Er kannte ihn bestens, um einzuschätzen, dass er die Wahrheit sagte. Innerlich ärgerte sich Caine, da nach seiner Meinung die Polizei, die Sache zu halbherzig verfolgte. Genügend Ersthinweise lagen den Behörden vor. Niemand unternahm etwas.

„Höre Caine", sprach Bruce mit krächzender Stimme. Ein riesiger Frosch nistete in seinem Hals.

„Wir wissen erst seit Kurzem davon. Die Kollegen sind an der Sache dran und in den nächsten Stunden werden wir dem ein Ende bereiten. Glaube mir, alles andere ist für uns ebenso neu."

Caine winkte ab.

„Weißt du Bruce, ich unterstelle dir nichts. Für mich bleibt es beschämend, wie ignorant die Deutschen diese Angelegenheit bewerten. Und das penetrant seit Jahren."

„Darf ich dir einen Rat geben?"

Caine nickte und sagte nichts.

„Fahr nach Hause und genieße das Leben.

Nimm deine Tochter und die reizende Ärztin mit. Die Deutschen änderst du nicht mehr. Die beschreiten ihren eigenen Weg. Inwiefern das alles passt, entscheiden die Menschen hier selbst. Und an den Umständen etwas zu verändern, wirst du kaum schaffen."

„Steht dein Angebot mit dem Flieger weiterhin!"

„Klar, jederzeit. Bedenke, in spätestens zwei Monaten bin ich weg."

„Okay", antwortet Caine kurz und reichte seinem Freund zum Abschied die Hand. Beide umarmten sich fest und herzlich. Im Stehen flüsterte Bruce: „Zwei Häuser weiter sind fünfzig Drohnen zum Versprühen der Viren versteckt. Bisher sind die Behälter leer. Dabei bleibt es. In die Lüfte steigen die Dinger nicht mehr. Darauf hast du mein Wort."

Bruce geleitete Caine durch die Nacht bis zu seinem Gefährt. Ein letztes Aufwiedersehen und ohne Zögern sauste er zurück. Um seine Freunde zu informieren, war es zu spät. Sein Ziel, seine Unterkunft und ab ins Bett. Nach diesen aufregenden Abend, wird ihm eine Mütze Schlaf wohltun.

Einen Tag, nach seinem Zusammentreffen mit Bruce, herrschte in der Bibliothek Friedhofsstille. Gespannt lauschten alle Caines Schilderungen. Er berichtete von dem bevorstehenden Polizeizugriff und der Zerschlagung von Mawalas Unternehmen. Drei Geschäftsstellen waren in der Sache mit involviert und diese werden im Zuge der geplanten Polizeiaktion liquidiert. Das Monopol wird aufgelöst und die unbeteiligten Zweigstellen, die frei von Schuld sind, zu Einzelunternehmen umgewandelt.

„Was passiert denn mit den Trägern der Chips, wenn die Server abgeschaltet werden", fragte Doktor Bressow und inspirierte so, die anderen zu allerlei Getuschel und Mutmaßungen.

„So wie mir Bruce bestätigte, passiert da gar nichts. Nur fällt der Zugriff auf das Wissen der Computer weg und sie sind auf sich selbst gestellt. Der eine oder andere verliert seinen Ruf eines exponierten Wissenschaftlers. Das ist alles. Auf jeden Fall ist eine Entfernung der Chips nicht ratsam. Im Kopf stellen sie keinen Unsinn an."

„Bis irgendeiner den Zugang in die Hände bekommt und das Spiel beginnt vom Neuen", warf Brianna ein.

„Hoffen wir, dass die Polizei gründlich arbeitet und alles unwiderruflich vernichtet. Das liegt alles außerhalb unserer Beeinflussung."

Jeder in der Runde schwieg gedankenvertieft. Wenige Minuten später, verkündete Fiona gutgelaunt: „Diese Woche Freitag findet ein bundesweiter Aktionstag statt. In allen Städten wird demonstriert."

Unübersehbar ihr euphorischer Gesichtsausdruck, der ihre Freude darüber verriet, dass die Menschen gewillt waren, für ihre Rechte zu kämpfen. Caine betrachtete die Aktion mit Argwohn. Bisher arbeitete Ulysses Mawalas Monopol uneingeschränkt. Tief im Inneren plagte ihn, dass seinem einstigen Boss etwas zugetragen wurde. Wenn sich das bewahrheitete, stand die Frage im Raum: *Welche Gegenmaßnahmen plante er?*

Enttäuscht war er über den Hinweis von Hartwig Bressow, nachdem dieser vergebens versuchte, Kontakte zu ihren Helfern in der Not aus der verbotenen Zone aufzunehmen. Nur durch derer Hilfe entkamen er und Brianna ihren Häschern.

„Was grübelst du", fragte seine Tochter.

Ihr entging nicht, dass ihr Vater gedanklich in sich gekehrt war.

„Bleibt wachsam. Wird eine Ratte in die Enge getrieben, entscheidet sich das Tier letztendlich für den Frontalangriff. Bisher ermittelt die Polizei in der Sache. Die Halunken sind handlungsfähig und weiterhin nicht zu unterschätzen."

Der Aktionstag aller Umweltorganisationen rückte näher. Einmal schlafen und machtvolle Proteste werden das Land wachrütteln. Gedankenverloren lief Caine durch seine Unterkunft auf Zeit. Ein metallisches Klicken weckte seine Aufmerksamkeit. Ein Schlüssel drehte das Schloss und ehe Cain sich versah, stand Fiona in der Tür. Ihre finstere Miene verriet, dass es Schwierigkeiten gab. Ihr zuvorkommend fragte er: „Was gibt es?"

Frustriert ließ sie sich auf das Sofa fallen. Ihre Wangen dick aufgeplustert, prasselte ihr Kummer heraus.

„Ich hatte heute ein unangenehmes Gespräch mit dem Eisbären."

Weitere Erklärungen ergaben sich, Caine kannte durch eigenes Erleben die kompromisslose Lady aus der Uni.

„Und?"

„Mir wurde die Exmatrikulation angedroht, sowie ich morgen in Stuttgart an der Demo teilnehme. Jetzt, kurz vor Ende des letzten Semesters."

„Ich habe doch gesagt, wachsam bleiben. Das ist eine Folge."

Ihr Gesicht verfinsterte sich und Tränen kullerten über ihre Wangen. Caine schloss sie fest in seine Arme und strich ihr durchs Haar.

„So etwas habe ich vorausgeahnt."

„Und nun", schluchzte sie.

„Hast du Mut?"

Überrascht richtete sich ihr Oberkörper steif auf.

„Wie meinst du das?"

„Komm, wir fahren zu Brianna."

„Die ist gegenwärtig im Behelfskrankenhaus in der verbotenen Zone."

„Ja, ist mir bekannt."

„Ach so, ihr seid ja miteinander vertrauter."

„Wie", mokierte Caine, sich ahnungslos stellend.

Es war unübersehbar, dass ihm Brianna nicht einerlei war.

„Passt, komm lass uns losfahren."

Auf ihren Weg telefonierte er mit Taste, wovon Fiona nichts mitbekam. Zwanzig Minuten später standen sie in einem kleinen Raum. Die Tür vorsorglich verschlossen, baute der Computerprofi seine Technik auf. Die Ärztin trat an Caine heran und er flüsterte ihr etwas ins Ohr.

„Meinen Chip austauschen", empörte sich Brianna.

Sie wehrte sich behände dagegen. Kein Argument stimmte sie in ihren Entschluss um. Mit Blick zu Fiona erübrigte sich jeder Frage. Die Studentin verstand sofort und kam ihr, mit einer Antwort zuvor: „Ich vertraue ihm. Die Demonstration ist so wichtig, da ist mir alles andere scheißegal."

Nach fünfzehn Minuten war es erledigt. Caine reichte seiner Tochter eine Art Anhänger für eine Halskette.

„Was ist das?"

Mittig schraubte ihr Vater das Utensil auseinander und ein kleiner Hohlraum war zu sehen.

„Da drin ist dein Chip vollständig abgeschirmt.

Zur Demo morgen legst du ihn neben ein Radio und lässt das leise vor sich her dudeln. Bei Überprüfungen suggerierst du den Leuten, dass du zu Hause bist. Eben an dem Ort, wo dein Chip ist."

Taste richtete die Pseudoidentität ein. Caines Technik funktionierte einwandfrei. Fiona büffelte den Lebenslauf auswendig und mehrmalige Fragen beantwortete sie anstandslos. Mit Blick zu Brianna sprach Caine besorgt: „Das ist allein deine Entscheidung. Es liegt mir fern, dich zu drängen. Gegenwärtig wäre es die beste Lösung. Jetzt bist du jederzeit und überall, zu orten."

Um die momentane angespannte Lage, zu glätten, fragte Fiona: „Gibt es für mich etwas zu beachten."

Caine lächelte gezwungenermaßen.

„Ja, dein Gesicht nicht in jede Kamera halten."

Nachdem Taste sein gesamtes Equipment verpackt hatte, verabschiedete er sich. Eine Vorahnung wühlte ihn innerlich auf, doch er schwieg und ohne eine Wort fuhr er los. Zur Verblüffung aller trat Caine auf Brianna zu und umarmte sie. Seine Blicke verfingen sich in ihre dunkle Augen und seine Gedanken schwanden. Nach wenigen Minuten fasste er sich und mahnte: „Geh davon aus, dass du im Blickfeld stehst. Deine Aktivitäten hier sind ehrbar, doch für andere sind sie ein Dorn im Auge. Wenn dir etwas ungewöhnlich vorkommt, dann nicht lange grübeln und du kommst sofort zu mir."

„Ja danke", antwortete sie, mehr ungetrübt.

Wenn sie es äußerlich nicht zeigte, blieb Caines Sorge um sie, nicht folgenlos. Einerseits war sie von seiner emotionalen Reaktion überrascht und zum anderen, war ihr klar, dass er, die Lage durchaus real einschätzte. Seine langjährige Tätigkeit in der Branche, befähigte ihn dazu.

Um die Situation zu entkräften, scherzte sie: „Daran lässt es sich gewöhnen."

Gefrustet ließ Caine von Brianna ab. Sie vermied eine grelle Spöttelei. Zeigte dafür einen spitzen Schmollmund.

„Mädel, das ist kein Spaß. Es bringt rein gar nichts, den Ernst der Lage herunterzuspielen."

Vor ihrer Verabschiedung besprachen sie Treffpunkt und weitere Details, für ihre Teilnahme am Aktionstag in Stuttgart. Abends saßen Brianna und Fiona bei einem Glas Wein zusammen.

„Was denkst du, gibt es Anlass, uns zu sorgen."

„So wie mein Vater alles erklärte, glaube ich ihm. Er kennt die Arbeitsweisen von Polizei und Security-Dienst. Warum unnötig Angst schüren. Dazu besteht doch kein Grund."

„Schon möglich, dass ich seine Fürsorge übersehe. Werde mich bei ihm für mein übertriebenes Verhalten entschuldigen."

Mit bangem Bauchgefühl antwortete Fiona: „Hoffen wir, dass so etwas nicht eintritt."

„Ja, ich bin vollends bei dir."

Die Fahrt nach Stuttgart verlief ohne Probleme. Caine mischte sich unter das Publikum auf dem Bürgersteig. Fiona behielt er stets im Auge. Brianna lief vorsorglich etwas abseits mit anderen Teilnehmern. Es formte sich eine machtvolle und vor allem friedliche Demonstration. Bundesweit beteiligten sich in den jeweiligen Städten über hunderttausend Menschen, um für ihr Recht zu kämpfen. Später wird durch die Medien konstatiert, dass es seit des Bestehens der Bundesrepublik ein Novum geben wird.

Erstmals werden die alteingesessenen Volksparteien die Mehrheit verpassen. Ohne jeglichen Koalitionszwang wird die neue Partei, uneingeschränkter Sieger sein. Einst gegründet aus allen Umweltorganisationen wurde deren Kandidaten nachgesagt, unverbraucht und innovativ zu sein. Einen überwältigenden Wahlsieg prognostizierten Insider, aufgrund des breiten Zuspruchs aller Schichten. Darunter, Arbeiter und Vertreter aus dem Mittelstand. Neuste Prognosen zeigten, dass die Umweltschützer weit vorn lagen. Ihr Motto: „Schluss mit Markteinfluss und Profitstreben, auf zum Leben, zur Konformität von Mensch und Natur."

Der Tross zog, ähnlich einem riesigen Tausendfüßer, zäh durch die City. Caine wirkte innerlich zufrieden und war positiv überrascht, da die Demo ohne Zwischenfälle verlief. Keine Provokationen und die Polizei blieb in der Rolle des stillen Beobachters. Am Nachmittag neigte die Veranstaltung sich dem Ende zu.

Das Vibrieren seines Smartphones verhieß Gefahr. Caine trug es in der Brusttasche, unter der Jacke. Sofort schrillten bei ihm Alarmglocken. Taste übermittelte eine Kurznachricht mit dem Vermerk: „Nicht antworten und nicht anrufen. SMS ist verschlüsselt."

Beunruhigt lass Caine: „Deine Prophezeiungen sind eingetreten. Variante *B* fahren, Fahndung ist online."

Ohne zu zögern, eilte er zu seiner Tochter. Ihre Freude war ihr buchstäblich anzusehen. Kontakte zu Freunden, die anderenorts an Demos teilnahmen, trugen ihr gleiche Verlautbarungen zu. Das bestärkte sie.

„Komm, nicht fragen", vernahm sie die Aufforderung ihres Vaters. Sie liefen um die Ecken etlicher Häuser und erreichten Caines neues Fahrzeug.

„Oh, wo ist das tolle Motorrad?"

„Vorsorglich getauscht. Hör zu, es ist das eingetreten, was ich vermutete. Wir haben Brianna aus den Augen verloren und es gibt schwerwiegende Probleme. Ich fahre dich jetzt zu Taste und da bleibts du. Hast du den Chip in deiner Wohnung gelassen?"

„Oh hupps", entschuldigte sich Fiona, „das habe ich vergessen. Den habe ich hier."

Sie griff unter die Bluse und holte ihre Halskette hervor. Daran baumelte der Minicontainer.

„Egal, auch besser so."

Ohne Aufschub düsten beide sofort los. Um etwaige Observationen auszuschließen, fuhr er über Umwegen zu einem Ausweichquartier.

„Wie bist du, so schnell an diese Wohnung bekommen, staunte Fiona.

„Mädel, alles vor meiner Reise geplant. Wir sollten unsere bisherigen Aufenthaltsorte peinlichst meiden."

Fiona zucke ratlos mit ihren Schultern. Sie verstand nichts.

„Die Bewegungsprotokolle von jedem, verraten, an welchen Orten wir zusammen waren. Unterstellt man uns Blödheit, warten die Häscher da. Dann schlagen sie zu."

Taste lief aufgeregt durch den Raum. Hartwig Bressow saß mit besorgter Miene auf dem Sofa.

„Hey Alter, genau wie vorausgesagt. Brianna steht zur Fahndung."

„Grund", fragte Caine kurz.

„Vorsätzliche Brandstiftung mit Todesfolge. Weiterhin unterstellen die Behörden ihr, fahrlässige Tötung zum Nachteil dreier Patienten."

„Genau das ist es. Und anonyme Anzeige?"

Taste nickte zustimmend.

„Ob Brianna etwas zugestoßen ist", sinnierte Hartwig Bressow betroffen.

„Taste, wo ist sie?"

Der Gefragte setzte sich an seinem Laptop und eine Landkarte füllte den Bildschirm. Ein kleiner roter Punkt blinkte stur, am selben Standort.

„Sie ist da."

„Wo", schrie Fiona förmlich voller Ungeduld.

„Burg Hohengerhausen, oben bei Ulysses Mawala", ergänzte Taste monoton und zeigte mit einem Finger zur Decke.

Caine setzte sich auf einen Stuhl, stütze seinen Kopf mit dem linken Arm und rieb nachdenklich sein Kinn.

„Er hat Kenntnis davon, dass ich da bin, und hat vor mich fertigzumachen, genau wie damals."

„Wie können wir ihr helfen", flehte Fiona.

Ihr Vater erhob sich und mit schweifendem Blick, fixierte er die Runde.

„Indem ihr allesamt hierbleibt und euch nicht vom Fleck rührt. Er sucht allein mich. Erfüllen wir ihm seinen Wunsch. Doch nicht, wie er es sich vorstellt."

Kaum ausgesprochen schnappte er seinen Rucksack.

„Das sagte der Schamane voraus. Ich komme nicht umhin, mich meinem Schicksal zu stellen."

Die anderen schauten sich entgeistert an. Niemand erahnte die Zusammenhänge und auf was Caine abzielte. Das allein steckte in ihm.

„Wohin gehst du?"

Fionas Gesicht verfinsterte sich.

„Keine Sorge, ich komme wieder. Kümmere mich um Unterstützung. Allein schaffen wir das nicht.

Wenn die Kämpfer aus der verbotenen Zone nicht zu einem Treffen bereit waren, bleibt mir nur eines, den Kontakt zu ihnen zu suchen."

Vor Abfahrt drückte er seine Tochter herzlich.

„Wie bewerkstelligst du das", fragte Hartwig Bressow skeptisch, da seine Bemühungen erfolglos blieben.

„Zerbreche dir nicht meinen Kopf, ich habe einen Plan."

Bevor Caine verschwand, verkündete der Akademiker, dass er ebenso kurzzeitig die Wohnung verlässt. Wichtige Wege drängten auf Klärung und wären unaufschiebbar. Sein Ziel wählte Caine mit Bedacht. Die Senke war ihm bestens in Erinnerung. Hier, wo die Security-Mitarbeiter ihn und Brianna stellten. Durch die Hilfe der Männer dieser Gegend, entkamen sie unbeschadet. Er fand keinerlei Gefallen an der Bezeichnung verbotene Zone. Was war hier nicht erlaubt? Im Grunde handelte es sich um einen Sozialwohnbereich. Hier vegetierten die sozial Schwachen, Bedürftige, durch keine Mauer getrennt, wie in Berlin. Die Dunkelheit des frühen Abends kam ihm gelegen. In einer mitgebrachten Metallröhre entzündete er ein Feuer. Im Schneidersitz wartete Caine geduldig ab. Immer neu, befeuerte er den Metallbehälter, damit die lodernde Flamme, weit zu sehen blieb. Fünfundvierzig Minuten später, sein Unterfangen schien von Erfolg gekrönt. Eine kleinwüchsige Gestalt trat aus dem Dunkel auf ihn zu. Kurz, bevor er den Wartenden erreichte, erkannte Caine den Jungen.

„Hallo", begrüßte er den Fremden und setze sich zu ihm.

Seine großen Kulleraugen zeugten von Neugier.

„Was machst du hier?"

„Ich warte auf deinen Papa, um mit ihm zu reden."

„Mein Papa ist fort."

„Wohin", hakte Caine nach.

„Keine Ahnung, eben weg."

„Wie findest du es, wenn dein Papa zurückkehrt?"

Zwei ungläubige Augen stierten den Besucher an. Der Bengel verstand die Frage nicht. Doch sinngemäß war ihm klar, auf was der Fremde abzielte.

„Sprich Junge, sind weitere Leute von euch in letzter Zeit, ohne sich zu verabschieden, verschwunden?"

„Ja, woher weißt du das."

„Das ist so eine Sache. Ich suche ebenso jemanden."

Wieder starrten die Augen fragend zu dem kräftigen Mann. Die Zeit drückte in seinem Nacken und so fragte Caine direkt: „Dich haben die anderen geschickt?"

Stummes Nicken des Jungen, beantwortete die Frage, wie vorausgeahnt.

„Dann lauf schnell dahin und erkläre ihnen, dass wir dringend zu reden haben."

Kaum ausgesprochen erhob sich der Kleine und flitzte los. Minuten später sah Caine hochgewachsene Kerle kommen.

„Du hast etwas zu sagen?"

Die Neugier hochzuhalten, nickte der Gefragte stumm.

„Dann rede. Wir sind Vertreter weniger der Worte, mehr des Handelns."

Caine verwies auf die Unterstützung der Leute und das Brianna und er es nicht vergessen hatten. Aufbauend auf den Schilderungen des Jungen, erzählte er, dass ihm der Aufenthaltsort der Verschwundenen bekannt wäre.

„Wir haben einen Gegner. Das ist Ulysses Mawala. Er hält eure Freunde auf seiner Burg gefangen.

Sie und die Ärztin. Ich gebe es ehrlich zu, für mich allein, ein unlösbares Unterfangen. Doch gemeinsam schaffen wir es, die zu befreien, an denen uns etwas liegt. Wenn wir uns genaustens absprechen, gibt es eine reale Chance."

Stummes Kopfnicken wertete Caine, dass sie seinem Vorschlag zustimmten. Er griff in seine Jackentasche und fingerte eine Kopie des Lageplans hervor, den Taste anfertigte. Es dauerte weitere zwanzig Minuten und der Zeitplan stand. Jeder war damit vertraut, was seine Aufgaben betraf. Eine Krux gab es abzuwägen. Wie zuverlässig waren die Zusagen dieser Männer?

Im Schutz der Dunkelheit fuhr Caine seinem Ziel entgegen. Etwas fragend betrachtete er das kleine Utensil mit dem gelben Schalter. Grinsend erklärte ihm Taste: „Kurz bevor du auf das Portal fährst, drückst du den Knopf eine Minute lang. Danach werfe das Ding weit weg."

Auf seine Frage, inwiefern das Gerät explodiert und was dann passiert, entgegnete der Computerspezialist: „Habe am Tag der offenen Tür, ein Geschenk für Mawala und Konsorten hinterlassen."

Das schelmische Feixen Tastes, bescherte Caine nicht unbedingt Wohlbehagen.

Vereinbarungsgemäß hatten seine Unterstützer, um zehn Uhr abends ihren Auftritt. Eine Stunde Zeit, in einer Deckung mit dem Auto geduldig abzuwarten. Allein hätte er niemals eine Chance. Nur gemeinsam und mit einem abgestimmten Zeitplan, bliebe ihr Vorhaben von Erfolg gekrönt.

Die Uhr surrte. Die festgelegte Weckzeit war erreicht. Ohne Eile fuhr Caine los.

Die Serpentinen brachten den Motor in Stimmung, der sich unter der Motorhaube klangvoll meldete. Die letzte Kurve genommen, eröffnete sich der freie Blick auf das Plateau. Geradewegs das Eingangsportal und über allem, thronte das monströse Kuppeldach des Neubaus. Ohne Zögern griff Caine nach Tastes Beigabe, und betätigte den Knopf. Sein Fahrzeug parkte er seitlich des Eingangs, stieg aus und zählte. Nachdem eine Minute vorbei war, warf er es weg. Weit, mit Schwung in den angrenzenden Wald. Drinnen, in der Zentrale, die mit zwei Mitarbeitern besetzt war, stutzte der Jüngere.

„Ist im kleinen Besprechungsraum etwas geplant?"

„Nein, der ist doch schon monatelang außer Betrieb. Warum fragst du?"

„Ich empfange eine Meldung vom Computer aus diesem Raum."

Kaum ausgesprochen, betätigte er gleich darauf die Tastatur. Der besorgniserregende Schrei seines älteren Kollegen: „Nein, nicht", kam zu spät.

Die Bildschirme verdunkelten sich und kurz darauf erschienen schallend laut lachende Fratzen eines Clowns.

„Wir sind am Arsch", resignierte der Ältere.

„Was ist?"

„Jetzt haben wir uns einen Virus eingehandelt. Das gibt Ärger."

Die doppelflügelige Glastür öffnete sich. Caine nahm einen im Inneren stehenden Papierkübel, röhrenartig und aus Metall, ideal den Eingang zu blockieren. Sofort lief er seinem Ziel entgegen. Tastes Zeichnung lernte er auswendig. Ein Security-Mann stellte sich ihm in den Weg.

„Wohin des Weges Indio?"

„Habe einen Termin mit deinem Boss!"

Caine lief dem Wachmann stur entgegen. Der zog seinen Taser und mit dem markanten Knistern löste sich das Geschoß. Volltreffer mitten auf den Brustkorb, doch der Getroffene zeigte keinerlei Reaktionen. Verblüfft stierte der Schütze auf seine Waffe und übersah, dass Caine für ihn bedrohlich näher kam. Wiederum war es Tastes Spezialanzug, der schützend die Taserangriffe parierte. Davon hatte Mawalas Mitarbeiter keine Ahnung. Auf Tuchfühlung mit dem Staunenden, versetzte Caine ihm gleich darauf einen Handkantenschlag gegen die Halsschlagader. Im Koma ähnlichen Zustand sank der Getroffene zu Boden. Ihn nicht weiter beachtend, lief der ungeladene Besucher zielstrebig zum Büro von Ulysses Mawala. Seine Aufmerksamkeit war geweckt. Er spitzte seine Ohren. Eigenartige Geräusche drangen in sein Gehör. Ein Lächeln huschte über sein Gesicht. Sie kamen, pünktlich den Zeitplan einhaltend, näherte sich seine Unterstützung, wie abgemacht. Zufrieden öffnete er die Tür zum Büro. Inwiefern Ulysses Mawala sein Kommen vorausahnte, war kaum zu bestimmen. Die Wände waren ringsherum geschlossen, so dass ein Raum von zwanzig Quadratmeter übrig blieb. Die Möblierung, so wie die Segmente für die Raumaufteilung, alles schneeweiß. Erst nach dem zweiten Hinsehen erkannte Caine seinen alten Boss. Seine Kleidung, Hemd und Hose aus weißer Baumwolle. Ein greiser Mann, vom Leben gezeichnet, hagere Gestalt und sein ganzes Gesicht, durchzogen tiefe Furchen. Markant, die herausragenden Wangenknochen. Caine trat schräg an den Schreibtisch heran und lugte in eine geöffnete Schublade. Keine Waffe, nur verschiedene Kanülen und Spritzen.

Wohlbehütet lagen sie auf dicken Verbandmull. Die Augen Mawalas schielten weit aus den Augenhöhlen. Sofort legte er mit diversen Bissigkeiten los und stichelte: „Ah, der verlorene Sohn ist zurückgekehrt. Hat sich verkrochen, in den Bergen seiner Vorfahren. Und hat gelitten, den Schmerz zu lindern, seinen Verlust einstiger Liebe zu vergessen."

Die Stimme des alten Mannes vibrierte. An Stellen, wo es darauf ankam, dem Besucher ungeheuer schmerzvoll zu peinigen, schwankte sein Tonfall spielerisch betont auf und ab. Derweil konterte Caine: „Ich war nie und bin nicht ihr Sohn. Das haben Sie verpasst dafür Sorge zu tragen. Keine Zeit. Weil Sie es verlernt haben, oder nie ergründeten, was es bedeutet zu lieben und selbst nie geliebt wurden."

Mit seiner Rechten winkte Mawala ab.

„Papperlapapp, albernes Geschwätz", windete er sich.

„Hat die Chance weggeworfen. Alle Türen der Karriere standen dir offen. Wie meinen eigenen Sohn habe ich dich behandelt. Aber nein, der Sturkopf zog es vor, mit der Öko Tante ein Leben zu führen. Hätte ich das nicht unterbunden, wäret ihr bis heute zusammen."

Ein zynisches Lachen füllte den Raum. Urplötzliche Stille und der Tonfall wurde tiefer, betont bestimmend.

„Caine, warst der Meinung, aus den Augen und den Sinnen und schon entziehst du dich meinem Einfluss."

Er verschränkte seine Arme vor der Brust und die Stimme füllte sich mit Häme.

„Und der Dussel denkt immer noch, dass sie an einem Aneurysma gestorben ist."

Wiederum lautes Lachen. Abrupt wurde alles klar und ein gellend brennender Blitz durchzuckte ihn.

Für Sekunden gelähmt kam es Caine vor, im gleichen Moment ein blankes Stromkabel festzuhalten. Sein Herz pochte und der Blutdruck kam in Wallung. Sofort schoss Blut aufwärts und das Gesicht färbte sich puterrot. Mit einen Satz nach vorn springend, griff er derb die Kehle des Alten und drückte hart zu. Die Augenhöhlen weit aufgerissen, krächzte der einstige Boss, mit gelassener Stimme: „Ja, lass deine Wut heraus und töte mich. Ich sehe wie der Hass von dir Besitz ergreift."

Es folgte ein bizarres Lachen, eher gedrungen nicht gewollt. Der Druck am Hals ließ nach. Bevor sich Caine besann und sein Werk vollendete, erschien ihm der Schamane. Weit entfernt in seiner Hütte, beschwor der Medizinmann die Götter der Assiniboine. Sein Geist sprach zu ihm: „Caine, lasse ab von diesem Unheil. Wut und Hass sind falsche Wegbegleiter. Krieger kämpfen mit brennendem Herzen und kühlen Verstand. Wehre dich dagegen. Der Schmerz ist Vergangenheit. Vor dir liegt ein neues Leben, denke an Fiona und an die junge Frau. Sie sind es, die deiner Hilfe bedürfen. Wende dich von ihm ab, oder du bist nicht besser, wie er."

Mit einem kräftigen Ruck stieß Caine den verhassten Ulysses Mawala zurück.

„Nein, diesen Gefallen tue ich dir nicht."

Laute Stimmen auf den Gängen drangen nach innen. Geschrei und Gepolter. Für Caine ein Hinweis, dass seine Helfer, handfest zulangten. Ihm kam ein Gedanke. Ulysses Mawala verharrte angewurzelt am Schreibtisch. Eiligst lief er auf ihn zu und stieß den desillusionierten Alten nach hinten. Mit gebückter Haltung lauerte der Greis vor der Trennwand. Ähnlich einem Bittsteller, der devot um Almosen bettelte.

Katzbucklig kauerte er unweit eines Aktenschranks. Schwer atmend, in dieser Pose verharrend, verfolgte er seinen einstigen besten Mitarbeiter mit Argwohn. Der riss die Schublade heraus und begutachtete den Inhalt.

„Deine Viren, oder was ist das hier", fauchte er den Alten an.

„Medizin, das ist für mich, keine Viren", antwortete er flehend. Seinen linken Arm hielt er gestreckt nach vorn und winselte, um seine Arzneimittel. Sein Lautes: „Nein, nicht", blieb ungehört.

Caine hob den Arm samt Schubfach in die Höhe und mit voller Wucht krachte die Lade auf den Fliesenboden. Die Ampullen zerplatzten augenblicklich und der Inhalt ergoss sich auf dem kalten Boden.

„Du dummer blöder Kerl, was hast du getan", keuchte Mawala.

„Hat dir der Brackstedt ein Elixier zusammengebraut, deinem Körper künstlich Kraft einzuhauchen. Wie ist es, alter Mann, ein Leben lang ein Vermögen anzuhäufen und in der Stunde des Todes festzustellen, dass es dir rein gar nichts nützt. Dein Tod ist nahe. Nicht ich werde dich richten", mit einer Hand klopfte er an die Trennwand und fügte an: „Die da draußen werden es sein, die das erledigen."

Sein Gespräch mit Henriette Unterfang im Kopf, griff er in seine Hose und fingerte die Chipkarte hervor. Leise flüsterte er, mehr für sich: „Ach Harriett, lass es so sein, dass deine Karte funktioniert."

Den Magnetstreifen soeben durch den Schlitz gezogen, vernahm er ein motorisches Surren. Wie ein Wunder, die Segmenttür gab nach und öffnete sich. Mit seinem Rücken lehnte Caine sich an den rechten Flügel.

Kraftvoll stieß er an den gegenüberliegenden Teil. Erst ein spärliches Bersten und dann flogen zwei Segmente auseinander. Der umherlaufenden Horde rief er zu: „Hey hier ist der, dem ihr das alles zu verdanken habt."

Kaum ausgesprochen, drängten fünfzehn verbitterte Gestalten in das Büroinnere. Bewaffnet mit Spießen und allerlei Schlagwerkzeugen, zerschlugen sie die hinteren Leichtbauwände. Abrupte Stille. Ein Paradiesgarten Eden offenbarte sich. Das reinste Eldorado. Ringsherum ein üppiger Pflanzbewuchs, Sandstrand und ein See, soweit das Auge reichte. Das war es, Ulysses Mawalas heiliges Reich. Der richtete sich auf und mit beiden Händen versuchte er die Meute aufzuhalten. Zwecklos, der Pulk rannte ihn nieder. Sein Jammern und Flehen verflogen unbeachtet im Getöse. Im Hagel etlicher Fußtritte und Schläge fand sein Leben ein jähes Ende. Caine griff sich den Anführer und rief ihm zu: „Komm mit. Hier gibt es einen alten Kerker. Da finden wir die Gesuchten."

Drei Männer folgten ihm und nachdem sie die Tür aufstießen, stockten alle. Dunkelheit und ein modriger Geruch schlugen ihnen entgegen. Sie lugten in ein detailgetreu erhaltenes mittelalterliches Verlies. Oben, eine Galerie alter Waffen. Caine griff eine Lanze und lief die Wendeltreppe herunter. Die drei folgten ihm. Das felsige Mauerwerk verströmte Kälte. Geräusche wurden lauter. Ein Schniefen und Schnauben drang nach oben. Vorsorglich hielt Caine die Lanze vorwärtsgestreckt. Ein Hund, mit einer geschätzten Schulterhöhe von einem Meter kam den Befreiern kläffend entgegen. Ein kurzer Ruck, und die Pike stieß in das Tier. Es folgte ein schmerzvolles Gejaule, auf das Caine keine Acht gab. Mit Wucht rammte er die Lanze nach vorn.

Den Schwung nutzte er, um kraftvoll abzuspringen. Etwas weiter unten standen zwei Bewacher, die durch den Aufprall zu Boden fielen. Den Rest erledigten die drei Mitstreitern, die ebenso im Keller ankamen. Mit ihren Keulen streckten sie die beiden gänzlich nieder. Caine, derweil schon auf den Weg in den ersten Gewölbegang, traf auf einen weiteren Wachmann. Mit einer Drehung nach rechts, parierte er dessen Frontalangriff. Dadurch gelangten beide auf Schulterhöhe. Die Hand an den Hals des Wächters rief bei ihm Verwirrung hervor und seine Atmung stockte. Mit Nachdruck forderte Caine ihn auf, zu zeigen, wo die Ärztin gefangen gehalten wurde. Zwei Minuten später hielt er Brianna fest in seinen Armen.

„Komm, lass uns verschwinden."

Sie folgte ohne ein Wort. Seit Stunden gestand sie sich ihren Fehler ein, nicht auf Caine gehört zu haben. Sein Weitblick auf das gesamte Geschehen, bewertete sie gänzlich anders, was sie innerlich bereute. Im Gebäude ließen die Kämpfer aus der verbotenen Zone, ihrer Wut freien Lauf. Sämtliche Einrichtungsgegenstände schlugen sie johlend kurz und klein. An allem, was ihnen in den Weg kam, tobten sie ihren Frust aus und knüppelten es nieder. Es roch nach Verbrannten. Caine zog es vor, den Ort umgehend zu verlassen. Mit dem Auto schlitterten sie die Kurven hinunter. Es stand außer Frage, bei dieser rasanten Talfahrt, kaum von Fahren zu sprechen. Unten angekommen telefonierte Caine mit seinem Freund Bruce: „Steht dein Angebot weiterhin!"

„Was für eines denn."

„Keine Zeit für Scherze. Ich brauche drei Tickets für einen Flug in die Heimat."

„Du, für dich war die Reservierung."

„Hör zu Bruce, es liegt mir fern, alter Zeiten willens, etwas einzufordern. Es drängt, drei Plätze. Sage mir wann und wo wir hinmüssen. Der Rest ist deine Sache."

„Abflug morgen früh um sieben Uhr. Keine Sekunde später."

„Und wo?"

„Treffpunkt ist ein alter Militärflugplatz bei Augsburg. Der liegt unweit von Gersthofen-Gabligen. Da steht eine markante Antennenanlage. Die siehst du von Weitem und ist eine prima Orientierungshilfe."

„Okay danke. Bist du dabei?"

„Sei pünktlich. Eine Minute nach sieben Uhr, siehst du das Fahrwerk einfahren, mehr nicht."

Weit zu sehen, das helle Flackern, zu nächtlicher Stunde. Sirenen heulten auf. Die Feuerwehr ließ nicht lange auf sich warten. Caine beschleunigte seine Fahrt. Ihm lag es fern, der Polizei oder anderen, Rede und Antwort zu stehen. Jetzt hieß es sich sputen. Nach Brianna wurde gefahndet und in kurzer Zeit, beträfe das ebenso seine Tochter.

Ein schriller Klingelton riss Fiona aus ihren Träumen. Sie hockte mit Taste in Papas Ausweichwohnung und wartete ungeduldig auf eine Nachricht. Den Zeigefinger quer auf seine Lippen gehalten, sprach für sich. Durch den Türspalt lugte der IT-Fachmann ins Treppenhaus. Nach einem Blick über das Geländer erkannte er Hartwig Bressow: „Ich bin wieder zurück", meldete er sich vom Erdgeschoß.

Außer Puste trat er in das Wohnzimmer.

„Nobel", lobte er das gediegen eingerichtete Domizil.

„Schon etwas gehört", erkundigte er sich.

Fiona antwortete mit einem resignierenden „Nein", und ein tiefer Seufzer folgte. Damit beantwortete sich die Frage des Akademikers von selbst.

„Zumindest verdanken wir dem Weitblick deines Vaters, dass sich das Elend in Grenzen hält."

„Wie meinst du das", bohrte Fiona nach.

„Na ja, das alles hat Caine vorausgesehen. Er bat mich, die Fahndung der Polizei zu checken. Das mit Recht. Was hier jetzt abläuft, hat er mir genauso erklärt."

„Tja, da waren wir zu blauäugig."

„Hört einmal", meldete sich Hartwig Bressow, „ihr könnt nicht in eure Wohnungen. Die werden überwacht."

„Das hat mir mein Pa auch so erklärt, darum diese Wohnung hier", entgegnete Fiona.

Mit Blick, zu ihr wurde er merklich nachdenklicher.

„Ja, was?"

„Die Uni ist für dich momentan tabu."

„Wieso das!"

„Man wartet da auf dich."

Betroffen rieb sie ihre Stirn und mit weinerlicher Stimme fragte sie: „Und mein Studium."

„Das ist zufriedenstellend geklärt, Gott sei Dank. Das sah dein Vater ebenso voraus und so hatte ich Zeit, eine praktikable Lösung zu finden. Deinem Abschluss steht nichts im Weg."

Mit ihrer Handfläche stieß sie gegen ihre Stirn.

„Hier ist was los. Bin ich die Einzige, die im Dunkeln tappt!"

„Nein", Hartwig Bressow brach abrupt ab.

Lautes Klopfen an der Tür, ließ sie erstarren. Fiona hielt sich mit einer Hand den Mund zu.

Mit weit aufgerissenen Augen starrte sie in die Runde. Stille, nicht ein Ton war zu hören. Fragen schossen durch ihre Köpfe. Werden wir jetzt verhaftet? Was wird mit uns geschehen? Ihr kurzzeitiges Bangen fand ein erlösendes Ende, nachdem sie die bekannte Stimme hörten: „Macht auf, ich bin es, Caine!"

Taste fasste sich zuerst und riss die Tür auf. Brianna hielt er mit beiden Armen fest und legte sie auf das Sofa. Ihr Körper sichtbar ausgemergelt. Dadurch fehlte ihr die Kraft, allein auf eigenen Füßen zu stehen.

„So Leute, uns bleibt diese eine Chance. Von einem ehemaligen Militärflugplatz bei Augsburg hebt um sieben Uhr ein Flieger in Richtung USA ab. Entweder so, oder hier abwarten, bis die Polizei euch gefunden hat."

Fiona, von dieser Veränderung total überrascht setzte sich neben ihre Freundin. Ihre flache Hand lag auf ihre Schulter.

„Brianna, was sagst du?"

Sie sah zu Fiona und nickte. Ihr Gesicht war von den Strapazen der letzten Stunden, deutlich gezeichnet. Ein Blick in ihre, für gewöhnlich munteren Augen, zeigte Traurigkeit. Ihr fehlte die Kraft, zu sprechen. Fiona schaute zu ihren Vater.

„Und, das bedeutet, was?"

„Vorsorglich blieb mir Gelegenheit rechtzeitig das Nötigste aus euren Wohnungen zu holen. Zwei große Koffer sind unten im Auto. Darunter die Laptops und etwas anzuziehen. Was fehlt, wird gekauft."

Mit Blick zu den beiden Männern ergänzte er: „Taste, soweit alles klar! Hartwig, du hast derweil das Wichtigste erledigt?"

Ein stummes Kopfnicken sprach für sich.

Das seiner Tochter etwas auf ihre Zunge brannte erkannte Caine.

„Für euch gibt es keine Alternative. Die konstruierten Vorwürfe gegen Brianna, deine Aktivitäten in der Szene, da steht es außer Frage, wann die Behörden zupacken."

„Ihr solltet euch sputen", drängte der Akademiker zur Eile.

Mit seinem Datakrypter deaktivierte er Fionas Chip. Briannas Oberarm zierte eine schwarze Binde. Dadurch war der Identitätschip von ihr ebenfalls nicht zu orten.

„Und du", fragte Fiona.

„Falls eine Drohne uns aufgabelt, ist es von Vorteil, dass zumindest ein Insasse einen auslesbaren Chip trägt. Autos fahren nicht ohne Chauffeur. Autonom lenkende Fahrzeuge besitzen eine eigene Kennung."

Kaum ausgesprochen liefen sie zu ihrem Pkw. Vor dem Haus, im Schutz einer Nische, verabschiedeten sie sich herzlich. Caines letzten Worte: „Wir bleiben in Kontakt."

Nachdem das Auto aus ihren Augen verschwand, war es für die beiden Männer Zeit, ihrer Wege zu ziehen. Mit gedämpfter Stimme flüsterte Taste Hartwig Bressow zu: „Das ist ein Kerl."

„Ja", murmelte der Akademiker und fügte an: „Und ein großes Herz besitzt er obendrein. Das findet man heute selten."

Vor den Dreien lag eine abenteuerliche Schussfahrt mit unbekanntem Verlauf. Caine vermied die Benutzung der Autobahn. Auf Landstraßen versprach er sich weniger Kontrollen. Vorsorglich verwendete er die Identität eines Offiziers der US-Streitkräfte. Er hoffte auf freie Fahrt. Die deutschen Behörden, waren nur eingeschränkt zuständig.

Solange die Verkehrsregeln nicht missachtet wurden, gab es keinen Grund, USA-Militärs aufzuhalten. Die Tour zog sich zeitlich hin. Sonnenstrahlen schienen vom Rand des Horizonts. Caines innere Stimme sagte ihm: „Ein neuer Tag. Was bringt er uns."

Zeit, um entspannt ihrem Ziel entgegenzueilen, blieb kaum. Ein unnatürliches Rauschen bedeutete Stress und ließ ihn zusammenzucken.

„Oh nur jetzt das nicht, kurz vor dem Ziel."

Die Geschwindigkeit passte, das verriet ein Blick auf den Tacho. Wie Caine seinen Kopf verdrehte, nichts zu sehen. Das Dröhnen wurde bedrohlich lauter und gleich darauf erkannte er den Ursprung des Gebrummes. Ein AirCar überflog sein Fahrzeug und weit vor seinem Pkw, landete das Flugauto. Von Anbeginn ihrer Fahrt saßen beide Frauen auf der Rückbank. Sie legten sich flach auf den Sitz und Caine stülpte eine Tarnplane über sie. Die abgedunkelten Scheiben versperrten den freien Blick ins Innere. Ein Polizist stieg aus dem Fonds und lief dem Auto entgegen. In der Hand hielt er seinen Scanner.

„Moin", begrüßte er den Fremden.

„Wohin des Weges, so früh?"

Caine grüßte stilgemäß und tippte mit zwei Finger gegen seine Schläfe. Entsprechend seiner Scheinidentität sprach er mit amerikanischen Slang: „Hallo Officer. Bin auf dem Weg, zu meiner Einheit, nach Augsburg."

Der Scanner bestätigte, dass es sich bei dem Fremden um einen USA-GI handelte.

„Sie sind wer?"

„My name is , oh sorry, ich bin Major Kingsley", antwortete der Gefragte.

„Mit Leihwagen?"

„Jupp, das Fahrzeug nutzt später ein Soldat meiner Einheit. Der fährt damit nach Stuttgart und gibt der Leihfirma das Auto zurück. Spart Kosten. So üppig zahlt Uncle Sam nicht."

Der Polizist nickte marginal und kontrollierte sein Display. Etwas schien ihn zu beschäftigen. Caine setzte einen drauf: „Go home. Zurück in die Heimat. Mein Flieger wartet nicht. Der Zeitplan ist strikt einzuhalten. Komme ich zu spät, hebt die Maschine ohne mich ab."

Die Scheinidentität erfüllte ihren Zweck. Jetzt lag es, bei dem Polizisten sich leger zu verabschieden. Zwei Finger an seiner Schläfe getippt und mit dem Spruch: „Dann guten Heimflug Soldat", endete die Überprüfung glimpflich für die Flüchtenden. Caine stieg behände in das Fahrzeug und blies seinen Atem kräftig aus. Kaum saß er auf seinen Sitz, sprach er zu den beiden Frauen: „Bewegt euch nicht, falls der uns beim Überflug nochmals von oben abcheckt."

„Wenn der eine Wärmebildkamera hat", fragte Fiona bange.

„Die Plane schirmt das ab. Ist eine Spezialanfertigung, darum nicht bewegen."

„Gibt es bei dir überhaupt etwas Normales", spöttelte seine Tochter.

„Ja euch", konterte Caine und lachte.

Das Fahrzeug rollte mit maximal zulässigen Tempo der Straße entlang. Langsam wurde es eng. Ihnen blieben bis zum Abflug knapp zwanzig Minuten. Ein Lächeln huschte über sein Gesicht. Weit einzusehen, die markante Antennenanlage. Ohne Zwischenfälle erreichten sie die Maschine. An der geöffneten Ladeluke wartete Bruce auf die Passagiere. Fiona und ihr Vater stützten Brianna.

Kraftlos, wie sie war, fiel ihr das Laufen schwer. Allein schaffte sie es nicht. Oben angekommen, stülpte der GI jeden eine Soldatenmütze über ihre Köpfe und gab ihnen eine Tarnjacke.

„Anziehen und dann ruhig auf eure Plätze setzen. Und da bleibt ihr", forderte er mit Nachdruck.

Die Klappe war geschlossen und die Motoren heulten auf. Nachdem die Maschine abhob, lächelte Caine die Frauen an.

„Jetzt sind wir in Sicherheit."

Um das Dröhnen der Triebwerke abzufedern, erhielten die drei, Kopfhörer mit gepolsterten Ohrmuscheln.

Die größten Strapazen endeten mit dem Ausstieg aus dem Großraumflugzeug. Pünktlich am vereinbarten Ort wartete Jim mit seinem Helikopter. Sie wechselten kaum ein Wort, da allen die Müdigkeit in den Knochen steckte. Der Flug mit dem alten Militärhubschrauber verlief etwas angenehmer. Planmäßig landeten sie am angestammten Standort, vor der Höhle, außerhalb der Stadt. Mit dem Jeep fuhren sie das letzte Stück. Caines Miene hellte sich auf. Schon von Weitem erkannte er Kitty, an seinem Pick-up warten. Nach einer kurzen herzlichen Begrüßung lenkte die Kellnerin den Jeep Fahrzeug Richtung Heimat. Innerlich aufgewühlt bemerkte sie, das etwas nicht stimmte. Über die Jahre hatte sie es gelernt, die Gestiken Caines, zu deuten. Dennoch rückte er mit der Sprache nicht heraus. Die Fahrt zog sich hin. Auf dem Rücksitz schliefen die beiden Frauen. Ihr Beifahrer starrte stur aus dem Fenster.

„Alles okay?"

„Geht", antwortete er knapp.

„Bist wie immer, ein sturer Hund. Was ist los?"

„Habe ich noch einen Wunsch bei dir frei?"

Kitty warf ihrem Beifahrer einen erzürnten Blick zu.

„Oh du schaffst mich. Okay, was ist es", antwortete sie betrübt. Caine schaute nach hinten und vergewisserte sich, dass die beiden Frauen schliefen. Mit gedämpfter Stimme fragte er: „Du hältst unten am Restaurant und Fiona bleibt für ein paar Tage bei dir."

Keine Antwort. Im Kopf der Kellnerin arbeitete es. Jetzt einen törichten Scherz loszulassen, vermied sie. Ein kurzer Blick zur Seite bestätigte ihre Vorahnung. Caine beschäftigte etwas und das er nicht darüber zu reden vermochte, sah sie ihm genau an.

„Erzählst du es mir?"

„Später. Du erfährst es, versprochen. Habe jetzt keine Lust, über ungelegte Eier zu reden."

Mit flauem Bauchgefühl beschleunigte die Kellnerin ihre Fahrt. Das Auto parkte vor Kittys Wohnhaus.

Fionas Koffer riss sie Caine förmlich aus der Hand.

„Das schaffen wir alleine, mach das Ihr wegkommt."

Die junge Studentin, vor Müdigkeit total benommen, schaute ratlos umher.

„Was ist", gähnte sie ihrem Vater an.

„Du bleibst bei Kitty, ich melde mich in den nächsten Tagen."

„Warum?"

„Nicht fragen, mach es bitte. Erklärung folgt."

Kaum ausgesprochen sprang er in den Fonds seines Pick-ups und düste los. Die Nacht neigte sich dem Ende zu. Bergauf, auf den Weg zu seiner Hütte, kündeten erste Sonnenstrahlen den neuen Tag an. Oben angekommen weckte er Brianna. Kraftlos stand sie wackelig auf ihren Beinen und hielt sich an der Tür fest.

Wo sind wir?"

„Zu Haus, bei mir."

Brianna gelang es nicht, ihre Müdigkeit abzuschütteln. Mit offenem Mund gähnte sie. Ohne Vorankündigung hob Caine sie hoch und trug die junge Frau auf die Veranda. Der alte Schaukelstuhl wippte leicht, nachdem er sie hineinsetzte. Vor sie niederknieend, schauten sich beide ernst an. Eine Träne kullerte über Briannas Wange. Ein Kuss auf ihren Handrücken, linderte ihren Kummer kaum.

„Alles wird gut."

Sie kam nicht dazu, Caine ihr Trübsal zu erklären. Er kam ihr zuvor: „Du bist infiziert?"

Zwei, drei Mal schüttelte sie zustimmend mit ihrem Kopf.

„Woher weißt du es?"

„Ich habe es bemerkt, schon da unten im Verlies."

Kaum ausgesprochen hob er sie hoch und durch ihn gestützt, begaben sich beide in den Keller. Ein kleiner Nebenraum ließ sie erstaunen. Ein Minilabor für den Hausgebrauch, mit allerlei nützlichen Gerätschaften.

„Eine Tischzentrifuge, du bist ja bestens eingerichtet", schwärmte Brianna.

„Nimm das Diktiergerät und sprehe drauf, was ich zu erledigen habe. Schreiben dauert zu lange und die Vieren benötigen drei Tage, um anzuschlagen. Die Zeit dafür ist fast verstrichen."

Kaum ausgesprochen zog er sein Hemd aus.

„Was bedeutet das?"

Seinen Rücken ihr zugewandt antwortete er: „Schau dir die kleinen Punkte an."

Jetzt erkannte Brianna, von was er sprach.

„Das ist was?"

Caine wandte sich um.

„Sagen wir einmal so, ich bin der Patient Zero. Ein Geschenk von meinem Boss, Ulysses Mawala. Schon damals kam er nicht umhin, seine perfiden Ziele in die Praxis umzusetzen. Ich war Erstinfizierter und trage seit Jahren das Gegenmittel in mir. Damit werden wir für dich ein Serum herstellen. Du nimmst mir Blut ab und wir legen sofort los."

Fünfzehn Minuten später, verfügten sie über vier Kanülen. Die Zentrifuge rotierte und Brianna sprach ihren Text, zur weiteren Anleitung, auf das Gerät. Caine rannte nach oben und kurze Zeit später erschien er mit verschiedenen Speisen.

„Was soll das?"

„Iss, soviel wie reingeht. Du brauchst etwas zum Zusetzen. Das Virus wird dich ein paar Tage umhauen."

Im Eiltempo schafften sie sich im Labor. Nebenbei aß Brianna, was der Kühlschrank hergab. Die Mittagssonne brannte, dass sie es vermieden, ihr Domizil zu verlassen.

„Wärme schürt die Erreger."

Es half nichts, am Nachmittag brachen die Symptome aus. Brianna wurde schwächer und sie hielt es nicht mehr auf ihren Beinen. Das komplett ausgeräumte Gefrierfach, füllte Caine mit allerlei Gefäßen, zur Herstellung von Eis. Die heiße Phase war eingeläutet. In Briannas Inneren wütete ein Machtkampf. Ihre Abwehrkräfte waren gefordert und sie rangen mit den Viren. Nach Stunden lag das Ergebnis vor. Zwei Injektionsspritzen voll eines Serums, war ihre Ausbeute. Es blieb die Ungewissheit, inwiefern es bei ihr anschlägt oder Heilung versprach. Am Abend zeigten sich die Anzeichen der Erkrankung.

Brianna war kaum ansprechbar und sie halluzinierte. Sie wälzte sich hin und her. Die Injektion rammte Caine, wie bei Fionas Freundin, in ihren Oberschenkel.

„Bei den Göttern, lasst sie genesen."

Neben ihrem Lager rückte er einen Sessel heran und nahm darin Platz. So wachte er über die junge Frau und fand ein wenig Schlaf. Das in die Jahre gekommene Möbelstück war zwar nicht komfortabel, doch es genügte, um auszuschlafen. Er wich keine Zentimeter von ihrer Seite. Am folgenden Tag erwachte er früh vom lauten Stöhnen, der Kranken. Seine Gelenke knackten mit jeder Bewegung. Der Rücken schmerzte und sein Blick fiel auf Brianna. Das Betttuch komplett durchgeschwitzt hob er sie hoch und trug den glühenden Körper ins Bad. Die kalte Dusche linderte nur geringfügig. Nachdem er das Bett neu bezogen hatte, deckte er die Ärztin mit einem Laken zu. Eiskalte Wadenwickel aus dem Kühlschrank halfen nur bedingt. Den ganzen Tag immer wieder die gleiche Prozedur. Den überhitzten Körper mit kaltem Wasser und Eis kühlen. Der Tag neigte sich dem Ende und er setzte die letzte Injektion. Die Nacht verlief verhalten. Das Fieber blieb konstant, stieg zum Glück nicht weiter. Die kalten Umschläge halfen etwas, die Temperatur im Zaum zu halten. Am Morgen schreckte Caine hoch. Pferdehufe und das Klirren eines Gespanns wurden hörbar. Vorsorglich griff er seine Pistole und verstaute sie auf dem Rücken in seiner Hose. Mit einem Blick durch das Fenster lächelte er. Jerome fuhr mit seinem Pferdegespann vor.

„Hast dich verlaufen oder bringst du mir die Schlüssel für die Scheune zurück", begrüßte er seinen roten Bruder. „Habe Auftrag, dich und die Squaw zu holen."

Caine zuckte fragend mit seinen Schultern.

„Euch hinaufbringen zur Grotte, hat der Schamane gesprochen."

Ohne Verzug packten sie das Nötigste zusammen und nachdem Briana schützend verstaut war, fuhren sie los. Die Grotte lag oben in den Bergen. Ein Geflecht von etlichen Höhlen. Tief drinnen, ein unterirdischer See, mit reinstem Trinkwasser. Nur für Eingeweihte zugänglich. Diesen Ort zu betreten, bedurfte der Zustimmung des Ältestenrats. Caine griente: „Eigenartig wie schnell sich Neuigkeiten, trotz zerklüftete Berge, verbreiten."

Die Hütte vor dem Eingang zur Höhle, war von weit her zu sehen. Eine riesige Staubwolke wirbelte nach dem Bremsvorgang von Jerome auf. Das Fuhrwerk kam zum Stehen, zugleich sprang der Kutscher vom Bock und trug eiligst etliche Mitbringsel in die Hütte.

„Essen und Trinken sind im Korb. Baumwolltücher findest du in dem Sack. Glück und Gesundheit für deine Squaw."

Eine angenehme Kühle strömte Caine aus der Grotte entgegen. Andere Stammesangehörige trugen eine alte Pferdetränke ins Innere. Ein praktikabler Behelf, anstelle einer Badewanne. Für das Krankenbett hielt ein Feldbett her.

Die Tage zogen sich hin. Immer im gleichen Trott. Die Temperatur absenken und die gefürchteten Geschwülste verhindern. Soweit das überhaupt beeinflussbar war. Mit einem Sud aus Kräutern des Medizinmannes, rieb Caine Brianna von oben bis unten ab. Nach einem kühlenden Bad, den Körper in neue Laken einwickeln. Und immer wieder, bangen und hoffen. Die Zeit rann dahin.

Seit Tagen sank die Temperatur messbar.

So verging eine Woche und voller Freude vernahm er den Ruf der jungen Frau.

„Hallo", immer wieder das eine Wort.

Caine eilte zu ihr.

„Ja, ich bin hier", rief er vom Höhleneingang.

Seine Augen strahlten voller Freude. Vor der Liege hockte er sich hin und nahm ihre Hand.

„Wo bin ich?"

„Wir sind in einer Grotte, hoch oben in den Bergen. Wie fühlst du dich."

„Müde!"

„Mach langsam. Ich hole dir etwas zur Stärkung."

Die üppige Versorgung der Indianer bescherte ihnen allerlei Essbares. Eine stärkende Hühnerbrühe brachte nötige Energie für den erschlafften Körper.

„Morgen fahren wir zurück, zur Hütte."

Feinsäuberlich räumte Caine alles auf. Vorsorglich verbrannte er die durchgeschwitzten Bettlaken. Es war nicht klar, inwieweit die Viren darin nisteten und auf ein potenzielles Opfer lauerten. Gespannt sannen sie ihrer Rückfahrt entgegen. Jerome holte die beiden wiederum ab und am Vormittag erreichten sie Caines Heim.

„Morgen fahren wir runter in die Stadt, zu Fiona", erklärte er Brianna.

Dass ihm eine ungeheurere Überraschung erwartete, erahnte er zu diesem Zeitpunkt nicht.

Am frühen Nachmittag waren sie reisefertig.

Brianna trat auf Caine zu und umarmte ihn. Mit ihrem Kopf schaute sie hin und her.

„Ist etwas?"

Sie lächelte und fragte keck:

„Sag einmal, wer hat mich die letzten Tage an- und ausgezogen?"

„Ich", grinste er.

Ergänzte sofort: „Habe immer weggeschaut."

Herzhaftes Gelächter folgte. Im gleichen Augenblick verlor sich Caine abermals in der Tiefe ihrer dunkle Augen. Er zog sie weiter an sich heran und sie versanken in einen langen Kuss.

„Lass uns nach unten fahren, sonst schaffen wir es gar nicht mehr", scherzte sie.

Mit verhaltenem Tempo zuckelte der Pick-up bergab. Vor dem Restaurant kicherte Brianna, nachdem sie die Leuchtschrift sah.

„Charley's Lousy Food", las sie laut.

„Und der hat Gäste, mit diesem Namen."

„Lass dich von den Namen nicht täuschen. Seine Speisen sind exzellent."

Die Tür öffnete sich und nachdem das Paar eintrat, wurde es totenstill. Nur das Blubbern der Kaffeemaschine war zu hören. Caine grüßte auf seiner ihm bekannten Art und steuerte seinem angestammten Platz entgegen. Brianna setzte sich ans Fenster und er neben ihr. Die Kellnerin trat mit einem breiten Grinsen an ihren Tisch. Mit ausgestreckter Hand begrüßte sie den neuen Gast: „Hallo ich bin Kitty."

„Brianna", erwiderte die Ärztin kurz.

„Du nimmst dein Stammgericht", sprach sie mit Blick zu Caine.

„Und du, bekommst ein kräftigendes Rindsgulasch. Das gibt dir wieder Kraft. Was trinkst du?"

„Einen Kräutertee", antwortete Brianna flach.

Sprichwörtlich warfen Kitty und Fiona den Laden.

Die Gäste hatten sich an die junge Frau gewöhnt, die der angestammten Kellnerin in nichts nachstand. Mit der Zeit lüfteten sich die Reihen. Gegen zehn Uhr abends, setzten sich Fiona und Kitty zu Caine. Sie redeten über ihre Erlebnisse in Deutschland. Nicht ohne Hintergrund, fragte sie: „Habt ihr euch beide ausgesprochen?"

Caine druckste herum. Kittys Augendrehen verhieß deutlich, dass er nicht umhinkommt, Klartext zu reden.

„Gesprochen haben wir. In allen Einzelheiten bisher nicht."

„Na, da steht es aus, über das Wie und Warum zu sprechen."

Abrupt erhob sich Fiona, mit den Worten: „Danke für das Stichwort, da fällt mir etwas ein."

Kaum gesagt, verschwand sie hinter den Tresen und kam mit ihrer Handtasche wieder. Ein Briefumschlag, etwas in die Jahre gekommen, kam zu, Vorschein. Den schob sie über den Tisch, zu ihrem Vater.

„Schau bitte rein", forderte sie ihm auf.

Schon die Aufschrift *„Für Fiona"* überraschte ihn. Deutlich erkannte er die Handschrift von Maria Gruber. Nachdem er das beschriebene Blatt dem Kuvert entnahm, fiel ein Foto heraus. Sein Bild, das er seit Jahren in einem Brustbeutel mit sich trug. Es zeigte ihn mit Maria und Fiona, unmittelbar nach ihrer Geburt. Merklich gerührt, überflog er den Inhalt. Darin schilderte Fionas Mutter die Umstände, die zur Trennung von ihrem Vater führten.

„Du hast es gewusst", stotterte Caine.

Stummes Kopfnicken.

„Seit wann?"

„In Berlin, nach der Demo auf dem Gelände, hinter der Werkhalle.

Da, wo du mich vor den Zugriff der Security-Leute beschützt hast. So kam ich unbescholten davon. Seitdem war mir klar, dass du mein Papa bist."

Kitty lachte herzhaft auf.

„Entschuldigt", rechtfertigte sie sich, um gleich darauf Caine einen leichten Klaps an seine Stirn zu geben.

„Da sitzt hier der große kräftige Mann und sinniert darüber, wie er seiner Tochter gegenübertritt, um zu gestehen, dass er ihr leiblicher Vater ist. Und ihr war es längst bekannt. Seit wann genau?"

„Zu meinem sechszehnten Geburtstag hatte mir ein Anwalt die Unterlagen übergeben. Ab da kannte ich die ganze Story."

Caine faltete den Brief und schob ihn Fiona zu.

„Bewahre ihn auf. Mehr hast du ja nicht von deiner Mutter."

„Was wollt ihr nun machen", erkundigte sich Kitty.

Die Antwort gab Caine: „Fiona wird ihr Studium postgradual oder online beenden. Das hat ihr Dozent Hartwig Bressow in den letzten Tagen vor unserer Abreise geklärt. Tja und Brianna ist Ärztin."

„Das ist doch prima", fiel ihm Kitty ins Wort.

„Hier haben wir eine bescheidene Praxis. Der alte Quacksalber ist ehe reif für den Ruhestand. So wie ich die Sache einschätze, wirst du ordentlich beschäftigt sein."

Charley kam aus der Küche. Mit seinem beleibten Körper watschelte er der Ladentür entgegen.

„Macht nicht mehr zu lange und Kitty du sperrst sorgfältig zu."

Bis tief in die Nacht sprachen, lachten sie und spannen Pläne. Es wurde Zeit, um aufzubrechen.

Bevor sie in den Pick-up stiegen, verabschiedeten sich alle herzlich. Kitty äugte dem betagten Geländewagen lange hinterher, bis die Dunkelheit das karge Licht der Rückleuchten vollends verschlang.

Ihr kam ein Spruch eines Freundes in dem Sinn, der sie zum Lächeln verführte.

Zeit verrinnt unaufhaltsam, wie das Wasser im Fluss. Das Leben rinnt dahin, wie Sand, der unaufhörlich durch die Finger rieselt.

Was ergibt sich für uns daraus?

Die richtigen Lehren aus der Vergangenheit zu ziehen, um die Gegenwart besser zu gestalten. Es bleibt immer eine Gratwanderung. Was uns die Zukunft bringt, ist nicht zu bestimmen. Das wäre ein Unding.

Den Fluss der Zeit hält niemand auf.

Da unser Dasein zeitlich befristet ist, gilt es, dem Leben das Beste abzugewinnen.

Wer Veränderungen scheut, der stagniert. Die Lösung dafür, offen sein für das Neue. Wer das beherzigt, wird seinen Weg beschreiten.

So, wie diese drei Menschen.